誘惑者の恋
『苦手なことを無理にする必要はない』
『無理とかじゃない。俺がしたいからするんだ』
少し意地になって言い張り、
片手で支え持っていたアシュラフを、
もう一度咥えた。
『んっ、う……、ン……ん』
JN263965

誘惑者の恋

岩本 薫

16579

角川ルビー文庫

Contents

Seducer

口絵・本文イラスト／蓮川愛

1

中東のハブ空港であるドバイ国際空港でトランジットしたジェット機が、出発予定時刻どおりに滑走路《かっそうろ》から離陸《りりく》する。このあとは一時間半のフライト予定で、やはり中東にある小国、マラーク王国へ向かうことになっていた。

高度が上がっていく機体の窓から、眼下に広がる風景を眺《なが》めていた俺——東堂和輝《とうどうかずき》は、オイルマネーによってめまぐるしく発展を遂《と》げる「砂上の人工都市」に小さく感嘆《かんたん》の吐息《といき》を漏《も》らした。

ちょうど今は、海に浮《う》かぶ人工諸島「ザ・ワールド」が見えている。

世界地図を模したという三百からなる人工の島々は、すでに半数以上が売約済みらしい。購入者《こうにゅうしゃ》は、大手デベロッパーや投資家が主だという話だが、中には個人もいるようだ。

「島を買う権利」をオファーされたのは、世の富豪《ふごう》の中でもとりわけ「選ばれし者」。セレブ中のセレブ。個人の資産で、数十億する島をぽんっと買えちまう、まさしくビリオンダラーってやつだろう。

(世の中には桁外《けたはず》れの金持ちがいるもんだよな)

完全に他人事《ひとごと》、宇宙人でも評する気分で、そんなことを考える。

昨今は「格差社会」が問題になっているが、それでも日本は世界でも貧富の差が少ないと言われている国で、中でも俺はまぁまぁ裕福《ゆうふく》な家庭で生まれ育った。警察官僚《かんりょう》の父、専業主婦の母、兄ひとりと自分の計四人家族。世田谷に持ち家あり。

今二十一だが、生まれてから一度も切実な金銭的苦労はしたことがないし、中学から私立に通い、大学も来春から大学院に進むことが決まっている。

とはいえ親父《おやじ》は国家公務員なので、ねだれば湯水のように小遣《こづか》いが与《あた》えられたってわけじゃなかった。だから、高校時代から遊ぶための金は自分で賄《まかな》ってきたし、大学四年在学中の今もカフェと家庭教師のアルバイトを掛《か》け持ちの身だ。

掛け持ちをしても所詮《しょせん》はアルバイトなのでさほどの余裕《よゆう》はなく、貯蓄《ちょちく》までは回らない。

財布《さいふ》の中にある現金十五万七千二百円が全財産の俺が、往復で数百万かかると言われる国際線のファーストクラスに乗っているのは、どう考えても分不相応だ。

成田からドバイまでのフライト中も、はじめは自分ひとりが場違《ばちが》いな気がして、どうも落ち着かなかった。

身長百八十センチの俺が悠々と足を伸《の》ばすことができるフルフラットシートに座るのは、見るからに会社の社長か重役といった佇《たたず》まいの、父親くらいの年齢《ねんれい》の中高年ばかり。

隣席《りんせき》も前も後ろも、国籍《こくせき》は多様なれど、見事にオヤジに囲まれている。

しかもオヤジたちはほとんどが顔見知りらしく（ビジネスエリートのネットワークってやつ

か)、「やあ、田中《たなか》さん、先日はどうも。今日は出張ですか?」「ええ、そうなんですよ。今日はお天気がよくてよかったです。前回は揺《ゆ》れてねえ」などと親しげに会話を交《か》わしている。キャビンクルーとも名前で呼び合い、完全に馴染《なじ》み客といった様子だ。

ファーストクラスにしっくりとフィットしているオヤジたちの中で、俺ひとりが初心者。格安チケットで貧乏《びんぼう》旅行が常なので、ビジネスさえ乗ったことがない。それがいきなりのファーストなのだから、いくら周囲に「図太い」と評される自分でも、多少は場に呑《の》まれても仕方がないと思う。

だが、そこはさすがに客室乗務員の中でもエリートであるファーストクラス担当のF A《フライト・アテンダント》だった。一見《いちげん》の客だからといって差別することなく、実に感じよく応対してくれた。気遣いの行き届いた極上《ごくじょう》のサービスを受けているうちに、俺自身も徐々《じょじょ》にラグジュアリーな雰囲気《ふんいき》に慣れ、リラックスしてくる。

そもそも、この世の中にはファーストのシートに座ることなく一生を終える人間なんてゴロゴロいるのだ。自分だってこれが最初で最後のファーストクラスかもしれない。だったら、せっかくのチャンスをめいっぱいフルに楽しまなきゃ損だ。

そう開き直ってからは、元来の好奇《こうき》心旺盛《しんおうせい》な性格も手伝い、すべてのサービスを心ゆくまで堪能《たんのう》して、有意義にフライトを楽しむことができた。

ショットバーのカクテルを全種類制覇《せいは》することに燃えたせいもあり、ドバイまでの七時間はあっという間に過ぎた。トランジットの間もファースト専用のラウンジでゆったりと快適にくつろぎ、今また清掃《せいそう》が済んだシートに座り、水平飛行を待って供されたグラスシャンパンを呑んでいる。

（あと一時間ちょっとでマラークか）

つまり、もうあとちょっとで……二ヶ月ぶりに会えるってことだ。

そう実感すると同時に、胸の奥がじわっと熱くなる。

淡《あわ》い期待と、いまだ癒《い》えない痛みとがない交ぜになった複雑な感情を持て余し、俺はシャンパングラスを一気に呷《あお》った。黄金《こがね》色の液体を呑み干し、グラスをテーブルに置くと、すかさず近づいてきたFAが「失礼します」と断って空のグラスを下げていく。

「じゃあな、和輝、元気でな」

シャンパンの酔《よ》いがうっすら回り始めた脳裏《のうり》に、最後に見た兄の表情が蘇《よみがえ》った。

「父さんと母さんを頼《たの》むぞ」

成田空港の出国ゲートで兄が告げた言葉に、あの時の自分は、素直《すなお》にうなずくことができなかった。

自分たち家族を捨てて砂漠《さばく》の地へ旅立つ兄を、笑顔《えがお》で送り出す気分にはとてもなれなかったからだ。全然納得《なっとく》できていなかったし、ものすごく腹が立っていたし、深く傷ついてもいた。

「向こうに着いたら連絡《れんらく》する」

そう言って手を振《ふ》った兄に最後まで応《こた》えることのないまま……ほっそりとした後ろ姿が視界から消えたあとも、俺はしばらくふて腐《くさ》れた顔つきで出発ロビーに立ち尽《つ》くしていた。

そしてその足で繁華街《はんかがい》へ直行し、浴びるほど酒を呑んだ。

ウォッカベースのカクテルを立て続けに五杯空《はい》けたことまでは覚えているが、ある時点からふつりと記憶《きおく》が途切《とぎ》れ、気がつくと薄暗《うすぐら》い路地裏に転がっていた。服は泥《どろ》だらけ、顔は殴《なぐ》られて腫《は》れ上がり、おまけに財布も取られて一文ナシといったボロボロの状態で。その間の記憶はないが、酔って荒《あ》れて、ちんぴらにでも喧嘩《けんか》をふっかけたのかもしれない。

あの、人生における史上最低な日から二ヶ月が過ぎた。顔の痣《あざ》はすっかり消えたが、心の傷はいっこうに癒える気配もなく、異国の兄を想《おも》うたびにズキズキと疼《うず》く。

興味を持った事柄《ことがら》にはなんにでも節操なく首を突《つ》っ込む自分とは違《ちが》い、生真面目《きまじめ》でストイックな六つ違いの兄――桂一《けいいち》は、この四月まで警視庁警護課に所属する警察官だった。

父を追う形で入庁し、自身が望んで就《つ》いたSPとして充実《じゅうじつ》した警察官人生を送っていたにもかかわらず、仕事一筋だったその兄が、突如《とつじょ》辞表を提出した。

プライベートを犠牲《ぎせい》にしてまで打ち込んでいた警察を辞《や》めること自体にも驚《おどろ》いたが、何より家族を驚愕《きょうがく》させたのは、「警察を辞めてどうするんだ？」という親父の問いかけに対する返答だった。

「マラーク王国へ行って、第二王子専属のボディガードになる」

アラビア半島にあるその王国の名前は、俺も知っていた。

マラーク王国は、もともと遺跡《いせき》を売りにした観光と農業が主財源の小国だったが、四十年ほど前に豊かな海底油田が開発されて以降、アラブ諸国の中でも有数の産油国となった。世界第二位の石油輸入国である日本にとってもその存在は大きく、中東関連のニュースで頻繁《ひんぱん》に名前が取りざたされているからだ。

アラブ諸国の中では比較的《ひかくてき》政治情勢が安定しているとはいえ、独特な文化を持つイスラム圏《けん》へ自ら赴《おもむ》き、王族の盾《たて》になるという長男の爆弾《ばくだん》発言に、東堂家は大きく揺れた。

親父は眉間《みけん》に縦皺《たてじわ》を刻んでむっつりと黙《だま》り込み、おふくろはさめざめと泣き、俺は「断固反対！」といきり立った。

件《くだん》の第二王子ラシードとは、この春、王子が父王の見舞《みま》いで来日した折に、桂一が彼の身辺警護に付いたのがきっかけで親しくなった。その任務期間中、公《おおやけ》にはなっていないが、ラシード殿下《でんか》が無頼漢《ぶらいかん》に襲《おそ》われる事件が起こった。その危機を桂一が身を挺《てい》して防ぎ、命を救われた王子は桂一をいたく気に入り、自分専属のボディガードにスカウトした――。

桂一が語った説明で、中東行きのオファーを受けるまでの大まかな経緯《けいい》はわかったが、かといって素直に「行ってらっしゃい」と送り出せるものでもなかった。

考え直せという両親の言葉にも桂一の決意は揺るがず、ついには親族会議が開かれたが、伯《お》父《じ》や伯母《おば》の説得もさしたる効果を見せず、不発に終わった。

子供の頃《ころ》から、一度こうと決めたら信念を貫《つらぬ》き通す頑固《がんこ》なところはあったが、この件に関してはとりわけ桂一の意志は強く、岩のように固かった。

結局、五月の中旬《ちゅうじゅん》に日本で終末医療《いりょう》を受けていたマラーク国王が崩御《ほうぎょ》すると、周囲のすべての人間の反対を押し切るようにしてマラークへ旅立ってしまった。

親父やおふくろは、最後には根負けして、「そこまで言うならやりたいようにしなさい。おまえの人生だ」と、やや諦《あきら》めの境地に至っていたが、俺はまるで合点がいかなかったし、諦めるつもりもさらさらなかった。

今の桂一はおそらく、王族からのオファーに舞《ま》い上がって、冷静な判断ができなくなっているのだ。破格のギャランティを提示されたのかもしれないが、金と引き替《か》えに、今まで地道に積み重ねてきたキャリアを棒に振るなんて馬鹿《ばか》げている。

いわんや家族を捨てるなんて以《もっ》ての外！

俺が桂一の目を覚まさせてやる。それができるのは俺だけだ！

それぐらいに気負っていた。

対人関係にはクールな兄だったが、年が離《はな》れていたせいか、なんだかんだいって弟の俺には甘かった。意見が対立した際も、俺が強引《ごういん》に押せば、苦笑《くしょう》を浮《う》かべつつも最終的には「しょうがないな」と折れてくれるのが常だった。

だから……理詰《りづ》めでも感情論でも、憤《いきどお》っても縋《すが》っても、桂一の決意を翻《ひるがえ》すことはできないと覚《さと》った時のショックは、口では言い表せない。

特に、固い決意の裏に隠《かく》された桂一の本心を聞いた時の衝撃《しょうげき》。

今でも、あの夜の桂一の表情と言葉を思い出すたび、胸が抉《えぐ》れるようにズキズキと痛む。

あれから二ヶ月が過ぎたが、傷口はジクジクと疼き、日を追って痛みがひどくなるばかりだ。

胸の中にぽっかりと大きな穴が空いたような、この喪失感《そうしつかん》は、おそらく失恋《しつれん》に似ている。

（……って、今更《いまさら》誤魔化《ごまか》してなんになる。はっきりと認めちまえ）

遠く離ればなれになったこの二ヶ月で、ますます自分の中で明確になった想い。

自分は桂一に恋《こい》しているのだ。

ちなみに断っておくが、セクシャルアイデンティティ的にゲイじゃない確信はある。桂一以外の男には、ぴくりとも反応しないからだ。

大学の友人に、イタリア人とのハーフで、人形みたいなルックスのやつがいる。性格も顔もかわいいと思うが、そいつに対して恋愛《れんあい》感情を抱《いだ》いたりはしない。

高校が男子校だったんで、先輩《せんぱい》やクラスメイト、後輩《こうはい》に告られたこともあったが、もちろん一蹴《いっしゅう》した。女は割り切ってくれそうな年上のみ、つきあった。

その、ゲイでもない自分が、兄を恋愛……ぶっちゃけ性愛の対象として見ている……。

桂一が養子で、俺たち兄弟に血の繋《つな》がりがないことを知ったのは、俺が二十歳《はたち》の時。桂一のほうは、もっとずっと前から出生の秘密を知っていたらしい。

親父《おやじ》から真実を知らされて驚きはしたが、別にショックじゃなかった。

むしろほっとした。

その事実を知るずいぶんと前――思春期を過ぎた頃から、兄に対して、常軌《じょうき》を逸《いっ》した独占欲《どくせんよく》を抱いてしまう自分にひそかに悩《なや》んでいたからだ。

堅物《かたぶつ》な兄は無論、俺の邪《よこしま》な想いに気がついていない。ただでさえ恋愛感情に疎《うと》く、女のあからさまな秋波にも気がつかない朴念仁《ぼくねんじん》なのだ。弟が自分に道ならぬ恋情《れんじょう》を抱いているかもしれないなんて、頭の片隅《かたすみ》にすら思い浮かべるはずもなかった。

仮にもし、自分の想いを打ち明けられるチャンスが訪《おとず》れたとしても、受け入れてもらえる可能性が低いこともわかっていた。

万が一にも想いが実ることはないとわかっていたけれど、それでもいいと思っていた。

誰《だれ》よりも自分が桂一を理解している。自分ほど桂一の良さをわかっている人間はいない。俺が桂一に一番近い存在だ。――その実感さえあればよかった。

なのに。

あの夜、その唯一《ゆいいつ》にして最大の拠《よ》り所を、俺は最悪の形で失ってしまったのだ。

「おまえにだけは、本当の理由を話しておきたい」

実家の近くのファミレスに呼び出され、桂一にそう切り出されたのは出発の前日。

桂一は俺に打ち明けるに当たって、ずいぶんと迷い、悩んだようだった。そのせいで出発ぎりぎりになったらしい。

いざ俺を前にしても、まだしばらく逡巡《しゅんじゅん》する素振《そぶ》りを見せていたが、やがて思い切ったように顔を上げ、おもむろに口火を切った。

「俺は……ラシード殿下を愛している」

一瞬《いっしゅん》、桂一が何を言っているのかわからなかった。今にして思えば、理解したくなかったんだろうと思う。

「意味……わかんねぇんだけど？」

とっさに口をついた逃避《とうひ》の台詞《せりふ》は、みっともなく震《ふる》えていた。

「……わからなくて当然だ。すぐ理解してくれとも、認めてくれとも言わない」

桂一の顔が苦しげに歪《ゆが》んだ。

「ただ……おまえに知っておいて欲しいんだ。俺がなぜ家族の反対を押し切ってまで、マラークへ行くのか」

桂一がそのあと語ったのは、晩熟《おくて》な兄の初めての「恋話《コイバナ》」だった。

任務で警護に当たったラシードを、その横暴でわがままな言動から、はじめは嫌《きら》っていたこと。そのせいか、ことあるごとにぶつかり、彼の不興を買ってばかりいた。

　だが一日の大半を傍《かたわ》らで過ごし、享楽《きょうらく》的な遊び人である彼の意外な一面――その実不器用で、肉親の愛に飢《う》え、寂《さび》しがり屋の顔を知るにつれて、彼を愛《いと》おしく思うようになった。

　ラシードもまた、王族である自分に対して畏《おそ》れずに直言する桂一に好意を持ち、やがてその好意が恋へと変わり……紆余曲折《うよきょくせつ》を経て、お互《たが》いの想《おも》いを打ち明け合ったふたりは、男同士でありながら恋仲《こいなか》になった。

「ラシード殿下は父上を失ったばかりだ。だがその悲しみを乗り越《こ》えてマラークに戻《もど》り、次期王となる弟のリドワーン王太子を支えようとしている。マラークは国王の交代に際して、しばらく不安定な情勢が続く可能性がある。もちろんマラークにも王室護衛隊はあるし、ラシード殿下も護身術を会得《えとく》している。しかし……王室護衛隊は御身《おんみ》を護《まも》ることはできても、殿下の心までも支えることはできない。うぬぼれかもしれないが、俺は、自分はそれができる数少ない人間だと思っている」

　内に秘《ひ》めた熱い想いを切々と語る桂一は、俺が今まで知っているどの桂一とも違《ちが》った。

「だからこそマラークへ行き、ラシード殿下の側《そば》にいたいんだ。彼が誰かを必要とした時、すぐに手を差し伸《の》べられるように」

　自分が知らない桂一。

　自分以外の男に恋をしている桂一。

二十一年間で初めて見るような兄の表情に、俺はしたたか打ちのめされ、激しく狼狽《ろうばい》し、まともな言葉を発することもできなかった。この場に臨《のぞ》むに際して、兄のマラーク行きを覆《くつがえ》す最後のチャンスと意気込んでいたことなど、完全にどこかへふっ飛んでしまっていた。

眉間《みけん》に深くしわを寄せ、ひたすら黙《だま》り込む俺を見つめて、桂一が訴《うった》える。

「今日、おまえに打ち明けるか否《いな》かをすごく悩んだ。今この瞬間《しゅんかん》も……言うべきだったのかどうか……正直なところを言えば、まだ答えは出ていない。だがふたりきりの兄弟で、子供の頃からずっと、おまえは俺の一番の理解者だった。だからおまえには嘘《うそ》をつきたくなかった」

(……ずりぃよ)

んなこと言われたら、何も言えなくなっちまうだろーが。

俺は膝《ひざ》の上の両手をぐっと握《にぎ》り締《し》めた。指が白くなるほどきつく拳《こぶし》を握って、今にも喉《のど》から飛び出しそうな心の叫《さけ》びを堪《こら》えた。

胸の中は嫉妬《しっと》と悲しみとで荒《あ》れ狂《くる》っていたけれど、ここでわめいても叫んでも、桂一の決意を覆すことができないのは、その強い意志を秘めた双眸《そうぼう》を見れば自《おの》ずと知れたからだ。

「驚《おどろ》かせてすまなかった。それと……長男なのに勝手を言ってすまない」

最後にそう謝って、桂一は俺に深々と頭を下げた。兄に頭を下げられたのも初めてだった。

「育ててもらった恩を仇《あだ》で返すことになってしまったのは、本当に心から申し訳ないと思ってる。両親にはいつか必ず恩返しするつもりだ。だがとりあえずマラークの情勢が落ち着くまで、ふたりをおまえに託《たく》すわがままを許して欲しい」

「…………」

「和輝……親父とおふくろを頼《たの》む」

兄の懇願《こんがん》になんと言って応《こた》えたのか、覚えていない。とにかく頭が真っ白で、胸が張り裂《さ》けそうに痛くて、その場で泣き出さないだけで精一杯《せいいっぱい》だった。

生まれて初めての失恋。

しかも、物心ついた頃《ころ》から想い続けてきた本命に振《ふ》られる大失恋だ。

ダメージは大きかった。ものすごく。

幸か不幸か、生まれてこの方、俺には目に見えるような挫折《ざせつ》の経験がない。スポーツでも勉強でも趣味《しゅみ》でも、そこそこの努力でそれなりの結果をものにできる器用さのおかげで、二十一年間、大した苦労もなくここまですんなり来てしまった。

そのせいだろうか、ものごとや人に深く執心《しゅうしん》したことがなかった俺が、唯一、この世でただひとり、執着した相手。

心の底から欲しかった相手。

けれど、その願いは届かなかった。

完敗。玉砕《ぎょくさい》。

いや……正確には、当たって砕《くだ》ける間もなく終わってしまった。

それでもまだ桂一の相手が女なら、泣く泣く諦《あきら》めもついたのかもしれない。いつかは堅物の兄だって結婚《けっこん》する日がくる。家族を持つ日がやってくる。それに対する覚悟《かくご》は、俺だってしてなかったわけじゃない。

でも、桂一を俺から奪《うば》い去ったのは男で、しかも自分と変わらない年齢《ねんれい》だった……。

桂一と別れ、ダメージマックスでよろよろと家に戻り、その夜は一睡《いっすい》もできなかった。

結局、完徹《かんてつ》で空港に見送りに行った。

失恋《しつれん》の翌日に当人の顔を見るのは正直かなりキツかったけど、「お父さんは仕事だし、私は笑顔《えがお》で見送れないから……家族代表であなたが行って」と母親に頼み込まれれば行くしかなかった。

その後の鬱《うつ》っぷりは、友人や親、アルバイト仲間にも心配されたほどだ。

桂一が旅立ってしばらくは、何をする気も起こらない抜《ぬ》け殻《がら》状態が続いた。大学もアルバイトも休んでずっぽりと落ちきって、一週間ほど自室に引き籠《こ》もり、ぼーっと天井《てんじょう》を眺《なが》めて過ごした。

落ちるところまで落ちきって、漸《よう》くちょっとだけ浮上《ふじょう》。

一週間ぶりにまともにメシを食い、思考停止状態から少しばかり復活した俺は、ふと思い立ち、インターネットで憎《にく》き恋敵《こいがたき》ラシードについて調べ始めた。

傷口に塩を塗《ぬ》り込む行為《こうい》と知りつつも、やや自虐《じぎゃく》的な気分で、【マラーク王国　ラシード殿《でん》下《か》】と打ち込んで検索《けんさく》ボタンをクリック。

「やっぱあんまりヒットしねぇな」

石油を介《かい》して繋《つな》がりが深いとはいえ、中東の小国の第二王子の存在は、日本人にとってさして興味をそそる対象ではないようだ。

それでも少ない記事の中から、情報をピックアップしてまとめると——。

正式名称《めいしょう》、HRH（His Royal Highness）ラシード・ビン・ファサド・ビン・キファーフ・アル・ハリーファ。二十二歳。

ハリーファ王家は、アラブの諸大国の王族とも親戚《しんせき》関係にある由緒正《ゆいしょただ》しい名家で、マラーク王国は代々、支配者ハリーファ家の直系男子が王位に就《つ》き、国政を司《つかさど》ってきた。前国王ファサドの崩御《ほうぎょ》により、三男のリドワーンが王太子に指名されたが、まだ未成年のため、十八歳になるまでは、宰相《さいしょう》である叔父《おじ》のカマルが為政者《いせいしゃ》として実権をふるっている。

次男のラシードは、英国人である第二夫人との間に生まれた。しかし、母親はラシードが生まれた数年後にはファサド国王と離婚《りこん》。息子《むすこ》を置いて英国に戻ってしまった。

ラシード自身も十五歳から英国の士官学校へ行き、以降は米国へ渡《わた》り、カリフォルニア大学ロサンゼルス校に入学。この夏に卒業予定。

腹違《はらちが》いの兄弟に、長兄《ちょうけい》アシュラフ（二十九歳）、他国に嫁《とつ》いだ姉マリカ（二十六歳）、弟のリドワーン（十七歳）がいる。

（四人きょうだいの中で、ひとりだけ腹違いか……しかも異国の血が混じっている）

ラシードのバックボーンが、自身が養子である桂一にとって、親近感を抱《いだ》かせるものであることは容易に想像がつく。

「そのあたりもお互いが惹《ひ》かれ合った要因だろうな……」

俺は、おもしろくない気分でひとりごちた。

だからって、ふたりの仲を素直《すなお》に祝福できるもんじゃない。

上っ面《つら》の概要《がいよう》じゃなくてもっと生の、ラシードの人となりを示すようなエピソードが知りたいと思ったが、これ以上の情報は探し出せなかった。

「日本で駄目《だめ》なら……留学先の米国はどうだ？」

ラシードが留学していた米国に飛ぶと、一転して出るわ出るわ……これでもかとスキャンダルがヒットする。

華《はな》やかなセレブたちが集まるパーティでの、女優との仲睦《むつ》まじいツーショット。

複数のガールフレンドを引き連れ、プレミアのレッドカーペットを踏《ふ》む王子。

マリブの海に浮《う》かべたヨットで、仲間たちと馬鹿騒《ばかさわ》ぎをする王子一行。

カジノで豪遊《ごうゆう》する王子。

『ウーマナイザー』の称号《しょうごう》は伊達《だて》じゃなく、どの画像も連れている女が見事に毎回違う。時にゴージャスボディのブロンドだったり、時にモデル体型のスレンダー美女だったり。まるでラシードが、同じ女とは一晩だけのつきあいと決めているかのようだ。

確かにラシード自身、若くてエキゾティックな美形で、むかつくけど女から見たら魅力《みりょく》的であろうことは認める。その上オイルマネーで潤《うるお》うアラブの王族ときた日にゃ、そりゃモテるだろう。黙っていても周りがほっとかないのもわかる。

（けどそれにしたって……浮き名流し過ぎだろ？）

【最近のラシード王子は女では飽《あ》きたらず、男とまで親密な仲になっている。売り出し中の新人俳優ジャスティンと肩《かた》を組むラシード王子】

若い男と親しげに肩を組むラシードの画像を唖《あ》然《ぜん》と眺め、俺は「ありえねえ」とつぶやいた。

あまりの無節操ぶりに、はじめは呆気《あっけ》にとられる気持ちのほうが強かったが、だんだん胃のあたりがむかむかしてくる。

敬虔《けいけん》なムスリムのはずが、酒は呑《の》むわカジノで遊ぶわ女は手当たり次第《しだい》だわ。

こんなやつ、信用できない。

こんなタラシに大事な兄貴を任せられない！

遊び人の王子にしてみれば、恋愛《れんあい》経験の少ない桂一をたらし込むことなど赤子の手を捻《ひね》るも同然だったに違《ちが》いない。

桂一はすっかりラシードを信頼《しんらい》しきってのぼせ上がっているけど、俺に言わせりゃいいように騙《だま》されている可能性が高い。

ただでさえ、イスラム教徒は四人までの妻帯を許されている。現にラシードも前王の第二夫人の子供だ。

男の桂一の存在は、もちろん公《おおやけ》にできないだろうから、どう足掻《あが》いても生涯日陰《しょうがいひかげ》の身。要は体《てい》のいい愛人だ。優秀《ゆうしゅう》な護衛兼《けん》愛人なのだから、ラシードにとってこれ以上都合のいい相手もいない。

「……くそ」

考えれば考えるほどむかっ腹が立ってくる。

完全に憤怒《ふんぬ》に支配された俺は、ディスプレイ画面の中で艶然《えんぜん》と微笑《ほほえ》む美貌《びぼう》の王子を睨《にら》みつけた。

第一、これだけ好き勝手に遊んできたやつが、桂一ひとりで満足できるとは到底《とうてい》思えない。誓《ちか》ってもいい。絶対に浮気《うわき》する。

百歩譲《ひゃっぽゆず》って浮気しなかったとしても、王族である以上は一生独身というわけにはいかない。いつかは妻を娶《めと》って……桂一は捨てられる。

それで別れてくれればこっちは万々歳《ばんばんざい》だが、問題は、それによって桂一が受ける心の傷だ。色恋《いろこい》に免疫《めんえき》がない桂一はきっと深く傷つく。

仕事と家族よりも優先し、生まれ育った国を離《はな》れてまで追いかけていった相手に捨てられたら、立ち直れないかもしれない。

そうなる前に、まだ日が浅いうちに、できるだけ早く目を覚まさせたほうがいい。

手遅《ておく》れになる前に。

そうだ。それができるのは自分しかいない。

（へこんでる場合じゃねえ）

失恋に凍《い》てついていた胸がひさしぶりに熱く滾《たぎ》り、闘争心《とうそう》がめらめらと燃え上がるのを感じる。

「桂一は絶対に奪い返す」

俺はディスプレイ画面のラシードに挑《いど》むように宣言した。


俺は早速《さっそく》、桂一にメールを出した。

桂一からは日本を発《た》った数日後にはメールが届いていたのだが、俺がへこみ切っていてレスどころじゃなく、一週間近く放置していたのだ。

【無事にマラークに到着《とうちゃく》し、新しい生活をスタートさせた。マラークは自然が豊かでとても美しい国だ。心配していた言葉も問題なく、今のところ快適に過ごしている。できれば一日も早くこちらの生活に慣れ、ボディガードとしての職務に就きたいと思っている】

桂一らしい生真面目《きまじめ》なメールに俺は返信した。

【そんなにいいところなら、大学が休みに入ったらマラークに遊びに行きたい。伯父貴《おじき》の話を聞いてて中東には前から興味があったし、もうすぐ夏休みだしさ】

代官山でカフェを営む父の兄は元外交官で、欧州赴任《おうしゅうふにん》が長かったが、若い頃《ころ》は中東にも駐在《ちゅうざい》していた。その伯父が語って聞かせてくれた、異国情緒《じょうちょあふ》溢れるアラビア諸国の話に、俺たち兄弟はかなり影響《えいきょう》を受けて育った。桂一がアラビア語に堪能《かんのう》なのもそのせいだ。

メールを送ると速攻《そっこう》で返事が来た。

【ぜひおまえにもマラークを見てもらいたい。ラシード殿下《でんか》もおまえに会えるのを楽しみにしているとおっしゃっている。早速日程を詰《つ》めよう】

第二の祖国と決めたマラークに弟が興味を持ったことがよほど嬉《うれ》しかったのだろう。歓喜《かんき》がメールの文面から滲《にじ》み出ている。

（よっしゃ）

ラシードと仲良くなるつもりはさらさらないが、拒絶《きょぜつ》されるよりは歓迎《かんげい》されるほうが何かと好都合だ。

マラークは都市部では英語が通じるらしい。それに俺自身、日常会話レベルならアラビア語もできる。桂一の真似《まね》をして大学の第二外国語でアラビア語を選択《せんたく》したんだが、それがこんなところで役立つとは思わなかった。

となればあとは軍資金だ。先立つものがなけりゃ動くに動けない。

それからの俺は、マラーク行きの旅費を稼《かせ》ぐために、以前に増《ま》してシフトを増やし、掛《か》け持ちのアルバイトをバリバリとこなした。もともと目標ができれば、それに向かって邁進《まいしん》するタイプだ。ハードルは高ければ高いほど燃える質《たち》でもある。

が、その気負いが裏目に出てバイクで事故ってしまい、せっかく貯《た》めた旅費が修理代に消えた。

やべー……と青ざめた矢先だった。

桂一から国際郵便が届き、封《ふう》を開けてみると、中からファーストクラスのエアチケットが出てきた。

同封の手紙には、【ラシード殿下が歓迎の意を表してチケットを手配してくださった。学生には分不相応だと断ったんだが、もう手配してしまったとのことなので、有り難《がた》く頂戴《ちょうだい》することにした。マラークに着いて殿下にお目通りした際に、おまえからも直接お礼を申し上げてくれ】と書いてあった。

ラシードの計らいと知って、「敵に施《ほどこ》しを受けるいわれはない！」と一瞬《いっしゅん》頭に血が上ったが。

現実問題、予期せぬアクシデントによって出発予定日までに目標額が貯まるかどうかあやしいところだったし、数百万相当のチケットを無駄《むだ》にするのももったいない。桂一を連れ戻《もど》すためには、とにかくマラークに行かなければ話にならないのだ。

チケットを破り捨てたい衝動《しょうどう》をどうにか収めた俺は、複雑な心情を抱《かか》えつつも搭乗日《とうじょうび》を迎《むか》え、斯《か》くしてファーストクラスの乗客となったわけだ。

「シャンパンのおかわりはいかがでしょうか？」

二杯目《はい》を呑み干したところでFAにおかわりを促《うなが》され、俺は首を横に振《ふ》った。

いくらいい酒がタダだからって、さすがにちょっと呑み過ぎた。この先はしばらく禁酒生活だから、呑み溜《だ》めしておきたかったってのもあるが。

目的地に着く前に酔《よ》いを覚まさないと。

アルコールが残った体でマラークの地を踏《ふ》むわけにはいかない。

(顔でも洗ってくるかな)

着席サインが消えているのを確かめ、俺はシートベルトを外し、立ち上がった。洗面所は通路の後方、ビジネスクラスとの境目にあたるギャレーの脇《わき》にある。

ビジネスとファーストを仕切る濃紺《のうこん》のカーテンに向かって歩き始めた俺の視線が、ふと、ひとりの男に吸い寄せられた。

俺から見て右手の列、仕切りのカーテンから数えてふたつめの座席に座っている男性だ。なぜ彼に視線がいったかと言えば、はっと目を引くルックスをしていたから。

鞣《なめ》し革《がわ》のような浅黒い肌《はだ》と、陰影《いんえい》のはっきりとした彫《ほ》りの深い顔立ち。精悍《せいかん》と言い切ってしまうには、わずかに甘みが漂《ただよ》うエキゾティックな美貌を、ウェーブのかかった長めの黒髪《くろかみ》がいっそう艶やかに引き立てている。

自分みたいに縁《えん》のない学生でもひと目で仕立てがいいと窺《うかが》い知れる高級そうなスーツに、服の上からでもわかる引き締《し》まった肉体を包んだ美丈夫《びじょうふ》は、長い脚《あし》をゆるやかに組んで、ハードカバーの分厚い本に視線を落としていた。

光沢《こうたく》のあるシルバーグレイのスーツに白のシャツ、ロイヤルブルーのネクタイ、黒のオックスフォードシューズという洗練された着こなしから、一見して欧米人《おうべいじん》に見えるが、その容姿の特徴《とくちょう》はアラブ人であることを示している。

年の頃は三十前後くらい。だが、その年齢《ねんれい》にそぐわない風格がある。広い肩《かた》と厚い胸板《むないた》のせいだろうか……。膝《ひざ》から靴《くつ》までの長さから推測しても、相当な長身であるようだ。

ハードカバーのページを捲《めく》る右手の中指には、宝石と金をあしらった大振《おおぶ》りな指輪が嵌《はま》っている。品のないやつがすると成金アイテムになりがちだが、彼がしているとゴージャスという言葉がぴったりくる。

（こんな人、いたっけ？）

ここまで目立つ男なら、洗面所に立った際に絶対視界に入るし、記憶《きおく》に残る。覚えがないということは、おそらくドバイから乗り込んできたのだろう。

それにしても……。

（すっげぇ迫力《はくりょく》……まつげ長っ）

鋭角《えいかく》的な高い鼻梁《びりょう》に影《かげ》を落とす、たっぷりと濃《こ》いまつげに思わず見とれていると、俺の凝視《ぎょうし》に気がついたらしい男が顔を上げた。

「……………っ」

深い闇《やみ》のような瞳《ひとみ》が放つ強い光に息を呑《の》む。

眦《まなじり》が深く切れ込んだ双眸《そうぼう》と視線がかち合った刹那《せつな》、背筋にびりっと電流が走ったような衝撃《しょうげき》を覚えた。ぴくりと肩が揺《ゆ》れてしまい、そんな自分に舌打ちしたくなる。

年のわりに肝《きも》が据《す》わっているほうだと思っていたのに……。

けどなんていうか、目力が普《ふ》通《つう》じゃない。上手《うま》く言えないけど、とにかく並の人間じゃないことは、その黒曜石の瞳を見ただけでわかる。眼差《まなざ》しだけで他者を圧倒《あっとう》し、従わせる威力《いりょく》を持つ──日本じゃまず滅多《めった》にお目にかかれない人種。

まっすぐこちらを射貫《いぬ》くような強い眼光に囚われ、標本箱に縫《ぬ》い止められた蝶《ちょう》よろしくフリーズしている間に、男がじわりと目を細めた。細めた双眸で、じっとこっちを見つめてくる。

(なんで……そんなに見るんだよ?)

不躾《ぶしつけ》にじろじろ見ちゃったのは悪かったけど、そんなにガン見することねぇじゃん。

つい対抗《たいこう》意識から、こっちも負けじと見つめ返す。

こうなりゃ意地だ。

めいっぱい目に力を込め、男の強い視線を弾《はじ》き返し続けているうちに、だんだんと背筋がむ

ずむずし出し、首の後ろがじわっと熱を孕《はら》んできた。このままじゃ顔が赤くなりそうだ。

（くそっ）

悔《くや》しかったが、いつまでもここで見ず知らずのアラブ人とガンつけ合っててもしょうがない。

俺はついっと目を逸《そ》らし、絡《から》み合う視線を断《た》ち切った。

圧《お》し負けた気まずさから二度と男を見ることなく、まっすぐ顔を前方に据えて通路を歩き出す。と、前方の仕切りのカーテンがシャッと開き、ひとりの男が飛び出してきた。

「おっと！」

とっさに身を躱《かわ》したが間に合わず、突進《とっしん》してきた男の肩が俺の肩にどんっと当たる。

「痛っ」

自分からぶつかっておきながら男は謝りもせず、どころか俺を押しのけるようにして、先程《さきほど》の黒髪の美丈夫の傍《かたわ》らに立った。三十代後半くらいの、大柄《おおがら》な白人男性だ。興奮したような赤い顔をして、手にはＡ４サイズのバインダーを持っている。

『ミスター！』

勢い込んで話しかけるので、てっきり知り合いなのかと思ったが。

『はじめまして。世界的な投資家としてのミスターの手腕《しゅわん》に常々深い感銘《かんめい》を受けている者です。私もいつの日か、ミスターのような成功者になりたいと思っています。突然《とつぜん》で申し訳ありませんが、今少しだけお時間をいただけませんか。ぜひ、ミスターに私のビジネスプランを聞いていただきたいのです』

白人男性の話から推《お》し量るに、どうやら美丈夫は有名な投資家であるらしい。偶然《ぐうぜん》、その彼と同じ便に乗り合わせた男は、千載一遇《せんざいいちぐう》のビジネスチャンスとばかりに、体当たりで売り込みをかけようとしているようだ。

（……にしても、オフでくつろいでいるとこにアポナシで突撃《とつげき》ってちょっと失礼なんじゃねぇの？）

さっきの自分は棚《たな》に上げて闖入者《ちんにゅう》のマナー違反《いはん》に憤《いきどお》り、ちらっと美丈夫の様子を窺う。美貌《びぼう》の男は、突然のアクシデントに毛筋ほども動じていなかった。こんなことは日常茶飯事《さはんじ》なのか、悠然《ゆうぜん》とした態度だ。

『せっかくの申し出ですが、今はプライベートな時間なので、仕事の話は別の機会にしていただけませんか』

肉感的な唇《くちびる》が開き、耳に心地《ここち》いい低音美声が男の無礼を穏《おだ》やかに窘《たしな》める。ネイティブと聞き間違《まちが》えるほどの、実に流暢《りゅうちょう》な英語だった。

『お時間は取らせません。五分でいいんです！　お願いします！』

諦《あきら》め悪く食い下がる男に、わずかに眉《まゆ》をひそめた美丈夫が、今度ははっきりと拒絶《きょぜつ》の言葉を口にする。

『時間の問題ではない。あなただけ特別というわけにはいかないのです。どうしてもということなら、まずは私の秘書にアポイントを取ってください』

『ミスター！』

思い詰《つ》めた顔つきの男が、詰め寄る素振《そぶ》りを見せた。こりゃかなりテンパッてる。

割って入るべきか否《いな》か、俺が迷っていると、騒《さわ》ぎを察知したベテランのＦＡが飛んできた。

『お客様』

闖入者に断固とした声音《こわね》で告げる。

『他《ほか》のお客様のご迷惑《めいわく》になりますので、ご自分のお席にお戻《もど》りいただけますか』

周囲の冷たい視線を感じたのか、男ががくっと項垂《うなだ》れた。ＦＡに促され、渋々《しぶしぶ》とビジネスクラスに戻っていく。

騒ぎが収まったのを見計らい、俺は当初の目的を果たすために洗面所に入った。ファーストクラスはトイレも広くて水回りのシンクも大きい。使われるたびに清掃《せいそう》されるので、いつも水《みず》飛沫《しぶき》ひとつなく、ぴかぴかだ。

ステンレスの深めのシンクでざぶざぶと顔を洗った俺は、水を滴《したた》らせたまま、備えつけのフェイスタオルに手を伸《の》ばす。

ふかふかのタオルで濡《ぬ》れた顔を拭《ふ》きながら、目の前の鏡に映り込んだ自分と目が合った。

ブリーチ不要の栗色《くりいろ》の髪《かみ》。気の強さが表れていると、人によく言われる直線的な眉。日本人にしては色素が薄《うす》めの瞳。男のわりに細い鼻梁と薄い唇。

自分で言うのもなんだが、そこそこすっきり整っているとは思う。実際、容姿を誉《ほ》められることも多い。十代の頃《ころ》は街を歩いていて、よく芸能プロダクションのスカウターに声をかけられた。

だけど……。

「レベルが違《ちが》うよな」

世界的な投資家だという、美貌のビジネスエリートを頭に思い浮《う》かべてひとりごちる。所詮《しょせん》は庶民《しょみん》の自分とは、ステージが違うっつーか。

兄の桂一もかなりの美貌の持ち主だが、どちらかと言えば「女顔」で、男としては線が細い綺麗《きれい》さだ。それに比べてさっきの美丈夫は、同じ美貌でも男性的な色気を持ち、ただそこにいるだけで雄《おす》としてのフェロモンがダダ漏《も》れだった。

（セレブで男前で……上の世界にゃあんなすごいやつもいるんだな）

それを実感できただけでも、ファーストクラスに乗った甲斐《かい》があったかもしれない。

負けず嫌《ぎら》いを自認《じにん》する俺だが、あそこまで歴然と、獅子《しし》と山猫《やまねこ》ほどに差がある相手じゃ闘争《とうそう》心も滾《たぎ》らない。

（ま、いつかはあんなふうにって、目標にするくらいはアリか）

ふっと息を吐《は》き、使用済みのタオルを回収ボックスに突《つ》っ込んだ俺は、ロックを外してドアを押し開けた。

カーテンを捲り、通路を戻りかけたところで、『きみ』と声をかけられる。声がしたほうに顔を向けると、褐色《かっしょく》の肌《はだ》のビジネスエリートが立ち上がるところだった。

（あ…………）

予測どおりに背が高い。目の位置が俺より優に七、八センチは上にある。見事な九頭身。腰《こし》の位置が高くて、足が驚異《きょうい》的に長い。

間近で見れば、そのエキゾティックな美貌はことさら迫力《はくりょく》があった。少しでも気を抜《ぬ》くと、深い闇色の瞳に吸い込まれそうだ。

気圧《けお》されないように心持ち顎《あご》を反らした俺をじっと見つめてから、男が口を開く。

『さっきはすまなかった。ぶつかった肩《かた》は大丈夫《だいじょうぶ》か？』

そっちか。その前のガン見の件かと思った。

必要以上に入っていた肩の力を抜きつつ、俺は英語で『大丈夫です』と返した。

『それに、あなたが謝ることじゃないでしょ？　悪いのはあの空気の読めない勘違《かんちが》い野郎《やろう》だ』

すると男が、形のいい眉を器用に片方だけ持ち上げる。

『確かにそうだな』

低くつぶやき、毛色の変わったおもしろい動物でも見るような目つきで、俺を見下ろした。

またしても値踏《ねぶ》みするような視線をじっくり向けられて、眉間《みけん》がぴくっと蠢《うごめ》く。

『……なんですか？』

『失礼。ファーストにはあまりにラフな服装なのでね』

ジーンズに洗いざらしの白シャツという自分の格好が、ハンドメイドスーツ着用のエリート集団の中で浮いている自覚は充分《じゅうぶん》あったけど、それを、中でも一番高価《たか》そうなスーツを着た男に指摘《してき》されるのはまた話が別だ。

ややむっとした俺は、尖《とが》った声を出した。

『スーツ、一応持ってますけど堅苦《かたくる》しくって嫌《きら》いなんです』

『なるほど』

うなずきはしたものの、男の視線は俺から離《はな》れず、無遠慮《ぶえんりょ》なほど露骨《ろこつ》に全身をスキャンしてくる。

(だからさっきからなんでそんなにじろじろ……なんなんだよ!?)

ひょっとして、本当にファーストの乗客かどうかを疑ってるのか？

『なんならボーディングパスを見せましょうか？』

好戦的な俺を躱すように男が肩を竦《すく》め、『その必要はない』と告げる。話はこれで終わりかと思ったが、男はまだ座席に戻る気配がなかった。

『マラークには観光で？』

『まぁ、そんなもんです』

『英語がとても上手だけど、どこから？』

『日本です』

俺の答えに男が『……日本人か』と、何やら含《ふく》むもののある声を落とした。

『学生かな？』

『……あんたはどっかの調査員？』

素性《すじよう》を探《さぐ》るような質問攻《しつもんぜ》めにイラッとして、低い声で聞き返す。

俺のうろんな眼差《まなざ》しにゆっくりと瞠目《どうもく》した男が、何がおかしいのか、やや肉感的な唇を横に引いた。そんなふうに口許《くちもと》だけで笑うと、より野性味が勝《まさ》って男性的な色気が増す。

不覚にもドキッとした自分に、腹の中でちっと舌を打った。

（何を男相手に……）

男の色香《いろか》に迷った自分に腹が立ち、浅黒い貌《かお》を睨《にら》みつける。

『すまなかった。気分を害したなら謝る』

大人の余裕《よゆう》を見せ、あっさりと謝罪を口にした男が言葉を継《つ》いだ。

『マラークは美しい国だ。きみのバカンスが楽しいものであるようにアラーに祈《いの》ろう。引き留めて悪かった』

気障《きざ》な台詞《せりふ》を最後に身を引き、男が席に着く。

俺もまた、胸の中が妙《みよう》にざわざわと波立つのを感じながら、自分の席へ戻った。

2

その後は俺も席を立つことなく、従って例の美丈夫《びじょうふ》と会話をすることもないままに、飛行機はマラークの首都ファラフ郊外《こうがい》に到着《とうちゃく》した。

降りる際にちらっと後方を窺《うかが》ったが、男の姿は見えなかった。洗面所に行っているのかもしれない。

値踏みするような不躾《ぶしつけ》な目線とか、こっちの素性を疑うような質問とか、諸々《もろもろ》むかついたけど、男があれだけのやりとりで、忘れられない強烈《きょうれつ》な印象を残したことは確かだった。

バックパックのショルダーベルトを肩に掛《か》け、前方のドアに向かって歩きながら、俺は二度ほど背後を振《ふ》り返った。やっぱり男の姿を発見できず、なんとなく後ろ髪《がみ》を引かれる気分に囚《とら》われ……そんな自分を訝《いぶか》しく思っていると、ドアサイドに立っているＦＡに「東堂様」と声をかけられる。

「本日はファーストクラスをご利用いただきまして、誠《まこと》にありがとうございました。またのご搭乗《とうじょう》を乗務員一同、心よりお待ち申し上げております」

深々と頭を下げられ、俺も軽く会釈《えしゃく》を返した。

「こちらこそ、いろいろお世話になりました」

「お気をつけていってらっしゃいませ。マラークでのご滞在《たいざい》が楽しく充実《じゅうじつ》したものでありますよう、お祈りしております」

「ありがとう」

片手を上げて、ボーディングブリッジへ足を踏《ふ》み出す。とたんに、むわっとした熱気に包まれた。

（……まだ午前中なのにあっちー）

四方を覆《おお》われたブリッジ内ですら、外気の熱を感じるのだから、これが炎天下《えんてんか》に出たらどうなるか。覚悟《かくご》しておいたほうがいいかもしれない。

だがターミナルビルはエアコンが利《き》いており、ひんやり涼《すず》しかった。むしろ冷房《れいぼう》が少し利き過ぎていて、肌寒《はだざむ》いくらいだ。

マラークの国際空港は、年々高まる海外からの需要《じゅよう》に応じて滑走路《かっそうろ》を増やし、ターミナルビルディングも近年建て直しが完了《かんりょう》したばかりらしい。建物自体がまだ新しいことに加え、掃除《そうじ》が隅々《すみずみ》まで行き届いていて、清潔で綺麗だった。

欧州《おうしゅう》の有名な建築家の手によるターミナルビルは、要所要所にアラブ的な装飾《そうしょく》が見受けられるが、想像していたよりずっと近代的で、天井《てんじょう》も高く広々としている。レストランやラウンジ、主要ブランドの路面店がずらりと軒《のき》を並べるデューティーフリーゾーンなど、空港内で時間を潰《つぶ》すための施設《しせつ》も充実していた。

国の入り口である空港からして、潤沢《じゅんたく》なオイルマネーの恩恵《おんけい》を感じさせる。

空港内で見かけるのは、ゲストである外国人が三割、ホストである空港スタッフが三割、残りがカフィーヤを被《かぶ》り、踝《くるぶし》までのトウブを着たマラーク人といった割合だ。女性はアバヤと呼ばれる、すっぽりと全身を覆う伝統衣装を身につけ、頭をスカーフで隠《かく》している。

ファサド国王の崩御《ほうぎょ》に際し、マラークは深い悲しみに包まれ、国民は黒い衣装に身を包んで一ヶ月の間喪《も》に服した。だが喪が明けた先月末から、少しずつ以前の生活に戻《もど》り、街も活況《かっきょう》を取り戻しつつある——という説明を、機内でＦＡに受けていた。

税関を問題なく通過し、ピックアップしたスーツケースを引いて到着ロビーに出た俺の目に、ゲートに鈴《すず》なりになった出迎《でむか》えの人々の群れが飛び込んできた。ほとんどが、ツアー客の名前が書かれた紙を掲《かか》げている、旅行会社の現地スタッフだ。

どこの国に行っても、まずは目にする馴染《なじ》みの光景に双眸《そうぼう》を細める。

（桂一の話だと、迎《むか》えが来ているはず……）

立ち止まってきょろきょろしていると、真っ白なトウブに、やはり白のカフィーヤを被ったひとりの現地人が、すっと歩み寄ってきた。褐色の肌に黒い口髭《くちひげ》を生やした典型的なアラブ人。二十代後半くらいの男だ。

『Mr.Kazuki Todo?』

英語の問いかけに『Yes』と答える。

『はじめまして。ラシード殿下《でんか》の命でお迎えにあがりました。ザファルと申します』

『よろしく』

俺は右手を差し出し、ザファルと握手《あくしゅ》をした。

『よく俺だってわかったね？』

『すらりと背が高くて見目のいい日本人男性とお聞きしていましたから』

俺の問いに答えたザファルが、『なのですぐわかりました』と言って微笑《ほほえ》む。

『お荷物はこれだけですか？』

『うん、そう』

『では参りましょう』

スーツケースをキャリーしたザファルが先に立って歩き出す。ほどなく辿り着いた空港の駐車場《ちゅうしゃじょう》で、黒塗《くろぬ》りのリムジンに乗り込んだ。たった五分しか外を歩いていないのに、じわっと汗《あせ》ばむほどの気温だったので、適温に設定された車内に落ち着いてほっと息を吐《は》いた。

王族仕様なのか、足をゆったりと伸《の》ばせる広々とした後部座席には、手織りの絨毯《じゅうたん》が敷《し》かれている。ベルベット張りのリクライニングシートには金糸の刺繍《ししゅう》が施《ほどこ》されたクッションがいくつも置かれ、コンソールテーブルやテレビモニターも設《しつら》えられていた。備えつけのコンソールにはクリスタルグラスが並び、冷蔵庫にはキンキンに冷えた各種ドリンク（ただしアルコール以外）が完備。まさに至《いた》れり尽《つ》くせりだ。

俺と一緒《いっしょ》に後部座席に乗り込んだザファルが、『市街地までは車で一時間ほど、王宮まで一時間二十分ほどです』と説明してくれる。

アスファルト舗装《ほそう》された四車線のハイウェイをリムジンが走り出し、俺はミネラルウォーターのボトルを片手に車窓に目を向けた。

空港を離《はな》れてしばらくの間、車窓に映るのは、木の生えていない小山、ナツメヤシの林、石の家が数戸集まった小さな集落くらいだった。

やがて風景が、ごつごつした黒い石が点々と転がる礫砂漠《れきさばく》に変わった。一本の木すら根を下ろすことを許さないひび割れた大地を横目に走るうちに、徐々《じょじょ》に黒い石が小さくなり、石から砂へと変化していくのがわかる。

気がつくと、視界は一面の砂に支配されていた。

(砂漠だ)

地平線まで続く、見渡《みわた》す限《かぎ》りの砂の海に、俺は息を呑《の》んだ。車窓に張りついて目を凝《こ》らす。

オレンジ色の砂丘《さきゅう》が連なった先、遥《はる》か遠くにオアシスらしきシルエットも見えた。

「すげえ……」

思わず日本語でつぶやく。

『砂漠は、ここから西南の方角に広がっています』

傍《かたわ》らのザファルが説明してくれた。彼にとって砂漠は、まさにそこにあって当たり前のものなのだと思わせる淡々《たんたん》とした口調だ。

だが、俺にとって砂漠は、映像や写真でしか目にしたことのない非日常だ。間近で見るその風紋《ふうもん》の美しさ、地平線まで見渡せる広大さに圧倒《あっとう》されつつも、子供の頃《ころ》から憧《あこが》れていた中東の地を踏んだ感慨《かんがい》が漸《ようや》く湧《わ》き上がってくる。正直、空港が近代的過ぎて、ここまではいまいち実感がなかった。

でも……本当に来たんだ。

桂一を取り戻すことが第一目的ではあるけれど、本物の砂漠をこの目で見ることも、今回の旅の目的のひとつだった。

目の前の雄大《ゆうだい》な砂の大地を、俺はいつまでも飽《あ》きることなく眺《なが》め続けた。


砂の砂漠は十分ほどで途切《とぎ》れ、ふたたび現れた小さな集落やナツメヤシの林などを経て、リムジンは市街地へ入った。

植樹されたナツメヤシが規則的に並ぶ幹線道路を走ってしばらく、周囲の景色が一変する。三十分前まで、あたり一面が砂漠であったことが信じられないほど近代的な建物が建ち並び、擦れ違う車の量も増えてきた。

この、荒涼《こうりょう》たる砂漠と近代都市が隣《とな》り合っている感覚も、砂漠の国ならではだろう。首都ファラフは、もともとは砂漠だった場所を緑地化し、開発した街なのだから、それも当たり前なのかもしれないが、俺みたいな異邦人《いほうじん》にはちょっとした驚《おどろ》きだ。

中心部に差し掛《か》かると、建物の高さはさらに嵩《かさ》を増した。

世界的な有名企業の広告ビルボードが、至る所で目につく。新しいビルが建つのか、工事中の区画も多い。

携帯《けいたい》を片手に足早に歩くビジネスマンらしき通行人。トラックや大型のバス、タクシーがひっきりなしに行き交い、リムジンもスムーズに進まなくなった。制服を着た警察官が、スクランブル交差点の真ん中で笛を吹《ふ》いて交通整理をしている。

防音がしっかりとしたリムジンの中にまで、街の喧噪《けんそう》が伝わってくるようだ。

『すみません。昼の渋滞《じゅうたい》です。この区画を抜《ぬ》ければ、また走るようになりますので』

ザファルが申し訳なさそうに謝ったが、異国の街の様子に興味津々《きょうみしんしん》な俺は、まったく気にならなかった。

それ自体がオブジェのような、凝ったデザインの高層ビル。ガラス張りのアーチ屋根を持つ巨大《きょだい》ショッピングセンター。瀟洒《しょうしゃ》なファサードの高級ホテル。有名ブランドの路面店。噴水《ふんすい》を擁《よう》する緑豊かな公園——。

時折見かけるイスラム建築の石造りの建物や、ムスリムの礼拝堂であるモスク、道行く人々が纏《まと》う民族衣装がなければ、イスラムの国だとはわからないくらいだ。

『新しくて綺麗《きれい》な街並みだね』

『ファラフの中心部は経済特区に指定され、国内企業の本店はもとより、外資系企業も支店を持つ、マラーク一のビジネス街となっています。先代のファサド国王が、海外資本の誘致《ゆうち》に積極的な姿勢を打ち出した結果、この十年ほどで急速に発達した比較的《ひかくてき》新しいエリアです』

経済特区とは、商業を活発化するために、外資系企業に対してあらゆる優遇《ゆうぐう》税制が実施《じっし》されているフリーゾーンのこと。つまりマラークは、外資百パーセントの会社設立が可能であったり、外国人労働者雇用《こよう》の制限がなかったりと、海外の企業がマラークに入ってきやすいように、受け入れ態勢が整っているということだ。

近年のマラークの繁栄《はんえい》は、オイルマネーの恩恵に浴した部分も大きいだろうが、亡《な》くなったファサド国王の先見の明が礎《いしずえ》にあるとも言えそうだ。

『一方、昔からの建物が多く残る旧市街地は、もっとごちゃごちゃとしていて猥雑《わいざつ》です。オールドスークや歴史的建造物はそちらのエリアにあります。またファラフ近郊《きんこう》まで足を伸ばせば、ローマ時代の神殿《しんでん》や列柱回廊《かいろう》、地下墳墓《ふんぼ》などの遺跡《いせき》を観《み》ることもできます』

多様な顔を持つ自国に誇《ほこ》りを抱《いだ》いていることがわかる、ザファルの説明を聞いている間に、リムジンが渋滞から抜け出た。

中心部を通り抜けたリムジンが、ゆるやかな蛇行《だこう》を描《えが》きながら道を上っていく。またしても、窓の外の景色が変わってきた。目に入るのは、クリーム色や白い石の壁《かべ》に囲まれた立派な屋敷《やしき》ばかりだ。道も美しく整備されており、ゴミひとつ落ちていない。

小高い丘《おか》の上に広がるこのあたり一帯は、どうやら高級住宅街らしく、鉄の門扉《もんぴ》越《ご》しに、芝生《しばふ》の敷き詰《つ》められたフロントヤードやプールが垣間見《かいまみ》える。

（マラークのビバリーヒルズってやつか）

閑静《かんせい》な高級住宅街を走ること数分、不意に前方が開けた。

道幅《みちはば》の広いまっすぐな道路の先に、石造りの外門が見えてくる。サンドベージュの外門をくぐると、さらにその先に、今度は正門が見えてきた。正門を中心に塀《へい》が左右に長く延び、全容を目視できないほどの広大な敷地《しきち》を囲んでいる。

塀の上からは、イスラム様式の白亜《はくあ》の宮殿《きゅうでん》、そして王室専用モスクの半ドーム型屋根と尖塔《せんとう》が覗《のぞ》いていた。

（いよいよ……王宮だ）

もうすぐ桂一に会えると思ったら、いやが上にも気分が高まってくる。

石畳《いしだたみ》が敷き詰められ、記念碑《きねんひ》や銅像などが点在する王宮前広場では、大勢の観光客が思い思いの場所で記念写真を撮《と》っていた。

コバルトブルーを基調にしたアラベスク模様が描《えが》かれた正門の前には、銃《じゅう》を装備した制服姿の門衛が立っている。ここから先は一般《いっぱん》人立ち入り禁止だ。王宮内に入ることができるのは、政府発行の許可証を持った者だけになる。

車をいったん停止した運転手が、ウィンドウを下げて門衛に許可証を提示した。鉄柵《てっさく》が開かれ、リムジンは馬蹄形《ばていけい》にくり抜かれたアーチをくぐる。

正門から宮殿へのアプローチは、先程《さきほど》の王宮前広場を凌《しの》ぐ広さだった。前庭というより、庭園と呼ぶのが似つかわしい。

ここで王室主催《しゅさい》の公式セレモニーを催《もよお》すこともあるのだろうから、これくらいの面積は必要なのかもしれないが、それにしても、一国の王族が住む住居はやっぱり規模が違《ちが》う。

近づくにつれてその全貌《ぜんぼう》が見えなくなる——王宮のスケールに圧倒されかける自分を、俺は腹の中で叱《しか》った。

怯《ひる》むな。呑まれるな。

ラシードに会う前からビビッてどうするよ？

桂一を奪《うば》い返すために、はるばるここまで来たんだろ？

俺が自分を叱咤《しった》激励《げきれい》している間にもリムジンは、手入れの行き届いた緑の芝生に刻まれた幾《いく》筋の道の中から最短距離《きょり》を選び、ゆっくりとしたスピードで進む。最後にモザイクタイルの装《そう》飾《しょく》が美しい六角形の噴水を回り込んで、車寄せに停《と》まった。

到着《とうちゃく》を待ちわびていたかのように、アラブ式回廊の立ち並ぶ列柱の陰《かげ》から、ふたつの人影《ひとかげ》が現れる。俺がリムジンの後部座席から降り立つと同時に、先頭のひとりが叫《さけ》んだ。

「和輝！」

白のカフィーヤを被《かぶ》り、白のトウブに身を包んではいたが、トレードマークの眼鏡《めがね》は健在。紛《まぎ》れもなくそれは兄の桂一だった。

「桂一！」

白い民族衣装の裾《すそ》をなびかせて、桂一が駆《か》け寄ってくる。少し手前で足を止めた兄の、最後に見た時と寸分変わらぬ怜悧《れいり》な美貌《びぼう》を、俺は万感《ばんかん》の想《おも》いで見つめた。

この二ヶ月間、ずっと会いたい、顔を見たいと願い続けていた相手が、今目の前にいる。

手を伸《の》ばせば届く距離に……。

その身を引き寄せ、抱《だ》き締《し》めたい衝動《しょうどう》をぐっと堪《こら》え、俺は笑いかけた。

「……ひさしぶり」

桂一が「よく来たな」と笑い返して、俺の腕《うで》を軽く叩《たた》く。

「長旅お疲《つか》れ様。フライトはどうだった？」

「最高。メシはフレンチのフルコースだったし、高価《たか》い酒も呑《の》み放題で、サービスも痒《かゆ》いところに手が届く感じでさ。さすがに俺以外はみんな会社の社長か重役って感じのオッサンばっかだったけど」

そこまで説明してふと、唯一《ゆいいつ》の例外を思い出す。

褐色《かっしょく》の肌《はだ》と漆黒《しっこく》の双眸《そうぼう》を持つ、美貌のビジネスエリート。年齢《ねんれい》的には俺の次に「若造」の部類だったけれど、身につけているもののグレードから鑑《かんが》みて、おそらくセレブステージは一番高かったに違いない。

結局あのあと、税関でも荷物のピックアップスペースでも姿を見かけなかった——。

「和輝?」

桂一の声で、俺は脱線《だっせん》した思考から呼び戻《もど》された。

「あ、ごめん……何?」

「疲れているところ悪いが、まずはラシード殿下《でんか》に挨拶《あいさつ》をしてくれ。殿下はおまえの到着を朝から楽しみに待っていらっしゃるからな。どうやら年齢が近いこともあって親近感を覚えているようだ」

「あー……うん」

楽しみにされてもな……と、つい気乗りのしない声が出てしまったが、桂一は気がつかなかったらしい。ザファルにアラビア語で『出迎《でむか》えありがとう。助かった』と礼を言うと、背後に控《ひか》えている侍従《じじゅう》らしき男に『荷物をゲストルームに運んでおいてくれ』と指示を出した。

人を使うことに慣れた口調を耳にして、桂一が王宮での生活にすっかり馴染《なじ》んでいるのを感じる。

(民族衣装も様になっているし)

自分の知らない兄の新しい一面を見たようで、少しばかり複雑な俺の心境など知る由《よし》もなく、桂一が振《ふ》り返って誘《いざな》った。

「じゃあ行こうか」


桂一に案内されて宮殿の中を歩いた。

赤を基調としたアラベスク模様の絨毯《じゅうたん》を踏《ふ》み締めつつ、左右、時に天井《てんじょう》と、忙《せわ》しく視線を動かす。そうでもしないと、普通《ふつう》なら一般人が見ることの敵《かな》わない、素晴《すば》らしい美術品の数々を見逃《みのが》してしまいそうだった。

廊下《ろうか》——と言っても日本の住宅のリビングくらいの左右幅《はば》はある——の高い天井には、赤やエメラルドグリーンなどの鮮《あざ》やかな色彩《しきさい》で、花や葉をモチーフにした模様が描かれている。壁はコバルトブルーのモザイクタイルが隙間《すきま》なく嵌《は》め込まれ、時折コーランらしきアラビア文字を金で象《かたど》ったレリーフも見受けられた。

廊下に一定の間隔《かんかく》で並ぶ馬蹄形の窓から午後の陽光が差し込み、ステンドグラスの複雑な色合いを床《ゆか》に映し込んでいる。

そこかしこに置かれている調度品も、ひと目で大変な歴史的価値があるとわかるものばかりだ。装飾的な寝椅子《ねいす》や座椅子、宝石がちりばめられた純金の香炉《こうろ》や、遥《はる》か昔にシルクロードを渡ってきたのであろう磁器の壺、象牙《ぞうげ》の座卓《ざたく》、額《フレーム》からして芸術品の域に達した絵画など、まるで美術館さながらだった。

　これだけのものを集めるのに、どれほどの金と時間、そして権力が使われたのか、庶民《しょみん》の俺には推《お》し量ることもできない。

「なぁ、この王宮ってハーレムとかないの？」

　アラブの王宮と言えばハーレム。

　短絡《たんらく》的な発想に囚《とら》われた俺の問いに、桂一が「いわゆる何人もの女性を囲うハーレムはないが、王族の夫人や子供達が暮らす住居としての後宮はある」と答えた。

「現在は、ファサド国王の未亡人、つまり現王太子リドワーン殿下の母上である第一王妃《おうひ》が暮らしている。ラシード殿下も、子供の頃《ころ》は実母のジェイン王妃と後宮で暮らしていたそうだ」

「確かそのジェイン王妃って英国人で、ラシード殿下がまだ小さい頃に離婚《りこん》して英国に帰っちゃったんだよな」

　桂一がちらっとこちらを見る。

「よく知っているな」

「一応お世話になるから、ひととおりは調べてきた」

　俺の返答に桂一が「そうか」とうなずいた。

　本当は、敵を倒《たお》すにはまず敵を知ること——の教えに従ったまでだが。

「後宮ってマジで男子禁制なの？」

「後宮に出入りできる男性は、国王本人とその息子《むすこ》たちだけだ。もちろん、俺も入ったことはない。殿下に案内されて『ここから先がハーレム』という仕切りの扉《とびら》の前までは行ったことがあるが」

そうこう話している間に何度角を曲がっただろう。回廊《かいろう》があるせいもあって、宮殿《きゅうでん》内は相当に複雑な構造になっているらしい。今ここで放《ほう》り出されたら、確実に迷子だ。

だが桂一は寸分の迷いもない足取りで歩いていく。頭の中に王宮の間取りが完璧《かんぺき》に入っているようだ。警視庁でも指折りと言われた記憶《きおく》力は健在らしい。

（しっかし、どんだけ広いんだよ？）

宮廷《きゅうてい》内に入ってから優に五分は歩いている。

と、漸《よう》う、重厚《じゅうこう》な扉の前で桂一が足を止めた。

「ラシード殿下の私室だ」

飾《かざ》り彫《ぼ》りが美しい二枚扉の両脇《りょうわき》には、軍服を着た王室護衛隊の衛兵らしき男が二名立っている。桂一がふたりに目礼をし、扉に歩み寄ってノックした。

『殿下――私です』

ややして中から『入れ』といういらえが返る。少しハスキーな若い声だった。

いよいよ桂一を俺から奪った憎《にく》き宿敵とご対面だ。

（負けらんねえ）

ぐっと腹筋に力を入れ、胸を反らす俺の前で、桂一が二枚扉を押し開ける。室内に数歩足を踏み入れてから、俺を振り返り、ついて来いというふうに目で促《うなが》した。

『……失礼します』

小声でつぶやき、俺も室内に歩を進める。

ホールほどの広さのある部屋は、廊下の煌《きら》びやかさとは対照的に、落ち着いた色合いで統一されていた。床はマーブル模様の大理石で、びっしりと植物が描《えが》かれた壁《かべ》はクリーム色。だが目を凝《こ》らしてよく見れば、部屋のあちこちに純金の装飾《そうしょく》が惜《お》しげもなくあしらわれており、王子の私室に相応《ふさわ》しい豪奢《ごうしゃ》な造りであることがわかる。各所に配置された調度品も、贅《ぜい》の限りを尽《つ》くした見事さだ。

『弟の和輝が到着《とうちゃく》いたしましたので、ご挨拶に伺《うかが》わせました』

桂一の言葉に応じるように、正面の天蓋《てんがい》付きの安楽椅子《あんらくいす》から、ひとりの男が立ち上がった。すらりと背が高い。

金糸の刺繍《ししゅう》の施《ほどこ》された民族衣装に身を包んだ彼がこちらに近づいてくるにつれ、その神秘的でエキゾティックな美貌があらわになった。

深海のような黒みを帯びた碧《あお》い瞳《ひとみ》。胡桃《くるみ》色の肌が白い衣装に映《は》え、ドーム型の天井の明かり取りの窓から差し込む光に反射して、金の髪《かみ》が煌めいている。

「……っ」

俺は小さく息を呑んだ。事前に写真で見て、その容姿が優《すぐ》れていることはわかっていたはずだった。が、いざ目の前にすればやはり、ラシードが全身から放つまばゆいオーラに圧倒《あっとう》される。

飛行機の中で相見《あいまみ》えた美丈夫《びじょうふ》とはタイプが違《ちが》うが、目の前の王子にも、生まれついて人の上に立つことを定められた人間特有の威厳《いげん》があった。カリスマ性とでも言うのか。

俺はぐっと両手を握《にぎ》り締《し》めた。

怯《ひる》んでる場合か。

顎《あご》を反らし気味に、まっすぐ目の前の王子を見つめていると、すぐ手前で足を止めたラシードが、碧い瞳でじっと俺を見つめ返してきた。深い海みたいな碧だ。

しばらく俺の顔に視線を注いでいた王子が、形のいい唇《くちびる》を開く。

『ラシード・アル・ハリーファだ』

一国の王子に先に名乗られてしまい、俺はあわてて一礼した。上体を戻して名乗る。

『お初にお目にかかります、ラシード殿下。東堂和輝です』

『よろしく』

目の前に差し出された手を軽く握り返した。

『こちらこそ、よろしくお願いします』

『カズキって呼んでいいか？』

いきなり打ち解けた友達口調で問いかけられ、いささか面食《めんく》らう。思わず『……はぁ』と間《ま》の抜《ぬ》けた声が出た。

『俺のことはラシードでいい。堅苦《かたくる》しい敬称《けいしょう》や敬語はなしだ』

『しかし……』

『ケイの弟なら俺にとっても兄弟同然。年も近いしな』

そう言われても、それじゃあ、と呼び捨てにするわけにはいかない。

困惑《こんわく》の面持《おもも》ちで傍《かたわ》らの桂一を窺《うかが》うと、兄は、ラシードの気負いのない表情を上目遣《うわめづか》いに眺《なが》めたのちに、小さくため息を吐《つ》いた。

『……殿下《でんか》の仰《おお》せのとおりにしろ』

王子が一度言い出したら、自分が何を言っても覆《くつがえ》すことはできないと諦《あきら》めているような顔つきだ。

もともと敬語なんて柄《がら》じゃないし、なんだか畏《かしこ》まるのがめんどくさくなり、『あー……じゃあラシード』と呼びかけた。

『エアチケット、ありがとう』

『ああ、フライトはどうだった？』

『おかげですごく快適だった。分不相応な気がしないでもないけど、ま、一生に一度の思い出ってことで』

ラシードが満足そうに微笑《ほほえ》む。

『そうか、快適だったようでよかった。マラーク滞在《たいざい》中はここを自分の家だと思ってくつろいでくれ。実は、一週間後に弟が正式に王太子に任命される式典があって、少しばかり王宮内がばたついている。でも、カズキは気にせず自由にしていてくれていいし、何かやりたいことや欲しいものがあったらケイに伝えてくれれば俺が侍従《じじゅう》に手配させる』

『サンキュー。助かる』

礼を言いながら、少しばかり意外な気分になった。

ゴシップ記事のひどい書かれようから推測して、もっと高飛車でいけ好かないわがまま王子なのかと思っていたら……思いがけずフランクで感じがいい。

（って、早々にほだされてどうする？）

俺は、緩《ゆる》みかけた気を引き締めた。予想外にちょっと感じがよかったくらいで、そう簡単に懐柔《かいじゅう》されてたまるか。

相手は、俺から桂一を奪《うば》った張本人だ。

そして自分は、そのラシードから桂一を奪い返すために、ここまで来たのだ。

改めて、ここに来た第一目的を胸に還《かえ》していると、そんな俺の内に秘《ひ》めた敵意を知らないラシードが機嫌《きげん》のいい声を出した。

『よし、今晩にでも早速《さっそく》カズキの歓迎《かんげい》の宴《うたげ》を開こう』

ラシードの私室を辞したあと、三階建ての建物の最上階にある客室に連れて行かれた。

俺のために用意されたゲストルームは、主室と寝室《しんしつ》がコネクトされているタイプで、総大理石の浴室とパウダールーム、トイレも備わった、超一流《ちょういちりゅう》ホテルの最上級スイートルームといった設《しつら》えだ。

壁や床《ゆか》は全体的にブルーの色調で統一され、ドーム型の天井《てんじょう》からはクリスタルシャンデリアがぶら下がっている。

暖炉《だんろ》付きの主室には、ライティングデスク、ローテーブル、肘掛け椅子《ひじかけいす》、カウチと、ひととおりの調度品が揃《そろ》っており、コンソールの上にひと抱《かか》えもあるような花が活《い》けられているためか、甘い香《かお》りが漂《ただよ》っていた。寝室は、四本の柱に支えられた天蓋付きのベッドが、かなりの面積を占《し》めている。

このゲストルームも充分《じゅうぶん》に豪華《ごうか》で美しいのだが、先にいろいろとすごいものを見過ぎたせいで、感覚が麻痺《まひ》し始めているのを感じる。

それでも、必要以上に広い部屋を持て余しそうな予感はひしひしとした。

「なんか……広すぎて落ち着かないっつーか」

俺の庶民《しょみん》的な感想に、ここまで案内してくれた桂一が、「俺も慣れるまでに時間がかかった」と同意する。

「滞在の間、この部屋は好きなように使っていいとラシード殿下からお許しが出ている。使用したタオルや食器は、部屋付きの侍女《じじょ》が片付けるから、おまえは何もしなくていい。つまり、ホテル感覚で過ごして問題ないということだ。おまえの荷物はすでに寝室のクローゼットルームに運ばれているはずだ。今日はこのあと夜の晩餐《ばんさん》まで予定はないから、ゆっくり荷解《にほど》きをしてくれ」

「……了解《りょうかい》」

俺が軽く肩《かた》を竦《すく》めると、「風呂《ふろ》にでも入って夜までに旅の疲《つか》れを癒《い》やせ。マラークでは、午後一時から四時までシエスタするのが習慣だ」と言い置き、桂一が身を返す。そのまま部屋を出ていこうとする兄に、俺は「もう行っちゃうのかよ？」と追いすがった。

だってまだ、再会してからほとんどまともに話をしていない。

だが桂一は申し訳なさそうな顔で「すまない」と謝った。

「さっき殿下の話にも出たが、式典の準備で少しばたついているんだ。一週間後の『忠誠《ちゅうせい》の誓《ちか》い』の儀《ぎ》が終わったら、ゆっくりおまえにつきあえる。それまでは我慢《がまん》してくれ」

頑是無《がんぜな》い子供に言い聞かせるような口調でそう言われてしまえば、それ以上は引き留められなかった。マラークまで勝手に押しかけてきたのはこっちだし。

「……ちぇっ」

バタンと閉じた扉《とびら》に舌を打つ。ひとりで部屋に取り残されたとたん、早速にその広さを持て余して、俺は両開きのフランス窓まで歩み寄り、バルコニーに出てみた。

一歩外に出るやいなや、むわっとした熱気に包まれる。やっぱり暑い。

大理石の手すりから身を乗り出すと、花と緑が溢《あふ》れかえった中庭が見えた。あまりに緑が豊かで、ここが砂漠《さばく》の国であることを失念しそうになる。

遊歩道、東屋《あずまや》、噴水《ふんすい》と目で辿《たど》っていって、モスクの尖塔《せんとう》と半ドーム型の屋根を捉《とら》える。さらに奥に連なる――あのあたりが後宮だろうか。

視線を上に転じて目を細める。高台のせいか、ところどころに高いビルが建つファラフの街並みが広範囲《こうはんい》に見渡《みわた》せた。

ここからは見えないけど……あの街並みの向こうに砂漠があるはずだ。

昼間にリムジンの中から見た、薔薇色《ばらいろ》の砂地を思い出す。

あの砂の海の中に立ってみたい。

俺は強く思った。

その夜、俺のための歓迎の宴が催《もよお》された。

晩餐の会場になったのは王族が団欒《だんらん》に使用する居間で、椅子はなく、その代わりに四角い部屋の三方を天蓋《てんがい》付きのソファが囲んでいる。真紅《しんく》の布が張られた横長のソファには、様々な形のクッションが置かれ、それを使って各自が自由な格好でくつろげるようになっていた。中には絨毯《じゅうたん》に直《じか》に、片膝《かたひざ》を立てて座る者もいる。

俺が気楽に楽しめるようにと、ラシードが堅苦しくないスタイルの宴にしてくれたらしい。

部屋の真ん中に、三メートル四方はありそうな座卓《ざたく》が置かれ、その上に、乗り切らないほどの料理やフルーツが所狭《ところせま》しとひしめいている。

香辛料《こうしんりょう》が香り立つ羊のケバブ、魚の蒸《む》し物、ハモスと呼ばれるひよこ豆のペースト、野菜のタジン、パン生地《きじ》を薄《うす》く焼いたピタ、種類が豊富なナッツ類などの料理に加え、石榴《ざくろ》ジュースやチャイやコーヒー、水煙草《みずたばこ》を吸うためのシーシャも用意されていた。

ラシードと桂一、そして俺という基本のメンツに加え、宴の間じゅう、いろいろな人間がふらりと訪《おとず》れ、料理を摘《つま》んで、ラシードとしばしの歓談《かんだん》を楽しんでは去っていく。

どうやら、「七時から居間にいるから、適宜《てきぎ》好きな時間に顔を出してくれ」と触《ふ》れを出してあるようだ。

そういった意味でもかなりフレキシブルな晩餐だった。

俺はラシードに、父方の従兄弟《いとこ》とか再従兄弟《はとこ》とか、入れ替《か》わり立ち替わり現れるたくさんの王族を紹介《しょうかい》された。だが正直言って、その半分も顔を覚えられなかった。アラブ人は浅黒い顔に濃《こ》いめの目鼻立ち、口髭《くちひげ》が定番で、よっぽど特徴《とくちょう》がなければ、みな同じに見える。

だがその中でも、次期王に指名されているリドワーン王太子だけは、すぐに顔を覚えられた。

『カズキ、弟のリドワーンだ。リドワーン、ケイの弟のカズキだ。今日の昼に、日本からマラークに着いたばかりだ』

『はじめまして。リドワーン王太子』

『はじめまして。マラークへようこそいらっしゃいました』

すらりと細身で、顔立ちはすっきりと整っている。特に黒目がちの瞳《ひとみ》が澄《す》んでいて、凛《りん》とした佇《たたず》まいに好感が持てた。純白の衣装がよく似合っている。

『私もこの春に初めて日本に行ったのですが、とても刺激《しげき》的で楽しい国でした。父の療養《りょうよう》についても、日本政府には特別な便宜《べんぎ》を図《はか》ってもらい、深く感謝しています。日本に比べてマラークはまだまだ発展途上《とじょう》な部分もありますが、そういった趣《おもむき》も含《ふく》め、楽しんでくださると嬉《うれ》しいです』

まだ十七歳と若いが、王太子に選ばれただけあってしっかりしている。兄のような煌《きら》びやかなオーラは持ち得ないが、思慮深《しりょぶか》い物言いは、王座に相応《ふさわ》しい器《うつわ》を感じさせた。

リドワーン王太子の背後には、影《かげ》のようにひっそりと、目つきの鋭《するど》い長身の男が付き従っている。

『サクルだ。王室護衛隊の隊長をしている』

ラシードに紹介された、アラビア語で「鷹《たか》」という名を持つ男は、さすがに王室護衛隊の隊長だけあって制服姿にも威厳《いげん》があった。トウブをアレンジした肩章《けんしょう》付きの制服の胸の前で、革《かわ》ベルトをクロスさせ、腰《こし》にはやはり太い革のベルトを巻いている。腰ベルトには半月形の短剣《たんけん》が下がっていた。

もともとはファサド国王の側仕《そばづか》えであったが、前王の死去に伴《ともな》い、いずれ王位に就《つ》くリドワーン王太子の護衛にシフトチェンジしたとのこと。

『私はこれで失礼しますが、ゆっくりとお過ごしください』

リドワーン王太子とサクルが退席して、異国情緒《じょうちょ》たっぷりのウードの生演奏が始まる。

料理はどれも口に合って美味《うま》かったし、全方向にアンテナを張り巡《めぐ》らせているらしいラシードの話題は多岐《たき》にわたり、なかなか興味深かった。前王の療養地であった日本からのゲストを歓迎《かんげい》する王族たちのもてなしの心も伝わってきた。

にもかかわらず、俺は心から楽しむことができなかった。

原因は、ラシードと桂一が無意識に醸《かも》す、ラブラブな空気だ。

俺の手前、露骨《ろこつ》にいちゃいちゃするわけじゃないが、ちょっと気を許すとふたりで見つめ合っているし、何よりラシードの桂一を見つめる視線がアツ過ぎる。一方の桂一も立場上クールを装っているが、まんざらじゃないのが傍目《はため》にもバレバレ。

三人で過ごしたこの数時間で、ふたりがまさに現在進行形の熱愛中であることを実感し、じわじわと気分が暗くなった。

(俺って、もしかしてお邪魔《じゃま》ってやつ？)

わざわざこんなところまで当てられに来たのか。

そう思うと虚《むな》しくなる。

無駄足《むだあし》だったか？

いや……ラシードも、今のところはまだ目新しさも手伝って桂一に夢中なのかもしれないが、そんなの長く続かないはずだ。

飽《あ》きっぽい王子にポイ捨てされて、桂一が泣く羽目に陥《おちい》る前に、目を覚まさせて日本に連れ帰る。家族の許《もと》へ連れ戻《もど》す。

それが俺の使命だ。

やさぐれそうになる自分を懸命《けんめい》に奮い立たせていると、二枚扉が左右に開き、ひとりの男が入ってきた。

また誰《だれ》か王族が来たのかと戸口に向けた視線が、威風堂々《いふうどうどう》たる長身の男を捉える。まだ記憶《きおく》に新しいその面差《おもざ》しに「あっ」と声をあげ、俺はソファから立ち上がった。

『あんた……！』

ドバイからのファーストクラスで一緒《いっしょ》だったビジネスエリートだ。ハンドメイドのスーツではなく、民族衣装を身につけているが間違《まちが》いない。

これほど強烈《きょうれつ》なオーラを放ち、印象的な男を、見間違《みまちが》えるはずがなかった。

房飾《ふさかざ》りがついたカフィーヤを被《かぶ》り、くるぶしまでの白い衣装の腰に繻子《しゅす》織《お》りのサッシュを締《し》め、金糸の縁飾《ふちかざ》りがあしらわれた黒のローブを羽織った男もまた、俺を見咎《みとが》めて瞠目《どうもく》する。

(嘘《うそ》だろ？　こんな偶然《ぐうぜん》アリ⁉)

『……………』

お互《たが》いを食い入るように見つめる俺と男を、訝《いぶか》しげに見比べていたラシードが、ぽつりとつぶやいた。

『なんだ？　知り合いか？』

問いかけに、男が夢から目覚めたかのように漆黒《しっこく》の双眸《そうぼう》を二、三度瞬《またた》かせる。俺から引き剥《は》がすようにして視線をラシードに転じ、事情を説明した。

『ドバイからのフライトで一緒だったんだが……彼は？』

『日本から遊びに来た、ケイの弟のカズキだ』

『ケイの弟……あまり似ていないな』

低くひとりごちた男が、俺にゆっくりと近づき、手入れの行き届いた右手を差し出してくる。

『アシュラフだ。よろしく』

相変わらず流暢《りゅうちょう》な英語の名乗りにゆるゆると目を見開いた。

アシュラフ？　って確か……。

男の正体に驚《おどろ》いた俺は、やや上擦《うわず》った声で目の前の美丈夫《びじょうふ》に問いかける。

『第一王子？』

『そうだ、長兄《ちょうけい》のアシュラフだ』

当人ではなく、ラシードが答えた。

言われて見れば、月と太陽ほどに印象は違《ちが》えども、この兄弟には類《たぐ》い希《まれ》な美貌《びぼう》の持ち主という共通項《こう》がある。

その身に半分流れる血故《ゆえ》か、西洋的な煌びやかさでは弟が勝《まさ》っていたが、生粋《きっすい》のベドウィンの末裔《まつえい》である兄は、野性的および男性的な魅力《みりょく》という点ではラシードにかなり水を空けていた。

アシュラフ王子と言えば、ハリーファ王家直系の王子であるばかりでなく、米国で成功した企業家《きぎょうか》としても名を馳《は》せる有名人だ。

十八歳で王位継承権《けいしょうけん》を放棄《ほうき》しているが、この国で最も位の高い王族であることには変わりがない。放棄さえしなければ、父亡《な》きあと、目の前の男が王位に就いた可能性はかなり高かったはずだ。

（どうりで）

納得《なっとく》すると同時に、彼を税関で見かけなかった理由にも思い当たる。

ハリーファ王家直系の王子が自分の国に帰るのに、審査《しんさ》を受ける必要はないってことか。おそらく一般《いっぱん》とは異なる王族専用のルートで空港を出たんだろう。

『アッシュは米国を拠点《きょてん》に、世界中を往ったり来たりしていることが多いんだが、今回「忠誠の誓い」の儀式《ぎしき》に参加するために戻ってきたんだ。もっとも、マラークに会社をいくつも持っているから、商用を兼《か》ねてだろうけど』

ラシードの推測を肯定《こうてい》するように、アシュラフが軽くうなずく。

『それにしても、ふたりが空の上で会っていたなんてすごい偶然だな』

『エンジントラブルでプライベートジェットが使えず、やむなくあの機に乗ったんだが……』

成り行きを説明したアシュラフが、ふたたびこちらを見た。まっすぐ注がれる視線に、飛行機での初対面の時と同じように胸がざわつく。

（こいつ……やっぱり苦手だ）

その正体がわかった今、改めて苦手意識を自覚する。うっすら眉《まゆ》をひそめる俺を、不自然なほど長く凝視《ぎょうし》したのちに、男が肉感的な唇《くちびる》を開いた。

『……アラーの神に感謝だな』

低音のつぶやきが上手《うま》く聞き取れず、『何？』と聞き返す。だがアシュラフは俺が発するピリピリした空気を躱《かわ》すように広い肩《かた》を竦《すく》めた。

『なんでもない』

『なんだよ？』

体《てい》よくあしらわれた気がして苛立《いらだ》ち、さらに問い詰《つ》めた時、桂一がラシードの隣《とな》りから俺たちのほうへ歩み寄ってきた。

『アシュラフ殿下《でんか》、おひさしぶりです』

『ケイ……父の葬儀《そうぎ》以来か』

『はい。お元気そうで何よりです、殿下』

『ケイも元気そうだ。こっちの生活にもすっかり馴染《なじ》んでいるようだな』

しっくりと民族衣装を着こなした桂一を、アシュラフがやさしい眼差《まなざ》しで見つめる。

『おかげ様で、皆《みな》さんにとてもよくしていただいております。その上このたびは弟がお世話になることになりまして……』

『ああ、ちょうどタイミングがよかった。――マラークにはいつまで？』

振《ふ》り向いたアシュラフに問われた俺は、まだ腑《ふ》に落ちない気分ながらも桂一の手前、『特に決めてないですけど』と答えた。

実のところ、兄が説得に応じるまでは帰れないので、帰国は桂一次第《しだい》だ。

『せっかくだからゆっくりしていけばいい。もしよければ俺がマラークを案内しよう』

『えっ？』

予想外の申し出に、俺と桂一は同時に驚きの声を出す。

『ここしばらくケイは式典の準備で忙《いそが》しいだろうからな』

『しかし、アシュラフ殿下にもお仕事がありますし……』

俺より先に桂一が遠慮《えんりょ》すると、アシュラフが首を横に振った。

『仕事の予定もあるにはあるが、比較的《ひかくてき》ゆるやかなスケジュールにしてある。前回は父の葬儀にかかりきりだったから、今回は休暇《きゅうか》のつもりで戻って来たんだ』

『そうですか。でも、貴重なお休みの時間を弟のために使っていただくのは申し訳なく……』

それでもまだ、王族をツアコン代わりに使うことに躊躇《ためら》いが拭《ぬぐ》えないらしい桂一の後ろから、ラシードが言葉をはさんでくる。

『本人がそうしたいって言っているんだからいいんじゃないのか。アッシュなら任せておいて安心だしな』

弟の後押しを得たアシュラフが、俺を見た。

『砂漠《さばく》ツアー、オールドスーク、古代ローマ文明の遺跡《いせき》。どこでもお望みの場所に案内しよう』

『………』

一見下手に出ているようでいて、有無《うむ》を言わせない押しの強さが言葉の端々《はしばし》に滲《にじ》む。

人を従わせることに慣れた男にむかっとしたが、仮にも第一王子の申し出を無下に断ることもできず——俺は渋々《しぶしぶ》とうなずくしかなかった。

その後はアシュラフを交えて四人での歓談《かんだん》が一時間ほど続き、夜も更《ふ》けてきた頃《ころ》に宴《うたげ》はお開きとなった。

『着いたばかりで疲《つか》れているのに長く引き留めて悪かった』

居間を出た廊下《ろうか》でラシードに殊勝《しゅしょう》な声をかけられた俺は、『こっちこそ、俺のためにわざわざ時間を割《さ》いてくれてありがとう』と答える。

『ずっと英国と米国にいたから、同年代の友人がマラークにはいないんだ。だからカズキの来訪を楽しみにしていた。実際に話してみて、独りよがりかもしれないけど気が合うって感じたし、いろいろ話せてすごく楽しかった』

『………』

ライバルと目する相手に素直《すなお》な言葉で好意を示された俺は、どんな顔をしていいやら困惑《こんわく》した。助けを求めるように、ラシードの傍《かたわ》らに立つ桂一を見やる。恋人《こいびと》が自分の弟を気に入ったことが嬉《うれ》しいのか、クールな兄にしてはめずらしく柔《やわ》らかな表情で、桂一はラシードを見つめていた。

その視線に気がついたラシードが顔を横向け、ふたりは小さく微笑《ほほえ》み合う。

「………っ」

アイコンタクトで気持ちを確かめ合うふたりの姿に、ズキッと胸が痛んだ。晩餐《ばんさん》の間じゅうアツアツぶりを見せつけられて、ずいぶん麻痺《まひ》してきたかと思ったが、そんなことはなかった。

幸せそうなふたりから、たまらず俺は視線を逸《そ》らした。

刹那《せつな》、俺の右側に立っていたアシュラフと目が合う。

(…………あ)

ひそかに息を呑《の》んだ。

なんだってこうもちょくちょく目が合うんだよ？

もしかして、それだけこの人が俺を見てるってことか？

(でも、なんで？)

『できればカズキもマラーク滞在《たいざい》を楽しんでくれると嬉しい』

俺のノーリアクションをシャイな日本人特有の照れだと誤解してくれたらしいラシードが、気分を害した素振《そぶ》りもなく言葉を継《つ》いだ。

『今夜はよく休んでくれ。アッシュもつきあってくれてありがとう。ひさしぶりに話せて楽しかった。お休み』

『ああ、俺も楽しかった。お休み』

『和輝、部屋には戻《もど》れるか？』

『たぶん大丈夫《だいじょうぶ》』

『そうか。今夜はゆっくり休んで疲れを取れよ』

俺の肩をぽんと叩《たた》き、アシュラフに『失礼します。お休みなさい』と一礼した桂一が、ラシードの背中を追って歩き出す。

肩を並べて歩き出したふたりを、廊下に立ち尽《つ》くした俺は、憂鬱《ゆううつ》な眼差しで見送った。

どんなに視線を送っても、桂一は振り返らない。

その代わり、ラシードと親しげに言葉を交《か》わして、時折白い歯を零《こぼ》す。

日本にいた頃の桂一は、自分を律する気持ちが強く、あんなふうに笑わなかった。

桂一は変わった。それは認めざるを得ない。桂一を変えたのが、ラシードであることも。

認めれば楽になるかといえばそうではなく、逆にどんどん胸が苦しくなる。

いっそラシードが鼻持ちならないイヤなやつだったらよかった。

もしくはこっちを嫌《きら》ってくれていたら、遠慮なく敵視できたのに。

(このあと部屋に戻ってふたりは……)

恋人同士のふたりが抱き合う姿を想像しそうになり、俺はあわてて頭をふるっと振った。

駄目《だめ》だ。考えるな。それをやったらマジで立ち直れなくなる。

懸命《けんめい》に自分に言い聞かせていた時だった。

『あのふたりは……羨《うらや》ましいほどに仲がいいな』

背中越《ご》しに届いたつぶやきに、ばっと振り返る。

すぐ後ろに立ったアシュラフは、廊下の先の、今にも見えなくなりそうなふたつのシルエットを目で追っていた。やがて、ふたりの姿が完全に消えるとこちらに視線を向け、『そう思わないか？』と同意を求めてきた。

なんとなく、その眼差しや物言いに含《ふく》むものを感じて双眸《そうぼう》を細める。

どういう意味だよ？

まさか……この人は、ラシードと桂一が恋愛《れんあい》関係にあることを知っている？

眉根《まゆね》を寄せて男の真意をはかっていると、出し抜《ぬ》けにアシュラフが顔を近づけてきた。ふわりと甘い香《かお》りを嗅覚《きゅうかく》が捉《とら》え、肩《かた》がぴくっと揺《ゆ》れる。

(顔、近いって！)

反射的に身を引く俺との距離《きょり》をさらに詰《つ》め、至近から黒い瞳《ひとみ》が覗《のぞ》き込んできた。

『残念だったな』

『……残念？』

とっさに怯《ひる》んだ自分に腹の中で舌を打ちつつ、顎《あご》を反らして問い返す。

『せっかくひさしぶりに兄弟水入らずで過ごせるかと思ったら、ラシードがケイを離《はな》さなくて残念だったな』

意味ありげな台詞《せりふ》を、俺は不敬を承知で『別に……全然』と受け流した。――が。

『そうか？　ケイをずっと目で追っているおまえは、母に捨てられた子猫のように寂《さび》しそうに見えたが』

続く台詞にカッと顔が熱くなる。

ブラコンと揶揄《やゆ》されたのも腹立たしかったが、それより何より。

『誰《だれ》が子猫だっ！』

気がつくと、一国の王子に対して声を荒《あら》げていた。

はっと我に返った時はすでに遅《おそ》く。

（……ヤバい）

つい頭に血が上って口走っちまった。

謝るべきか否《いな》かを迷い、目の前の顔色を窺《うかが》ったが、浅黒い貌《かお》は格別気分を害したふうでもなかった。

『悪かった。撤回《てっかい》しよう』

むしろおもしろがってさえいるような口調で言うなり、アシュラフが胸に片手を当てて優雅《ゆうが》に身を折る。ゆっくりと姿勢を元に戻し、肉感的な唇《くちびる》を歪《ゆが》めた。

『子猫ではなく、山猫だ』

『……はぁ!?』

思わず気の抜けた声が出る。

『どこに行きたいか、明日までに考えておいてくれ。――お休み。よい夢を』

黒いローブの裾《すそ》を翻《ひるがえ》して去っていく長身の美丈夫《びじょうふ》を、俺は呆気《あっけ》に取られて見送った。

「……なんなんだよ……あの人」

3

ゆっくり休んで疲れを取れと桂一には言われたけれど、当の桂一とラシードのことが重く心にのし掛《か》かっているせいか、またはジェットラグのせいか、はたまた天蓋《てんがい》付きのふわふわベッドが性《しょう》に合わなかったのか——結局、早朝に目が覚めてしまった。

ナイトテーブルの時計を見て、「六時前じゃん」とため息混じりにつぶやく。

まだ眠気《ねむけ》が頭に残っていたので、十分ほど、白いシーツの上でゴロゴロと寝返《ねがえ》りを打ってみたが、どうやら二度寝できそうにない。諦《あきら》めた俺は、羽布団《はねぶとん》を剥《は》いで起き上がった。

「どこのお姫《ひめ》様だよ……」

ひとりごちながら、天蓋から幾重《いくえ》にも垂れ下がったレースのドレープを捲《まく》り、床《ゆか》に降り立つ。きちんと揃《そろ》えて置かれた革《かわ》のルームシューズに足を入れ、窓際《まどぎわ》まで近寄り、ベルベットのカーテンを開けた。

薄紫色《うすむらさきいろ》の朝の光が差し込んできて、うっすらと寝室《しんしつ》を照らす。窓から見えるエキゾティックな街並みも、朝焼けに染まっていた。

「天気はよさそうだな」

口にしてから気がつく。そもそも今の時季、マラークに雨が降ることはあり得ない。緑地化が進み、至る場所で緑を見るので忘れがちだが、ここは砂漠《さばく》の国なのだ。

「……さて、どーすっか」

さすがにここのスタッフも起き出したばかりだろう。朝食まではしばらく時間がかかりそうだ。

とりあえず、眠気《ねむけ》覚《ざ》ましも兼《か》ねて風呂《ふろ》に入ることにした。

部屋付きの浴室は、浴槽《よくそう》とは別にシャワーブースがついており、パウダールームと合わせると相当な広さになる。学生なら、このスペースだけで充分《じゅうぶん》ひとり暮らしができそうだ。

「ん？　甘い香り……」

くんっと鼻を蠢《うごめ》かせる。

どこから匂《にお》うのかと周囲を見回してみて、戸棚《とだな》に並ぶ、色とりどりのガラスの小瓶《こびん》に目が留まった。その中からひとつを摑《つか》み、蓋《ふた》を開けて少し手に取ってみる。とろりとした透明《とうめい》の液体から、柑橘《かんきつ》系の甘い匂いが立ち上った。

(香油《こうゆ》？)

匂いの元はこれかもしれない。

そういや、あの男もこんな感じのコロンをつけていたっけ。

昨夜、アシュラフが不意打ちで顔を近づけてきた際、ふわりと香った甘い匂いが鼻腔《びこう》に蘇《よみがえ》る。

と、その香りに引きずられるように、別れ際の台詞がリフレインした。

──ケイをずっと目で追っているおまえは、母に捨てられた子猫のように寂しそうに見えたが。

──悪かった。撤回しよう。

──子猫ではなく、山猫だ。

「くそっ……ガキ扱《あつか》いしやがって」

小さく舌を打ち、瓶を戸棚に戻《もど》す。

「……朝っぱらからあんなやつのこと思い出すなって」

寝乱《ねみだ》れた髪《かみ》をガシガシと掻《か》き上げ、込み上げてきたむかつきを呑《の》み下した。

「忘れろ忘れろ。風呂だ風呂」

シャワーでもいいかなと思ったが、どうせ時間があるならと、総大理石でできた円形の浴槽に湯を溜《た》め始めた。獅子《しし》像の口からすごい勢いで湯が流れ落ちる音を耳に、寝衣にしていた絹のトウブを頭から脱《ぬ》ぐ。素《す》っ裸《ぱだか》になって、半分ほど溜まった湯にざぶっと身を沈《しず》めた。

日本では長身の部類に入る自分が手足を伸《の》ばせる広さというのも、かなり贅沢《ぜいたく》な話だ。おまけにジェットバス機能もついている。

「……気持ちいい」

適温の湯に浸《つ》かり、エアブローに包まれているうちに、浅い睡眠《すいみん》ではいまいち取りきれなかった体の疲《つか》れが、じわじわと薄《うす》れていくのを感じる。

それでもまだ、心の鬱屈《うつくつ》は晴れない。まぁあれだけ見せつけられた昨日の今日で、そう簡単に浮上《ふじょう》できるわけもなかった。

浴槽の縁《ふち》に後頭部を預け、ぼんやり天井《てんじょう》を見上げる。

脳裏《のうり》に浮《う》かぶのは、桂一とラシードの仲睦《なかむつ》まじい姿。よっぽどショックだったのか、昨夜は夢にまでふたりが出てきた。今日もまた見せつけられるのかと思うと気分が沈む。

あんなラブラブなふたりを、引き離すことが本当にできるのか？

使命感と愛に燃えた今の桂一が、俺の説得に耳を貸すとはとても思えない……。

「……はぁ」

先行きの困難さに、重苦しい息が零《こぼ》れる。

「……でも……やるしかねぇんだ」

それが、桂一のためでもあるんだから。ゆくゆくは、あの時別れてよかったと思ってもらえるはずなんだ。

「よし。やるぞ！」

ここに来て何度目かの気合いを入れた俺は、湯を両手ですくってじゃぶっと顔にかけた。

二十分ほど浸かった浴槽を出て、シャワーブースで体と髪を洗う。

頭の天辺《てっぺん》から足の指の間まで泡立《あわだ》て、シャワーで泡《あわ》を洗い流すと、濡《ぬ》れた体にバスローブを羽織って浴室を出た。時間をかけて髪を乾《かわ》かし、服に着替《きが》える。白いシャツにジーンズといったいつもの定番アイテムだ。

「まだ七時前か」

風呂に入って体はさっぱりしたが、気持ちを持ち直すまでには至らず。このまま部屋にひとりでいても余計なことばかり考えてしまいそうなので、気晴らしも兼ねて、朝食まで散策することにした。

昨日少し桂一に館内を案内してもらったが、あれで全部ではないはずだ。

(庭も見てないしな)

大階段を使って一階まで下りた俺は、当て所《ど》なく宮殿《きゅうでん》内をぶらぶらと歩き出した。

途中《とちゅう》で何人かの侍従《じじゅう》や女官とすれ違《ちが》ったが、俺の滞在《たいざい》は周知の事実なのか、みんな笑顔《えがお》で『おはようございます』と挨拶《あいさつ》してくる。要所要所に立つ王室護衛隊の衛兵たちも、さすがに笑顔こそ見せなかったが、見咎《みとが》めるでもなくスルーしてくれた。

そこかしこに無造作に置かれた素晴《すば》らしい「美術品」にも、昨日ほど心が弾《はず》まないのを感じながら、館内を適当にぶらついて、辿《たど》り着いた回廊《かいろう》から中庭に出る。

昨日部屋から眺《なが》めた中庭は、遊歩道沿いに手入れの行き届いた花壇《かだん》が設置され、咲《さ》き誇《ほこ》る花々が歩く者の目を楽しませてくれる。鬱積《うっせき》したものを胸に抱《かか》えていなければ、もっと心から楽しめるのにと、少し残念な気がした。

プールと言ってもいい大きさの池や、流水が美しく弧《こ》を描《えが》く噴水《ふんすい》、ちょっとしたガーデンパーティが開けそうな中東風の東屋《あずまや》など、視覚的に飽《あ》きさせない工夫《くふう》が為《な》された中庭を抜《ぬ》け、蛇《だ》行《こう》する小道を五分ばかり歩いた頃《ころ》だろうか。鉄製の小さな門に行き着く。鍵《かぎ》はかかっておらず、手で押すと、ギィーと軋《きし》んだ音を立てて開いた。

建物と建物の間の狭い石畳《いしだたみ》の道を少し進み、角を曲がったとたんに視界が開ける。

（うわっ）

一面の芝生《しばふ》。ナツメヤシの林をバックにした緑色の屋根の厩舎《きゅうしゃ》からは、複数の馬のいななきが聞こえてくる。

「……馬場がこんなところに？」

瑞々《みずみず》しい芝《しば》の敷《し》き詰《つ》められた楕円《だえん》形のターフを、一頭の黒い馬が疾走《しっそう》していた。馬上の男の漆黒《しっこく》の髪が風になびく様は、まるで黒い稲妻《いなずま》のようだ。

躍動《やくどう》感溢《あふ》れる美しい走りに魅入《みい》られた俺は、ふらふらと引き寄せられるように、ターフを囲む柵《さく》へと近づいた。

『ハッ！　ハッ！』

よく通るかけ声と共に俺の前を駆《か》け抜けた黒馬が、ターフを半周したあたりで徐々《じょじょ》に失速する。駆足《かけあし》から速歩へ。ふたたび俺の前に戻ってきた頃には並足になっていた。馬上の男が手綱《たづな》を引き、馬がぴたりと止まる。

顔を上げた俺は、逆光気味でも彫《ほ》りの深い貌《かお》を認めた。

『おはよう』

馬上の男が声をかけてくる。

（アシュラフ）

白いシャツに黒の乗馬ズボン、革《かわ》の長靴《ながぐつ》といったラフな乗馬スタイル。広めに開けたシャツの胸許《むなもと》から鞣《なめ》し革のような褐色《かっしょく》の肌《はだ》が覗《のぞ》いているが、フェロモンダダ漏《も》れ男はそれだけで妙《みょう》にエロい。

『ずいぶんと早起きだな』

『あんたこそ』

昨夜の苛立《いらだ》ちを引きずったまま、ぶっきらぼうに言い返してしまってから、相手は王族なのだから敬語を使うべきかと思ったが。

（……今更《いまさら》か）

それに、なんとなくアシュラフがそれを望んでいない気もして、いつもの言葉遣《ことばづか》いで会話を続ける。

『それ、あんたの馬？』

『ナジュムだ。所有している馬の中では一番若い牡《おす》の二歳だ。たまにしか乗ってやれないから、帰省した折にはなるべくスキンシップを心がけている』

そう説明して、馬の首筋をやさしく叩《たた》いた。主人のスキンシップを喜んでか、ナジュムがぶるるっと嬉《うれ》しそうに鼻を鳴らす。

それにしても綺麗《きれい》な馬だ。疾走する姿も美しかったが、艶《つや》やかな毛並みといい無駄《むだ》なものがひとつもないフォルムといい……。

自分のような素人《しろうと》にも、おそらくは血統がいいのだろうとわかる。

『綺麗な馬だな。サラブレッド？』

『いや、アングロアラブだ』

『アングロアラブ？』

『スピードでは若干《じゃっかん》サラブレッドに劣《おと》るが、その分体力があり、砂漠《さばく》を走るのに適している』

『……ふーん』

心の要望が顔に出ていたのかもしれない。馬上から俺を見下ろしていたアシュラフが誘《さそ》いをかけてきた。

『乗ってみるか？』

『マジ⁉』

つい、弾《はじ》けるように叫《さけ》んでしまう。

アシュラフのおかしみを堪《こら》えるような顔を見て、しまったと思ったが、それより目の前の馬に乗ってみたいという欲求《よっきゅう》のほうが勝《まさ》っていた。男に対するマイナスの感情も当座吹《ふ》き飛んで、素直《すなお》な心の声が零れ落ちる。

『乗りたい』

俺の意思表示にアシュラフがうなずき、ひらりと下馬した。手綱を俺に渡《わた》して、『乗馬の経験は？』と訊《き》いてくる。

乗馬は子供の頃に避暑《ひしょ》地で一度経験があるだけの、ほぼ素人だ。

そう正直に答えると、アシュラフは俺の横に立ち、丁寧《ていねい》に基礎《きそ》から教えてくれた。

『鬣《たてがみ》と手綱を一緒《いっしょ》に左手に持って、左脚《ひだりあし》を鐙《あぶみ》にかける。そうだ。その状態で体を引き上げ、右脚を上げて馬の鞍《くら》に跨《また》がる』

指導に従って馬に跨り、鞍に腰《こし》を下ろす。

『おー、見晴らしいい！』

『思っていたより馬上は高いだろう？』

『馬に乗ると視野がこんなに広くなるなんて知らなかった！』

思わず興奮した声が出た。

『鞍の一番深いところに腰を滑《すべ》り込ませ、上半身をまっすぐにし、鞍全体に体重を均等にかけるようにして姿勢を安定させる。肩《かた》は水平に、左右に傾《かたむ》かないように。脚は力を抜き、馬体に自然に沿わせる。手綱はできるだけやわらかく持つ。あとは体のどこかに不自然な力が入らないようリラックスすることだ』

アシュラフの深い低音に耳を傾け、言われたとおりにできるだけリラックスを心がける。

『騎座《きざ》はできたな。次は馬に意志を伝えるための合図——扶助《ふじょ》だ』

拍車《はくしゃ》などの副扶助はまだ早いということで、主に手綱と脚、あとは重心のかけ方や体の位置による騎座の扶助を習った。

『扶助を使って実際に馬を発進させてみよう』

両脚《りょうあし》で腹を軽く圧迫《あっぱく》すると、馬がゆっくりと歩き出す。その際、上半身を少し前に倒《たお》し、馬の動きに遅《おく》れないようについていく。

『揺《ゆ》れには腰で合わせるようにして、腰と背中を柔軟《じゅうなん》にしならせ、姿勢をまっすぐ保つ。そうだ。いいぞ……その調子だ』

アシュラフの教え方が上手《うま》いせいか、馬の動きに慣れるまでは、さほど時間を要さなかった。手綱を使っての方向転換《てんかん》、カーブの曲がり方、停止の仕方を教わり、習得したテクニックを使って並足でターフを軽く一周する。

『なかなか上手いじゃないか。おまえには乗馬のセンスがある』

一周して戻《もど》ると、アシュラフが誉《ほ》めてくれた。おだてだとわかっていても、そんなふうに言われれば悪い気はしない。

その後もアシュラフ教官の指導の下《もと》、立ったまま走ったり、円を描くようにぐるりと回ったりと、基本の動きをいくつか練習した。合計一時間ほどの練習の成果か、最後は駆足でターフを廻《まわ》れるようになる。

(気持ちいい)

馬と一体になって風を切る感覚は、なんとも言えずに気持ちよかった。スピードだけを言ったらバイクのほうが出るだろうけど、やっぱり生きている動物に乗っているという体感は特別な気がする。もっと馬に慣れて心が通い合うようになれば、また喜びも格別だろう。

早朝の澄《す》んだ空気を肺いっぱいに取り込みつつタープを数周した俺は、徐々にスピードを落とし、柵にもたれかかるアシュラフの前で馬を止めた。下馬して手綱を持ち主に返す。

『いろいろ教えてくれてサンキュー。あと、あんたの馬独占《どくせん》しちゃってごめん』

気がつけば一時間以上ナジュムを借りていたことに気がつき謝ったが、アシュラフは気にするなというふうに肩を竦《すく》めた。

『楽しかったか?』

『病《や》みつきになりそう』

俺の返答に唇《くちびる》の端《はし》でふっと微笑《ほほえ》む。

『ナジュムのおかげか、顔つきも明るくなったようだ』

『…………え?』

『昨日の夜からずっと浮《う》かない顔つきをしていたからな』

……ばれてたのか。

バツの悪い思いをした直後、確かにその指摘《してき》どおり、昨夜から胸を塞《ふさ》いでいたどんよりと重苦しい気鬱《きうつ》が、ずいぶんと軽くなっていることに気がつく。

もちろん、桂一を日本に連れ戻すまでは、完全に心の霧《きり》が晴れることはないけれど。

でも、おかげでかなり楽になったことは事実だ。

馬に感謝の念が湧《わ》くのと同時に、ふと思った。

もしかして……俺の気を紛《まぎ》らわせるために馬に乗せたのか？

上目遣《うわめづか》いに、ナジュムの毛並みを撫《な》でる男の表情を窺《うかが》った。

初めて会った時から、明らかに一般人《いっぱん》とは一線を画した存在であったけれど、その正体がわかった今も、いまいちその人となりが把握《はあく》できない。

尊大で押しが強いかと思えば、さりげない心遣《こころづか》いを見せ——鷹揚《おうよう》かと見せかけて、思いの外鋭《するど》く……。

その底知れぬ闇《やみ》色の瞳《ひとみ》のごとく摑《つか》み所がない男。

本性《ほんしょう》が摑めない男へのもどかしい気分を抱《かか》えたまま、彫像《ちょうぞう》めいた横顔を見つめていると、アシュラフが問いを投げて寄越《よこ》す。

『行きたい場所は決まったか？』

一瞬《いっしゅん》なんのことかわからなかったが、ほどなく思い当たった。

昨夜言っていた、マラークを案内するって話か。

バカンス中とはいえ忙《いそが》しい身であるはずのアシュラフが、なんで自分なんかを構うのか。王子の気まぐれにどんな裏があるのかも謎《なぞ》だったが。

どうせ王宮にいても、桂一とラシードのいちゃいちゃを見せつけられてへこむだけだ。だったら、せっかくの誘いに乗らない手はない。

俺はしばしの思案の末に答えた。

『砂漠に行ってみたい』


行き先が決まってからのアシュラフの行動は素早《すばや》かった。

『午後には出かけるぞ。砂漠で一泊《いっぱく》するから用意をしておけ』

ラシードと桂一と四人で朝食を摂《と》った際にそう言われ、自分の部屋に戻ると、すでに英語のメモ付きの民族衣装一式が届いていた。

【これに着替《きが》えろ。砂漠に一番適した衣類だ】

アシュラフのややクセのある手書き文字を眺《なが》めてから、俺は新品らしき衣装を手に取った。

砂漠に出かけるには、着慣れたシャツにジーンズというわけにはいかないらしい。郷《ごう》に入れば郷に従え、というやつか。

コスプレみたいでちょっと照れくさかったが、着ている衣類を脱《ぬ》ぎ、用意されたトウブを頭から被《かぶ》る。白い麻《あさ》の衣装がすとんっと踝《くるぶし》まで落ちた。腰にサッシュを巻き、同素材のローブを羽織り、仕上げにカフィーヤを被る。足許《あしもと》は革《かわ》のサンダル。

即席《そくせき》アラブ人のできあがりだ。

寝室《しんしつ》の姿見で全身を映し、「まぁまぁかな」とひとりごちる。

別段似合ってもいないが、滑稽《こっけい》ってほどでもない。

でもやっぱり、白い衣装はアシュラフみたいに浅黒い肌《はだ》に映《は》えると思った。

一泊用の荷物をバックパックに詰《つ》め（といっても大した用意じゃない。着替えの下着と洗面道具くらいのものだ。髭《ひげ》は放って置いても数日間は生えないので、シェーバーは持っていくのをやめた）、右肩《みぎかた》に引っかけて部屋を出る。

大階段を使って一階まで下り、待ち合わせの玄関《げんかん》ホールを目指した。

桂一とラシードには、朝食の時にアシュラフと一緒に砂漠《さばく》ツアーに行くことを告げてあったので、特に部屋に寄ることはしなかった。ふたりとも忙しいだろうから、わざわざ手間を取らせるまでもない。

……というのは建前、ふたりが一緒にいるところを見たくないのが本音だ。

朝食を共にしたテラスでも、仲睦《なかむつ》まじいふたりを見るのが辛《つら》かった。

隣《とな》りに座ったアシュラフがあれこれと話しかけてくれなかったら、居たたまれずに途中《とちゅう》で席を立っていたかもしれない。

（重症《じゅうしょう》だな）

ふっと息を吐《は》き、やめやめ！　と頭を振《ふ》る。

せっかくの砂漠ツアーなんだから楽しまなきゃ損だ。

気を取り直して玄関ホールへ向かう。

ホールには、すでにアシュラフが待っていた。肘掛《ひじか》け椅子《いす》で優雅《ゆうが》に長い脚《あし》を組んでいた男が、俺に気がついて腰《こし》を浮かせる。

『ごめん、待たせた』

片手を上げて近づく俺に、アシュラフの双眸《そうぼう》がじわりと細まった。彼の少し前で足を止めた俺の、カフィーヤの天辺《てっぺん》からサンダルの爪先《つまさき》まで、じっくりと視線を這《は》わせたのちに、満足そうな面持《おもも》ちで『なかなか似合う』とつぶやく。

『そうかぁ？』

乗馬服から純白の民族衣装に着替えたアシュラフこそ、どこに出しても恥《は》ずかしくない「アラブの美男」の手本で、コスプレに毛が生えたレベルの俺とは比べものにならない。

『おまえは色が白いから、アバヤも似合いそうだ』

戯《ざ》れ言を吐く男を、俺は睨《にら》みつけた。

『アバヤって女物だろ？　男の俺が似合うわけねーじゃん』

その突《つ》っ込みを笑って躱《かわ》し、アシュラフが『そろそろ行こう』と促《うなが》す。

玄関ホールを出てすぐの車寄せに、一台の幌《ほろ》付きジープが横づけされていた。

運転席にはアシュラフ専属の運転手が座っている。俺とアシュラフが後部座席に乗り込むと、行き先も聞かずにジープは走り出した。

『砂漠は体力を使うから、今のうちに寝《ね》ておけ』

そうアシュラフに言われ、それでもはじめは王族の横で寝こけるわけにもいかないと気を張っていたのだが、ジープの揺《ゆ》れに身を任せているうちに、寝不足《ねぶそく》のせいかだんだんと目蓋《まぶた》が重く下がり……いつしか寝落ちしていた……らしい。

『着いたぞ』

耳許の低音と肩《かた》の揺さぶりで、俺ははっと目を覚ました。

やべ……寝てた？

涎《よだれ》とか垂らしてなかっただろうな。

あわてて口許を手で拭《ぬぐ》うと、アシュラフが片頬《かたほお》で笑った。

『かわいい寝顔だったぞ』

『……かっ……勝手に人の寝顔見てんじゃねーよ!!』

ははははっと声を立てて笑い、アシュラフが後部座席のドアから降りる。ひとり車内に残された俺は、真っ赤な顔でギリギリと歯嚙《はが》みをした。

「くっそ……馬鹿《ばか》にしやがって！」

てゆーか、俺ってこんなキャラだったか？

むしろ大学でもバイト先でも、実年齢《じつねんれい》よりしっかりしていると目され、俺自身その自覚もあり、どっちかっていうと人を弄《いじ》るポジションにいることが多かった。ボケとツッコミなら間違《まちが》いなくツッコミ担当。

それが……アシュラフが相手だと、どうも勝手が狂《くる》う。

からかわれて赤くなるなんて、俺のキャラじゃない。

なんでこうなっちまうのか。とことん相性が悪いのか。

悶々《もんもん》としていると、開け放たれたドアの向こうから『早く降りて来い』というように手で招かれた。ここにいつまでも居座っているわけにもいかず、渋々《しぶしぶ》とジープを降りる。

足を下ろした地面は、砂混じりの赤土だった。かなり熱を含《ふく》んでいるらしく、ものの一分でサンダルの裏が熱くなってくる。

『あちー……』

容赦《ようしゃ》なく照りつける太陽光線の下、眩《まぶ》しさに目を細めて、俺は周囲を見回した。

まずナツメヤシの林が目につく。ヤシの根元には灌木《かんぼく》が生えていた。どうやらここは小さなオアシスらしい。その小さなオアシスを取り囲むように、ナツメヤシの葉で組んだ柵《さく》が随所《ずいしょ》に設けられている。砂を押しとどめるための柵のようだが、すでに砂がじわじわと侵食《しんしょく》してきていた。

柵の向こうに広がるのは、地平線まで続く広大な砂漠。

少し背伸《せの》びをすれば、遥《はる》か遠くにオレンジ色に輝《かがや》く砂丘《さきゅう》が見える。

間近で見る砂漠に圧倒《あっとう》されていると、いつの間にか傍《かたわ》らにアシュラフが立っていた。

『ここは俺のオアシスだ。ここを拠点《きょてん》に砂漠を移動する』

アシュラフの視線を追って、ナツメヤシの林の一角に、立派な天幕が張ってあることに気がつく。天幕といっても鉄骨でしっかりと組まれており、「家」と言っても過言じゃない頑丈《がんじょう》な造りだ。これならば砂嵐《すなあらし》にも耐《た》えられるだろう。

『砂漠、よく来るの？』

俺の問いかけに、アシュラフがうなずいた。

『人生において何か重大な決断を迫《せま》られた時は、必ず砂漠に来る。ここに来ると心が落ち着いて思考が冴《さ》えるからな』

『ふーん』

心なしか砂漠のアシュラフは、今まで見たどのアシュラフより、生き生きしている気がする。

『さて、陽《ひ》も少し翳《かげ》ってきた。ラクダで出発するぞ』

このオアシスでジープからラクダに乗り換《か》え、運転手は天幕で俺たちの帰りを待つようだ。

朝に馬に乗ったばかりで今度はラクダ。今日は動物づいている。

アシュラフの誘導《ゆうどう》で、ラクダが繋《つな》がれている場所へ向かった。

繋がれているラクダは全部で五頭。飼い葉桶《おけ》の中のラクダ草をバリバリと音を立てて食《は》んでいる。ラクダは動物園でしか見たことがなかったが、近くで見ると意外とでかかった。瘤《こぶ》の天辺まで二メートルくらいはある。

顔や瘤をチェックして、そのうちの二頭を選んだアシュラフが、手綱《たづな》を引いて歩き出した。バックパックを右の肩にかけ、俺もあとをついて歩く。

防砂柵を越《こ》え、砂地を少し行ったところで足を止め、アシュラフはラクダの後ろに立った。

『オチ、オチ、オチ』

独特な呼びかけをしながら膝《ひざ》の裏を棒で軽く叩《たた》く。二頭のラクダが次々と長い肢《あし》を折って、どさっと砂の上に座った。それぞれの背に、アシュラフが手際《てぎわ》よく鞍《くら》と荷物を装着する。俺のバックパックもくくりつけてくれた。

『今からラクダに乗るが、とりあえず俺が手本を示す』

実に慣れた身のこなしでアシュラフが一頭の鞍に跨《また》る。すると、唐突《とうとつ》とも思えるタイミングで、ラクダが後ろ肢をすっくと伸《の》ばして立ち上がった。

ラクダを悠々《ゆうゆう》と乗りこなすアシュラフは、とても世界的な投資家として名を馳《は》せるビジネスエリートには見えない。野趣《やしゅ》溢《あふ》れる砂漠の覇者《はしゃ》――まさにベドウィンの末裔《まつえい》そのものだ。

『おまえの番だ。立ち上がるのが早いから、落ちないように気をつけろ』

うなずき、俺ももう一頭に跨った。心得ていたにもかかわらず、ラクダが立つ時にぐらっと前のめりになり、「うわっ」と声が出る。あわてて鞍にしがみついた。

『大丈夫《だいじょうぶ》か？』

心配そうな声をかけられ、『全然平気』と虚勢《きょせい》を張る。

みっともないところばかり見られて、いささかバツが悪かった。

しかしそんな俺の自意識《じいしき》過剰《かじょう》などまったく気にもとめていないらしいアシュラフは、鞍の上で胡座《あぐら》を掻《か》き、『おまえも掻け。楽だぞ』とアドバイスしてくる。

アドバイスに従って胡座座りにしてみた。なるほど安定感がいい。

『水分はまめに補給しろ。すぐに脱水《だっすい》になる』

『了解《りょうかい》』

『手綱の使い方は馬と同じだ。俺が先を行くから、後ろからついてこい』

ラクダがゆっくりと歩き出した。足袋《たび》を穿《は》いたような肉厚の足で、ザクザクと砂の中を進む。

砂漠《さばく》の船に乗って、砂の海に漕《こ》ぎ出す気分だ。

リズミカルに首を上下しながら歩くラクダの動きに、はじめはバランスを崩《くず》し、その乗り心地《ごこち》の悪さに閉口したが、だんだんと慣れてきた。

『初めてにしちゃ上手《うま》いぞ。おまえは本当に勘《かん》がいいな』

アシュラフにおだてられ、慣れないラクダでの移動に若干《じゃっかん》ナーバスになりかけていた気分も持ち直してくる。

オアシスが遠ざかるにつれて、目に映るのは空と砂ばかりになった。

人っこひとりいない一面の砂の中を、ラクダの単調な揺れに身を任せていると、確かに心から雑念が消え、無の境地に近づいていくのを感じる。『心が落ち着いて思考が冴える』と言ったアシュラフの言葉の意味がわかるような気がした。

(静かだ……)

聞こえるのは、ザクッ、ザクッとラクダが砂を踏《ふ》みしめる音だけ。だが不思議と砂漠に飽《あ》きることはない。風紋《ふうもん》や砂丘によって、刻一刻と景色が変わっていくせいかもしれなかった。

大きな砂丘をいくつか越え、一時間も過ぎた頃《ころ》だろうか。砂に落ちるラクダの影《かげ》が長くなり、青かった空が少しずつ赤みを増し始め……気がつくと太陽が地平線に達していた。

突如《とつじょ》、あたり一帯が薔薇色《ばらいろ》に染まる。

思わずラクダを止め、震《ふる》えながらじりじりと沈《しず》んでいく真っ赤な太陽を、俺は息を詰《つ》めて見つめた。

『……すげえ』

こんなに大きな太陽を見たのは生まれて初めてで、圧倒されて他《ほか》に言葉が出なかった。先に進んでいたアシュラフが、ラクダを方向転換《てんかん》させて戻《もど》ってくる。

『美しいだろう』

『ああ……こんなの見たことない』

『砂漠の醍醐味《だいごみ》のひとつだ』

俺の横に寄り添《そ》うようにして、しばらく一緒《いっしょ》に夕陽《ゆうひ》を堪能《たんのう》したあとで、アシュラフが言った。

『行くぞ。陽が沈みきる前には着きたい』

その台詞《せりふ》を耳にして、今更《いまさら》ながら行き先を聞いていなかったことに気がつく。

だが、右も左もわからない砂漠をひとりで引き返すわけにもいかないのだから、ここまで来たらアシュラフに全権を委《ゆだ》ねてついていくしかない。

夕闇《ゆうやみ》が迫る中、ラクダを急がせ、十五分ほどで、出発地点とは別のオアシスに辿《たど》り着いた。

全貌《ぜんぼう》が見えないが、さっきのオアシスよりかなり広いようだ。ナツメヤシの林の近くに、天幕がいくつか張られている。

(ここが目的地?)

中でも一番大きくて立派な天幕の前で、アシュラフがラクダを降りた。俺もラクダを座らせて砂地に降り立つ。

鞍から荷物を外している間に、天幕の中から白い顎髭《あごひげ》を生やした老人が出てきた。白のトゥブを着て、頭にはターバンを巻いている。

『アサド・サウド《砂漠の獅子》!』

しわがれた声を張り上げた老人が、両手を大きく開いて歓迎《かんげい》の意を示した。

『ひさしぶりだな、イシュク』

老人とアシュラフが握手《あくしゅ》をし、抱《だ》き合い、お互《たが》いの背中を叩き合う。やや して身を離《はな》したアシュラフが、背後を振《ふ》り返り、老人を俺に英語で紹介《しょうかい》した。

『イシュクはシャルマン族のシェイクだ』

シェイク——つまり、老人はベドウィンの部族の族長らしい。

『カズキだ。日本からやってきた客人だ』

今度はアラビア語で老人に説明する。

『おお……わざわざ日本から。それはそれは光栄です』

『日本からの客人を迎《むか》えるのは光栄だと言っている』

老人の言葉を訳して伝えてくれるアシュラフに、俺はアラビア語で言った。

『わかるから通訳しなくてもいいよ』

アシュラフが虚《きょ》を衝《つ》かれたように瞠目《どうもく》する。老人も目をまん丸くしている。

『……アラビア語が話せるのか？』

『日常会話レベルなら。今までは英語で通じたから使わなかったけど』

『……驚《おどろ》いたな』

本当に驚いた表情で、アシュラフがつぶやいた。

故意に隠《かく》していたわけではないが、結果的にいつも泰然《たいぜん》と動じないアシュラフから、今まで見たことのない表情を引き出すことができて溜飲《りゅういん》を下げる。

『私たちの言葉を話す日本人に会うのは初めてです』

感じ入った面持《おもも》ちの老人が、『慣れないラクダの旅は疲《つか》れたでしょう。さぁ天幕にお入りください』と招き入れてくれた。

入り口では中腰《ちゅうごし》にならなければならなかったが、天幕の中に入ってしまえば少し頭を下げる程度で済んだ。中央に焚《た》き火場があり、その周りを囲むように絨毯《じゅうたん》が幾重《いくえ》にも重ねられている。椅子《いす》はなく、絨毯に直《じか》に座る仕様になっていた。

焚き火を中心に車座になり、砂糖のたっぷり入ったチャイを振る舞《ま》われる。

『イシュクの血筋はハリーファ家の遠戚《えんせき》に当たるんだ』

アシュラフの説明を受け、俺は改めて老人のしわ深い顔を見た。王家に繫《つな》がる者にしては着ているものも質素だし、この天幕にも必要最低限の調度品しか見受けられない。

『だが、遊牧の暮らしが性《しょう》に合っていると言って、砂漠を離れようとしない』

『石の家の暮らしは苦手なのです』

老人が顔をしかめた。

『アミール《王子》こそ、何かと理由をつけては砂漠に逃《に》げてくるではありませんか。子供の頃から、王宮にいるより私の天幕にいる時間のほうが長かった』

イシュクがアシュラフを見る目は、父親のような慈愛《じあい》に満ちている。この老人はアシュラフにとって、第二の父のような存在であるらしい。

子供の頃からベドウィンの族長に懐《なつ》き、多くの時間を砂漠で過ごしたアシュラフ。

世界有数のセレブリティでありながら、アシュラフの立ち居振《いふ》る舞いがどこか野性味を帯びている理由を、知ったような気がした。


夜の帳《とばり》に覆《おお》われた砂漠は、ぼんやりとした輪郭《りんかく》を描《えが》いて横たわる山脈となる。

ダイヤモンドのように輝《かがや》く、無数の星に埋《う》め尽《つ》くされた黒い空の下、アシュラフの訪問を知った近隣《きんりん》の部族民が、次々と天幕を訪ねてきた。

その数は、あっという間に三十人ほどになり、彼らが持ち寄った料理で宴会《えんかい》が始まる。

焚き火を囲むベドウィン（老人、壮年《そうねん》、若者、子供と年齢《ねんれい》は様々だが女性はいない。全員男だ）の輪に、俺も加わらせてもらった。

同じアジア圏《けん》ということもあり、日本人に対する感情はおおむね好意的で、なおかつ俺がアラビア語を話せると知ると、一気に親近感が増したようだ。入れ替《か》わり立ち替わり隣《とな》りに座った男たちに、あれを食えこれを食えとひっきりなしに勧《すす》められた。

だが俺よりもさらに、アシュラフは何倍もの熱狂《ねっきょう》を以《もっ》て歓待《かんたい》されていた。

胡座を掻いた膝《ひざ》の上にベドウィンの子供を乗せたアシュラフの周りを、男たちが幾重にも囲み、彼の言葉を一語一句聞き漏《も》らすまいと、真剣《しんけん》な顔つきで耳を傾《かたむ》けている。

アルコールこそないが、王子の訪問が美酒にも等しい効果を生むのか、時間が経《た》つにつれて場が盛り上がっていくのを感じた。パチパチと枝が爆《は》ぜる音を立てて炎《ほのお》が勢いよく燃え上がり、男たちの歓喜《かんき》に酔《よ》った顔をオレンジ色に染め上げている。

やがて、ひとりのベドウィンが打楽器を打ち鳴らし始め、それを合図とみたかのように半数ほどの男たちが立ち上がった。

二列になって向かい合った男たちが、鞘《さや》から長剣《ちょうけん》を引き抜《ぬ》く。剣身が湾曲《わんきょく》した片刃《かたば》のサーベルを、天に向かって突《つ》き上げた。

一体何事かと俺が息を呑《の》んでいる間に、男たちは打楽器のリズムに合わせて長剣を上げ下げし、前後にステップを踏む。あるいは頭上で長剣を回転させる。

『アルダです』

隣りに座るイシュクが、その剣舞《けんぶ》の名前を教えてくれた。

『ベドウィンの戦士たちが戦地に赴《おもむ》く前に踊《おど》る、戦いの踊りです』

『……戦いの踊り』

闘争《とうそう》心をより高めるための舞いなのかもしれない。

生まれて初めて観《み》る、本物の剣を使った剣舞に魅入《みい》られていると、どこからともなく『アミール！』という声が上がった。するとそれに呼応するように、別の誰《だれ》かが『アミール・アシュラフ！』と叫《さけ》ぶ。

『アサド・サウド！』

『アミール・アシュラフ！』

男たちのかけ声は、たちまち野太い大合唱になった。

一同の熱望に応《こた》える形でアシュラフが立ち上がる。一転、周囲がシンと静まり返った。三十人が固唾《かたず》を呑む静寂《せいじゃく》の中、アシュラフが手渡《てわた》された長剣を摑《つか》み、白い衣装の裾《すそ》を翻《ひるがえ》して列へと歩み寄る。

列を作っていた男たちがすっと身を引き、空いたスペースに立ったアシュラフが、長剣を鞘からすらりと抜いた。剣を頭上に高く掲《かか》げ、闇《やみ》を切り裂《さ》くように閃《ひらめ》かせる。

一斉《いっせい》に、ほぅ……と感嘆《かんたん》の息が漏れた。

月の光を浴びて立つ白装束の王子は、俺の目にも、神々《こうごう》しいまでの威厳《いげん》に満ちて映る。

『アミール！』

『アミール・アシュラフ！』

興奮した男たちが歓声《かんせい》を上げ、打楽器がふたたびリズムを刻み始める。

その音に合わせ、アシュラフは長剣をまるで自らの分身のように操《あやつ》った。先程《さきほど》の男たちの誰よりもその姿は勇猛《ゆうもう》で、それでいて優雅《ゆうが》だった。

ベドウィンの血と高貴なる王家の血。

アシュラフの中でその両方の血が混ざり合い、渾然《こんぜん》一体となって、特異な魅力《みりょく》を醸《かも》しているのだと、改めて思い知らされる。

『アルダはベドウィンの象徴《しょうちょう》であり、我々にとって非常に重要な儀式《ぎしき》です』

異国の地で巡《めぐ》り会った幻想《げんそう》的な舞《まい》に呼吸をするのも忘れ、食い入るように見入る俺に、イシュクが囁《ささや》いた。

『誰よりも美しくアルダを踊ることは、剣に象徴される戦士としての資質を満たすことに他《ほか》ならないのです』

『…………』

誇《ほこ》り高きベドウィンたちは、王族だからといって無条件に歓待するわけではない。

アシュラフが部族民たちに熱狂を以て迎えられるのには、それなりの理由があるということか。

『アミールは強く賢《かしこ》いばかりでなく、弱者に対する慈悲《じひ》の心も持っている。マラークの国王は、国を治める王であると同時に、部族を束ねる首長《シーク》でもあります。アミールが王位を辞退したことは、我々ベドウィンにとって非常に大きな損失です』

面と向かってアシュラフを責めることは憚《はばか》られるのだろうが、イシュクの嘆《なげ》きは、全部族民の嘆きであることは容易に察せられた。

イシュクのしわがれた声を耳に、俺の中にもひとつの疑問が首をもたげる。

王に相応《ふさわ》しい資質と風格を備え、みんなに望まれているのにもかかわらず、アシュラフはなんで王位継承権《けいしょうけん》を放棄《ほうき》したんだろう。


宴《うたげ》がお開きとなり、興奮冷めやらない面持ちのベドウィンたちがそれぞれの部族に帰っていったあと、俺とアシュラフはイシュクが所有する天幕のひとつに入った。

六畳《じょう》ほどのスペースに絨毯と毛皮が敷《し》かれ、枕代《まくら》わりのクッションと毛布が用意されただけの簡易な寝床《ねどこ》だ。明かりは天井《てんじょう》から吊《つる》されたカンテラのみ。

『明日は早いぞ。陽差しが強くなる前にここを出るからな』

アシュラフの言葉に俺はうなずいた。

『わかった。俺、こっちでいい？』

『好きなほうを選べ』

鷹揚《おうよう》に促《うなが》され、向かって左側のスペースを選んだ。アシュラフに背を向けて、ごろりと横になる。

『んじゃ、お休み』

『お休み』

ほどなくカンテラの明かりがふっと消え、暗闇《くらやみ》に包まれた。

アシュラフが横になる気配を背中に、目を閉じる。

(早く寝《ね》ないとな)

気温は夜になって少しだけ下がったようだ。それでも充分《じゅうぶん》に暑い。もちろんエアコンなんて文明の利器はないので、少しでも風を通すために出入り用の垂れ幕を上げているが、ほぼ無風。

暑さのせいか、それとも先程のアルダの興奮で神経が昂《たか》ぶっているのか……慣れないラクダでの砂漠《さばく》横断で体は疲《つか》れているはずなのに、なかなか寝つけなかった。

静寂が過ぎると却《かえ》って眠《ねむ》れないものだと、初めて知る。

何度か寝返りを打っていると、不意に『……寝つけないか?』と声がかかった。

『あ……ごめん。なんか……静か過ぎて』

あんたの踊りが目の裏でチカチカして眠れないとは言えずに、別の理由を口にする。

『確かにな。砂漠に来ると、染《し》み入るほどの静寂がこの世にあることを思い出す』

砂漠に慣れているアシュラフでもそうなのか。

『砂漠って不思議だな』

『不思議?』

『同じような風景なのに、なんでか飽《あ》きない。いつまでも見ていたい気持ちになる』

『……砂漠が気に入ったか?』

問いかけに改めて、自分が砂漠に魅《み》せられていることを自覚した。

『ああ、気に入った』

それはよかったと、どこか嬉《うれ》しそうな声がつぶやく。

『砂漠は常に動き、形を変えている。同じ場所でも行きと帰りで風景が違《ちが》う。二度と同じ顔を見せることはない。だからこそ、自然が作った一瞬《いっしゅん》の美を目に焼きつけたいという衝動《しょうどう》が湧《わ》く』

かすかに熱を帯びた低音を耳にしているうちに、いよいよ目が冴《さ》えてしまい、俺は体の向きを変えてアシュラフのほうを向いた。東京の闇と違って、真の闇の中では、こんなに近くでも輪郭《りんかく》すら覚束《おぼつか》ない。

だが、顔が見えないおかげで、思い切った質問を口にできた。

『なぁ、訊《き》いてもいいか？』

『なんだ？』

『あんたさ……なんで王位継承権を放棄したの？』

出会ってからの二日——特に今日一日で、アシュラフが人の上に立つ資質を備えていることはよくわかった。

生まれ持った器量はもとより、頭がいいのは話していればわかるし、その上面倒見《めんどうみ》がよく、忍耐強《にんたいづよ》い。人気だってある。男にあれだけ熱狂《ねっきょう》的なファンがいるのだから、女性人気は推《お》して知るべしだ。

ここまで条件が揃《そろ》っていて、なおかつ切望されているのに、なぜ弟に王位を譲《ゆず》ったのか。

不躾《ぶしつけ》かもしれない俺の質問に、しばらく答えはなかった。

横たわる沈黙《ちんもく》に気まずさを覚え、やっぱり聞かなきゃよかったか……と少し後悔《こうかい》する。答えたくなきゃいいから、と言いかけた時だった。

『たとえ王になったとしても、俺は世継《よつ》ぎを残せない』

耳に届いた低い声に眉根《まゆね》を寄せる。

『世継ぎを残せない……？』

何を言っているのかがぴんと来ず、俺は訝《いぶか》しげに繰《く》り返した。

『女性を愛することができないからな』

そこまで言われて漸《ようや》く、アシュラフの言わんとしていることが理解できる。それでもまだ確信が持てずに確かめた。

『……って、ゲイだってこと？』

『そうだ』

揺《ゆ》るぎなく肯定《こうてい》され、闇の中で両目を瞠《みは》る。

（マ……マジで⁉）

思わず、がばっと身を起こした。

いや……もちろんゲイに対する偏見《へんけん》はない。

自分だって、桂一だけが特別とはいえ、同性である兄が好きなわけだし……。

それに弟のラシードも――彼はもともとの性癖《せいへき》はノーマルだろうが――今現在は桂一と恋仲《こいなか》だ。

しかし、だからといって許されるものでもない。モラルが緩《ゆる》い日本とは比べものにならないほど、イスラム教の世界で同性愛はタブーであるはず。いやしくも王家直系の王子がゲイであることが国民に知れたら、国を揺るがす大問題になるだろう。

だから……リスク回避《かいひ》のために自分から放棄したのか。

誰《だれ》より王に相応しい器《うつわ》でありながら……。

非の打ち所なく完璧《かんぺき》に見えたアシュラフが、公《おおやけ》にできない性癖という枷《かせ》を負っていたことに衝撃《しょうげき》を受けていると、パチッと音がして天蓋《てんがい》の中が明るくなった。アシュラフが枕元《まくらもと》のフラッシュライトを点《つ》けたらしい。突然《とつぜん》の眩《まぶ》しさに目を瞬《またた》かせる俺に、体を起こしたアシュラフが揶《や》揄《ゆ》を含《ふく》んだ声を投げてきた。

『一緒《いっしょ》に寝るのが怖《こわ》くなったか？』

『………っ』

唇《くちびる》を不敵に歪《ゆが》めて皮肉めいた台詞《せりふ》を継《つ》がれ、カッと顔が熱を持つ。赤面した自分に余計に狼狽《うろた》え、俺は目の前の男を怒鳴《どな》りつけた。

『んなわけねーだろ！』

声を荒《あら》らげてしまってから、相手が王族であることを思い出し、トーンダウンする。

『別に……ゲイに偏見とかねーし』

『そうだろうな』

アシュラフが首を竦《すく》めた。

『おまえだって俺とそう変わらない立場だ』

意味ありげな物言いに肩《かた》が揺れる。

『どういう意味だよ？』

『ケイが好きなんだろう』

間髪《かんはつ》容れずに斬《き》り込まれ、いきなり核心《かくしん》を突《つ》かれた俺は息を呑《の》んだ。

『それも、兄としてではなく』

眉《まゆ》ひとつ動かさずに、アシュラフがとどめを刺《さ》す。

『なっ……なんっ』

『おまえのケイを見る目を見ればわかる』

『………っ』

『ケイとは血が繋《つな》がってないのか？』

すべてお見通しのアシュラフを、俺は睨《にら》みつけた。口にせずとも、敏《さと》い王子は俺の怒《いか》りの表情から答えを汲《く》み取ったらしい。

『そうだろうと思った。おまえたちはどこも似ていない』

訳知り顔に腹が立ったが、ことごとく図星で反論もできない。ギリギリ歯噛《はが》みをしていると、アシュラフがさらに追及《ついきゅう》してくる。

『マラークに来たのは、ケイをラシードから取り戻《もど》すためか』

(知っている……！)

この男は、自分の弟とそのボディガードが恋仲であることを知っているのだ。

虚《きょ》を衝《つ》かれたが、衝撃が喉元《のどもと》を過ぎると、今度は開き直りに近い感情が湧いてくる。

そうとなれば、もう何も隠《かく》すことはない。

俺は『……そうだよ』と低い声を出した。

『桂一の目を覚まさせて、日本に連れ帰る』

俺の決意表明に、アシュラフが首を左右に振《ふ》る。

『残念だが、それは無理だ』

『なんでだよ？』

『おまえだってわかっているだろう。あのふたりは深く愛し合っている。固く結ばれたふたりの間に、何人も入り込む余地はない』

痛い指摘《してき》にぐっと詰《つ》まった。

たとえそれが真実であろうとも、認めたくなかった。

そもそも諭《さと》されたくらいで簡単に諦《あきら》められるなら、こんなところまでわざわざ来ない。

『諦めろ』

奥歯を噛《か》み締める俺を、アシュラフが哀《あわ》れむような眼差《まなざ》しで見る。

『……嫌《いや》だ』

『おまえにはおまえの運命の相手がいる』

駄々《だだ》をこねる子供を宥《なだ》め賺《すか》すような物言いに、カチンときた。

『絶対諦めない！　何がなんでも日本に連れ帰ってやる！』

叫《さけ》ぶやいなや、アシュラフに背を向け、毛布をひっかぶる。

『カズキ、こっちを向け。話はまだ終わっていない』

『…………』

『カズキ』

何度かの呼びかけにも頑《かたく》なに返事をしないでいると、背後で小さな嘆息《たんそく》が落ちた。ややして、気を取り直したかのような声が届く。

『俺は、ケイがすべてを捨ててマラークに来てくれたことに心から感謝している。簡単なことではなかったはずだ』

そうだ。ラシードのために、桂一は何もかも捨てたのだ。

仕事も、家族も、自分も……。

マラークへ赴《おもむ》く理由を、桂一に打ち明けられた際の痛みを今一度胸に還《かえ》し、毛布を摑《つか》んだ手をぐっと握《にぎ》り締《し》める。

『ケイの存在によってラシードは変わった。俺にできなかったことをケイはしてくれた。ケイのおかげでマラークは——ハリーファ王家は、失いかけていたラシードを取り戻すことができた。亡《な》くなった父もきっと深く感謝しているに違《ちが》いない』

『…………』

『おまえがふたりの仲を裂《さ》くと言うならば、残念ながら、俺たちは敵対することになるな』

低音の宣戦布告に、俺は返事をしなかった。

4

背後のアシュラフに対する憤《いきどお》りと、その存在を意識するあまりとで優に一時間は寝付《ねつ》けなかったが、どうやら肉体の疲労《ひろう》に引きずられて、いつの間にか寝入ったらしい。

「……………ん」

薄目《うすめ》を開けた俺は、しばらくぼんやりと天幕を支える骨組みを眺《なが》めた。仰向《あおむ》けで三十秒ほど夢とうつつを行ったり来たりしているうちに、徐々《じょじょ》に意識がはっきりしてきて、不意にがばっと身を起こす。左を見た。

いない。

すでに隣《とな》りのスペースはもぬけの殻《から》。敷布《しきふ》に触《ふ》れてみたが、ぬくもりも感じられなかった。アシュラフが起き出してから、かなり時間が過ぎているようだ。

「ちっ……寝坊《ねぼう》した」

隣りが起き出す気配にもまるで気づかず、正体もなく眠りこけていた自分に腹が立つ。またもやアシュラフに無防備な寝顔を晒《さら》したかと思うと、朝からじわっと顔が熱くなった。うっすら熱を孕《はら》んだ脳裏《のうり》に、昨夜のやりとりが蘇《よみがえ》ってくる。

――女性を愛することができないからな。

——……って、ゲイだってこと？

——そうだ。

アシュラフが——ゲイ。

その衝撃《しょうげき》的な事実を、今一度噛み締めた。

何度も言うように、ゲイに対する偏見《へんけん》はない。セクシャルアイデンティティで人を差別するような狭量《きょうりょう》さは、断じて持ち合わせていないつもりだ。

ただ……アシュラフが王位継承権《けいしょうけん》を辞退した理由がそこにあったと知って、ちょっとショックだった。生まれ持った特異な性癖《せいへき》さえなければ、アシュラフはマラークのすべての国民から愛される王になっただろう。二十代で世界的な投資家として名を馳《は》せる才覚を以《もっ》てすれば、アラブ諸国を代表する賢王《けんおう》になった可能性も大いにある。

もちろん弟のリドワーンも、成長した暁《あかつき》には、カリスマ性を持つふたりの兄たちをいずれ凌《しの》ぐ可能性を秘《ひ》めているとは思うけれど。

昨夜の宴《うたげ》でベドウィンたちに熱狂《ねっきょう》的な歓迎《かんげい》を受けていたアシュラフ。

アルダを誰《だれ》よりも美しく舞《ま》った、神々《こうごう》しいまでの雄姿《ゆうし》を思い出すと、なんだかすっきりとしない、もやもやした気分になる。

「……もったいねぇよな」

寝乱れた髪《かみ》をわしゃわしゃと掻《か》き混ぜた俺は、ふっと肩《かた》で息《いき》を吐《は》き、ひとりごちた。

「……ま。アシュラフが自分で決めたことだし、俺がどーこー言う話じゃないけどさ」

マラーク国民でもない自分には、この件についての是非《ぜひ》を意見する権利はない。

それよりも我が身に差し迫《せま》った問題は。

——おまえがふたりの仲を裂くと言うならば、残念ながら、俺たちは敵対することになるな。

あの宣戦布告だ。

俺と桂一が実の兄弟じゃないこと。

兄の桂一に、俺がただならぬ想《おも》いを寄せていること。

桂一を日本に連れ戻すためにマラークへ来たこと。

一切合切《いっさいがっさい》アシュラフにばれていて、その上で「ラシードと桂一の仲を護《まも》る」と宣言された。

ふたりの仲を裂こうとする者は、たとえ桂一の弟であろうと敵と見なす、と。

つまり、アシュラフはラシード側で、俺とは敵対関係ってわけだ。

ひと眠《ねむ》りして、少しクリアになった頭で導き出した結論に、俺は眉間《みけん》にしわを寄せて宙を見《み》据《す》えた。

「……ハリーファ王家の第一、第二王子が敵か」

強力なタッグだが、敵に不足はない。

最強の好敵手を得て、桂一とラシードの熱愛っぷりを目《ま》の当たりにして萎《な》えかけていた闘争《とうそう》心に、ふたたび火が点《つ》くのを感じる。

「おーし、受けて立ってやろうじゃねーか！」

めらめらと燃え上がる闘争心をバネに、寝床《ねどこ》から勢いよく起き上がった。

昨夜は不意を突かれたせいもあり、一気に責め立てられ、体勢を立て直せないままに不貞寝《ふてね》してしまったが……改めて、「そっちがその気なら、こっちも負けねぇぞ」とアシュラフに宣戦布告し返してやる。

俺は気合い満々で天蓋《てんがい》の外に出た。

正確な時間はわからないが、素肌《すはだ》で感じる少し涼《すず》しいくらいの気温から、日の出からそう時間が経《た》っていないと推測する。昨夜遅《おそ》くまで宴会《えんかい》があったためか、まだ他《ほか》の天幕の住人は寝ているようだ。

静まり返った人気のないオアシスを、俺はぶらぶらと歩き始めた。

（アシュラフ……どこだ？）

その姿を当て所《ど》なく探して、ほどなくオアシスの最西の防砂柵《さく》まで行き着く。そこから先は茫洋《ぼうよう》たる砂漠《さばく》が横たわっていた。

「……足跡《あしあと》だ」

波のような風紋《ふうもん》を描《えが》く砂地に、ひとり分の足跡を見つける。点々と続く足跡を追って、俺は砂漠に足を踏《ふ》み出した。なぜだかアシュラフの足跡だという確信があった。

昨日ラクダで横断はしたが、自分の足で砂漠を歩くのは初めてだ。砂に足を取られながら、少しずつ前へ進む。砂の上を歩くのは、想像よりもずっと重労働だった。乾《かわ》いていた顔にたちまち玉の汗《あせ》が浮《う》き、首筋まで滴《したた》り落ちる。

「はぁ……はぁ……あちー」

熱い息を吐きつつ、どうにかこうにか前進し、足跡を辿《たど》って十分ほど行った頃《ころ》、遠くの砂丘《さきゅう》の上に小さなシルエットを見つけた。

アシュラフだ！

アシュラフと思《おぼ》しきシルエットを目指し、まずは目の前の砂丘を上り始めるが、上る端《はし》から斜面《しゃめん》が崩《くず》れていく。流れ落ちてくる砂に膝《ひざ》まで埋《う》もれ、足が進まない。すぐに膝が震《ふる》えて息が上がった。舞い上がった砂が口の中に入って咳《せき》が出る。

「けほっ……けほっ……なんだって……こんな朝っぱらから体力使わなきゃなんねーんだよ」

汗だくの悪戦苦闘《あくせんくとう》の末、なんとか頂上まで上がると、今度は下りだ。重心を下げてずざざざーと斜面を滑《すべ》り降りる。

ものの数分で滑り下りきったが、それでフィニッシュじゃなかった。まだいくつか越《こ》えないとアシュラフまで辿り着けない。気力を奮い立たせ、目前に聳《そび》える新たな砂丘を上り始める。

上っては下るを三度繰《く》り返し、やっとアシュラフが立つ砂丘の裾《すそ》まで来た。

首筋を流れ落ちる汗をカフィーヤの裾で拭《ぬぐ》い、頂上を仰《あお》ぎ見た視線の先で、俺に背を向けたアシュラフは左手を高く掲《かか》げている。

（なんだ？）

訝《いぶか》しげに目を細めた時だった。

「ピ――――ッ」

鋭《するど》い鳴き声が早朝の静寂《せいじゃく》を切り裂《さ》く。

さらに首を仰向かせて真上を見上げた俺の目が、アシュラフの遥《はる》か頭上で旋回《せんかい》する黒い鳥を捉《とら》えた。

（かなりでかい。……鷹《たか》か？）

その大きさを目測で測っている間に、バサリと羽を閉じた鷹が、まっすぐアシュラフ目がけて急降下してくる。

危ない！　と息を呑《の》んだ次の瞬間《しゅんかん》、ふたたび大きく羽を広げた鷹が、アシュラフの手首にふわりと留まった。

左手に留まった鷹と顔をつき合わせ、アシュラフが愛《め》でるようにその首筋を撫《な》でる。

砂丘に立つ白衣の王子と鷹。

まるでよくできた映画のワンシーンだ。

何をしても絵になる男に思わず見惚《みと》れていると、鳥を手首に留まらせたまま、アシュラフがこちらを振《ふ》り返った。

俺の姿を認めた刹那《せつな》、驚《おどろ》きの表情を浮かべ、やがて男らしい眉《まゆ》をひそめる。左手を振って鳥を飛び立たせ、俺がいる下を覗《のぞ》き込むようにして声をかけてきた。

『ここまでひとりで来たのか？』

咎《とが》めるような口調でそんなふうに尋《たず》ねられれば、わざわざこんなところまでアシュラフを追ってきた自分の行為《こうい》が何やら不自然な気がして……。

『……足跡が……あったから』

微妙《びみょう》に視線を逸《そ》らし、もごもごと言い訳をする。

そもそもは昨夜の宣戦布告に対して決意表明をするために追ってきたのだが、いざアシュラフを前にすると今更《いまさら》という気もして矛先《ほこさき》が鈍《にぶ》った。ここまでの道程で体力を消耗《しょうもう》し、闘争心が削《そ》がれたせいもあるかもしれない。

『砂漠を甘く見るな。今回は迷子にならなくてよかったが……まぁいい。上がって来い』

ため息を吐いたアシュラフに手で招かれ、俺は砂の斜面を上り始めた。

これまで何度か上り下りを繰り返したおかげか、だいぶコツが呑み込めてきて、今までで一番楽に上ることができる。

（あと少しだ）

『がんばれ。もう一息だ』

頭上からの励《はげ》ましに応《こた》え、ラストの五十センチほどを一気に上がろうとした矢先だった。ずるっと足が滑る。

「うわぁっ」

悲鳴をあげて、そのままずるずると滑り落ちかけた俺の右手を、身を乗り出してきたアシュラフがはっしと摑《つか》んだ。強い力でぐいっと引っ張られる。

『踏ん張れ！』

ぐいぐいと引き上げられながら、両足で懸命《けんめい》に砂を掻き、どうにか頂上まで上がり切ったものの、勢い余ってアシュラフにどんっとぶつかった。その胸にしがみつく形になってしまう。

『あ……ごめ…っ』

あわてて身を引こうとして足許《あしもと》のバランスを崩した俺は、今度は仰向《あおむ》けに反り返った。

「うあ――っ」

あわや後ろ向きに落ちかける寸前、背中に回ってきた逞《たくま》しい腕《うで》に支えられる。

（た……助かった）

ほっと安堵《あんど》すると同時に、『ったく、おまえは……』と吐息《といき》混じりの低音が首筋に落ちた。

二度も助けてくれた恩人に礼を言おうとして、え？　と小さく声が漏《も》れる。

背中に回ったアシュラフの腕が、そのまま俺を抱《だ》きすくめてきたからだ。ぎゅっときつく抱き寄せられ、顔が硬《かた》い首筋に密着する。

（な……何？）

意味がわからず、俺は男の張り詰《つ》めた胸の中で硬直《こうちょく》した。

トクン、トクン、トクン。

ぴったりと合わさったアシュラフの胸も速い鼓動《こどう》を刻んでいて……シンクロするように、どんどん脈が早くなっていく。

（くそ……なんで俺、こんなに心臓バクバクしてんだよ）

鼓動の速さと顔の熱さを持て余し、きゅっと奥歯を噛《か》み締《し》めた時、拘束《こうそく》していた力がふっと緩《ゆる》んだ。ゆっくりと力を抜《ぬ》き、俺を少し離《はな》したアシュラフと目が合う。

これだけのアップでも、アラが目立つどころか、端整《たんせい》さが際《きわ》だつ美貌《びぼう》。

漆黒《しっこく》の双眸《そうぼう》の奥に、ゆらゆらと揺《ゆ》らめく情念の炎《ほのお》を認めて息を呑む。

熱情を宿した双眸がじわりと細まり——そして。

ただでさえ近いのに……男らしく整ったその貌《かお》がいよいよ近づいてきた。

唇《くちびる》に……熱い吐息がかかる。

息がかかるほどの至近距離《しきんきょり》から射すくめられ、黒曜石の瞳《ひとみ》に魅入《みい》られたように動けずにいると、頭上で「ピ————ッ」と鳴き声が聞こえた。

『……っ』

わずかに肩《かた》を揺らしたアシュラフが、我に返ったように両目を瞬《またた》かせ、俺の両腕《りょううで》を摑んでいた手を放す。代わりに左手を上げると、鷹が頭上からふわりと舞《ま》い降りた。くちばしに小さなトカゲを咥《くわ》えている。

くす。

『アスファ、よくやった』

(今の……なんだったんだよ?)

獲物《えもの》を捕《と》ってきた鷹を労《ねぎら》うアシュラフを横目に、動悸《どうき》が収まらないまま、俺は呆然《ぼうぜん》と立ち尽《つ》くす。

もしかして今、キスしようとした?

頭に浮かんだ疑問に、ふるっと首を振った。

……まさか。

だってする理由がないだろ?

いくらアシュラフがゲイだからって、仮にも一国の王子が見境なく誰《だれ》にでも手を出すとは考えにくい。それに……これだけの男《ひと》が相手に困っているはずがない。モテ過ぎて困ることはあっても、逆はあり得ない。

第一、俺が桂一を好きなことを知っているんだし。

混乱した頭をぐるぐる巡《めぐ》らせている間、アシュラフは鷹に褒美《ほうび》の餌《えさ》をやっていた。

何事もなかったように落ち着き払《はら》ったその横顔を見て、ひとりで狼狽《うろた》えている自分が馬鹿馬《ばかば》鹿《か》しくなる。

なんにせよ、たぶんアシュラフにとっては戯《たわむ》れでしかない。

あるいは、またからかわれたのか。

（ふざけやがって）

むっとしたが、冗談《じょうだん》を真に受けたと思われたくもなかった。俺はわざと平静を装ってアシュラフに声をかけた。

『それ、あんたの鷹？』

『そうだ。アスファは普段《ふだん》はイシュクに預けている。シャルマン族には訓練士として優《すぐ》れた腕を持つ者が多いんだ』

『訓練士？』

『日本では鷹匠《たかじょう》と言うのだったな』

『つまり、こいつは鷹狩《たかが》り用の鷹ってこと？』

アシュラフがうなずく。

訓練した鷹や隼《はやぶさ》を砂漠《さばく》で放し、野兎《のうさぎ》や野雁《のがん》を狩《か》る――鷹狩りは、アラブ諸国においては王族やオイルダラー御用達《ごようたし》のスポーツと言われていると聞いたことがあった。鷹の飼育や調教に費用がかかるので、庶民《しょみん》にはおいそれと手が出ないのだ。

『狩猟《しゅりょう》シーズンは冬。夏場の今は訓練の時期だ』

『……ふーん』

アシュラフが腕に乗せたアスファを俺のほうに向けた。肉厚な唇を横に引く。

『次は冬にマラークに来るといい。そうすれば狩猟に連れて行ってやれる。おまえならすぐに鷹を扱《あつか》えるようになるだろう』

『次って……』

昨夜、宣戦布告したことなど忘れたように誘《さそ》ってくる男に不審《ふしん》を抱《いだ》き、俺は眉《まゆ》をひそめた。

(俺たち、敵同士なんじゃなかったのかよ?)

なんとなく、大人のアシュラフにいいようにあしらわれている気がして苛立《いらだ》ちが募《つの》る。

上手《うま》く懐柔《かいじゅう》して言いくるめようって魂胆《こんたん》か?

俺が桂一を諦《あきら》めるように仕向けようって腹?

(そうはいくか)

胸の中で低くつぶやき、俺は不敵な笑《え》みを浮《う》かべる目の前の男を挑《いど》むように睨《にら》みつけた。


朝食のあとでイシュクたちに別れを告げ、ふたたびラクダに乗った俺とアシュラフは、来た道を引き返した。と言っても本当に同じ道かどうかは俺にはわからなかったが、とにかくジープのあるオアシスまで戻《もど》る。

そこからは天幕で待っていた運転手の運転で、ファラフの王宮に戻った。

帰路の車中、アシュラフとの会話は弾《はず》まなかった。俺が話に乗らなかったせいだ。はじめは会話の糸口を摑もうと、あれこれ話題を振《ふ》ってきたアシュラフも、俺が気乗りでないのを察してか、やがて話しかけてこなくなった。

いつしか沈黙《ちんもく》が落ちた車中で、アシュラフから顔を背《そむ》けるような体勢で窓の外の景色を眺《なが》めながら、俺が考えていたのは……結局、自分がたった今避《さ》けている男のことだった。

今回の砂漠ツアーは、アシュラフのおかげで様々な体験ができた。ラクダでの砂漠横断も、ベドウィンたちとの宴《うたげ》も、本来は部外者には見せないであろうはずのアルダも、砂丘《さきゅう》上りも鷹《たか》の訓練も……どれもが得難《えがた》い経験で、いつまでも心に残る思い出になる確信がある。

だがその分、アシュラフには時間を使わせてしまった。

彼自身がひさしぶりにイシュクたちに会いたかったというのもあるだろうが、俺のために貴重な時間を割《さ》いてくれたことには変わりがない。

一介《いっかい》の学生でしかない俺によくしたところで、アシュラフにメリットがあるとは思えないし、おそらく純粋《じゅんすい》な厚意《こうい》なのだと思う。ゲストである俺にマラークを好きになって欲しいという気持ちから出た、ホスピタリティ精神。

（いいやつなんだよな）

それは認める。大人だし、立ち居振《いふ》る舞いに成功したエリートとしての余裕《よゆう》も感じる。

だけど……ただのいい人で終わらないから問題なのだ。

初対面からもの言いたげな眼差《まなざ》しでじっと見つめてきて、困惑《こんわく》させられた。

馬やラクダの乗り方を親切に教えてくれたりとやさしい一面を見せたと思いきや、昨夜は鋭《するど》い考察力で俺の秘《ひ》めたる心情をことごとく暴《あば》き、あまつさえ宣戦布告をしてきた。

かと思うと——今朝は。

砂丘の上で、自分を抱《だ》き締めてきた時の強い力。

熱を秘めた瞳。

脳裏《のうり》に蘇《よみがえ》るにつれて、ざわざわと落ち着かない気分になってくる。

正直、アシュラフが何を考えているのかよくわからないし、どう対処していいのかもわからない。昨日から今日にかけて二十四時間以上を一緒《いっしょ》に過ごしたけど、その人となりを知れば知るほどに謎《なぞ》が深まる。

自分にあっさりとゲイであることをカミングアウトしたのも驚《おどろ》いた。アラブの王家にとってはトップシークレット。万が一にでも外に漏《も》れたら大変な物議を醸《かも》す火種だろうに。

それだけ俺を信頼《しんらい》してくれた？　というのもちょっと違《ちが》う気がする。まだそこまでの信頼関係はできていない。

じゃあなんで？

（……わからない）

摑《つか》めない。

今までの二十二年間で、こんなに自分を振り回す相手に会ったのは初めてだ。

アシュラフの前だと、自分が自分でなくなってしまう。

いちいちペースを乱される自分が……らしくない気がして心地《ここち》悪い。

何かあるごとにガキっぽい態度を取ってしまうことにも自己嫌悪《けんお》……。

（……とはいえ、昨日今日の礼は言わなきゃな）

車窓に映ったしかめっ面《つら》に、心の中で言い聞かせる。

王宮の車寄せでジープを降りた俺は、さすがに大人げなかった自分を反省し、あとから降りてきたアシュラフを振り返った。

なぜか冴《さ》えない顔つきの男に向き合い、気まずさを堪《こら》えて『あー……あのさ』と切り出す。

『砂漠だけど……すごく楽しかった。連れて行ってくれてありがとう』

と、アシュラフが意表を突《つ》かれたように瞠目《どうもく》した。

『そうか……楽しめたのならよかった』

険しかった表情を徐々《じょじょ》に緩《ゆる》め、浅黒い貌《かお》にほっと安堵《あんど》の色が浮かべる。

『砂漠入門編にしてはいささかマニアック過ぎたかと反省していた』

『へ？』

……反省って。

『あ……えっと……全然。ディープな感じで楽しかった』

『ならばいいが。おまえの機嫌《きげん》が悪いのはそのせいかと』

『えっ……』

驚きのあまりに絶句し、威風堂々《いふうどうどう》たる男前をまじまじと見つめた。

俺の機嫌がいいとか悪いとか、そんなどうでもいいことを、アシュラフが気に病《や》むなんて思ってもみなかったからだ。

(やっぱこの人って読めねえ……)

『や……ほんと楽しかったんで。時間と手間取らせちゃってあんたには悪かったけど』

『いや、こっちこそ楽しかった』

微笑《ほほえ》んだアシュラフが、『また誘ってもいいか？』と尋《たず》ねてくる。自信を取り戻したらしい男の低音に潜《ひそ》む、口説きモードを敏感《びんかん》に感じ取って、背中がこそばゆくなった。

『…………』

背中のむずむずをやり過ごすために眉根《まゆね》を寄せる俺を、アシュラフがじっと見つめてくる。

(だから、その目やめろって)

まるで意中の相手を誘惑《ゆうわく》するような眼差し。

つか、なんで俺に？

『……カズキ？』

顔を覗《のぞ》き込むようにして名前を呼ばれ、今度は胸がざわついて、ぐっと顎骨《がっこつ》を食い締《し》めた。

そんな俺を息がかかるほどの至近から見つめ、アシュラフが甘く昏《くら》い声で囁《ささや》く。

『……返事は？』

ふっと息を吐《は》いた俺は、観念するように小さくうなずいた。

それと同時に確信する。

数多《あまた》ある謎は依然解けないままだが、ひとつだけ確かなことがある。

いいやつだろうがなんだろうが、この男は苦手だ。


自分の部屋に戻ってシャワーを浴び、着替《きが》えを済ませた俺は、砂漠《さばく》ツアーの報告をするためにラシードの私室へ向かった。どうせ桂一も一緒だろうと当たりをつけていったが、悲しいかな正解だった。

俺の顔を見るなりラシードが、『砂漠はどうだった？』と尋ねてくる。

『イベント盛《も》り沢山《だくさん》でかなり楽しかった』

『詳《くわ》しく聞かせてくれ』

ラシードが俺にソファを勧《すす》め、自分も向かい合わせの肘掛《ひじか》け椅子《いす》に腰《こし》を下ろす。桂一は、そこが定位置のようにラシードの後ろに立った。

『まずアシュラフ殿下《でんか》とふたりでラクダに乗って、砂漠の中にあるシャルマン族のオアシスまで行った』

『イシュクに会ったのか。元気だったか？』

『ああ、元気そうだったよ。チャイを振る舞《ま》われたけど、甘くて美味《うま》かった。夜はアシュラフが来たってことで近隣《きんりん》の部族民が集まってきて宴会《えんかい》になった。総勢三十人くらいになったかな。夜が更《ふ》けるにつれてだんだん盛り上がってきて、みんなでアルダを踊《おど》って……』

『アッシュも踊ったのか』

ラシードに問われ、『熱烈《ねつれつ》なリクエストに応《こた》えて』と答えた。

『それはラッキーだったな。アッシュは父を凌《しの》ぐ名手と評判だし、アルダは雨乞《イスティスカー》いの礼拝に匹《ひっ》敵《てき》する神聖な踊りだ。異教徒がそう簡単に見られるもんじゃない』

『自分でもラッキーだったって思う』

でももしかしたら、そもそもそれが当初からの目的だったのかもしれない。アルダを自分に見せるために、アシュラフはシャルマン族のオアシスを目指したのかもしれなかった。

『今朝は鷹を訓練するところを見せてもらった。次回は狩猟《しゅりょう》シーズンの冬にマラークに来れば鷹《たか》狩《が》りに参加させてやるって』

ツアーの概要《がいよう》をざっと報告して言葉を切ると、桂一が心配そうな面持《おもも》ちで、『アシュラフ殿下にきちんとお礼を申し上げたか？』と確認《かくにん》してきた。

『ちゃんと言ったって。ガキじゃないんだから』

杞憂《きゆう》を一蹴《いっしゅう》する俺に、『ならばいいが』とつぶやき、『それにしても』と感服したような声を出す。

『アシュラフ殿下はおやさしいな。おまえにまで気を遣《つか》ってくださって』

とたん、ラシードが露骨《ろこつ》にむっとした。

『俺だって……今は式典の準備で時間が取れないが、無事に終わったら三人で遊びに行こうといろいろと計画している』

拗《す》ねてしまった王子を取りなすように、桂一があわてて言葉を継ぐ。

『殿下のお心遣いには弟ともども大変に感謝しております。もう十二分にしていただいておりますので、これ以上のお気遣いは……』

『俺がそうしたいんだよ。カズキはケイの弟だからな。俺にとっても大切な客人だ』

ラシードが体の向きを変え、背後の桂一をじっと見つめた。その視線を受け留めた桂一の顔が、じわっと赤くなる。

熱愛モード全開で視線を絡《から》ませ合うふたりを前に、俺はかなりイラッとした。

（……勘弁《かんべん》してくれよ）

俺を蚊帳《かや》の外に置き、完全にふたりの世界に入っている両人への抗議《こうぎ》を込めて、コホンと聞こえよがしな咳払《せきばら》いをする。

その咳で俺の存在を思い出したらしい桂一が、束の間気まずそうな表情を浮《う》かべ、居住まいを正した。

『とにかく、楽しく過ごせたようでよかった。俺からも改めてアシュラフ殿下にはお礼を申し上げておく』

『アッシュには俺からも礼を言っておく。楽しめたみたいで本当によかった』

申し合わせたようにうんうんとうなずくふたりを、どんより澱《よど》んだ目つきで見返す。

ふたりが心から俺のことを考えてくれているのは伝わってきたが、荒《すさ》んだ気分になるのはいかんともし難《がた》かった。

(せっかく砂漠で気が紛《まぎ》れてたのに……畜生《ちくしょう》)

ずーんとテンションが下がるのを意識した直後、ピリリリリッとどこかで電子音が鳴り始める。ラシードが腰のサッシュベルトからスマートフォンを引き出し、ディスプレイを見た。

『サクルからだ』

三人での会話に息苦しさを感じていた俺は、それを潮時と腰を上げた。

「じゃあ俺、そろそろ行くわ」

暇《いとま》を告げると、桂一が廊下《ろうか》まで見送ってくれる。

「せっかく遊びに来てくれたのにまともに相手ができなくてすまない。何度も言うようだが、式典が終わったらゆっくりできるから」

申し訳なさそうに謝る桂一の顔を見たら、なんだか無性《むしょう》にやるせない気分になった。

こんなに近くにいるのに、まともにふたりきりで話すこともままならない状況《じょうきょう》に焦《じ》れ、気がつくと桂一の肩《かた》を摑《つか》んでいた。

「なあ、今、本当に幸せなのか？」

切羽《せっぱ》詰《つ》まった口調で問う。

「和輝？」

「家族とも遠く離《はな》れたこんな異国で、誰《だれ》にも祝福されない関係のままでいいのかよ？」

「……和輝」

「親父《おやじ》とおふくろだって仕方なくマラーク行きを認めたけど、本音じゃ桂一に戻《もど》ってきて欲しいと思ってる」

視線の先の白皙《はくせき》がみるみる翳《かげ》った。

桂一の辛《つら》そうな顔なんか見たくないのに、一度堰《せき》を切ってしまった言葉は止まらない。長く胸に溜《た》めていたからなおのこと。

「俺、本当は桂一を連れ戻すためにマラークまで来たんだ」

驚《おどろ》いたように、レンズの奥の切れ長の双眸《そうぼう》が見開かれる。

「俺と一緒《いっしょ》に日本に帰る可能性ってないのか？」

勢い込んで言葉を継ぐと、桂一が苦しげに眉《まゆ》をひそめた。

「すまない……本当に身勝手で、おまえには悪いと思っている」

「少しも？　まったく？」

往生際《おうじようぎわ》悪く粘《ねば》っても、桂一は静かに首を横に振《ふ》るばかりだった。

「……すまない」

そんなふうに謝って欲しいわけじゃない。

そうじゃない。そうじゃなくて。

もどかしさが募《つの》り、肩を掴む手にぎゅっと力を込めた時。

『ケイ？　どこだ、ケイ？』

ドアの向こうから桂一を呼ぶ声が届き、桂一が俺の手をそっと退《ど》かせる。

「ラシードが呼んでいる。——悪いが……この話はまた日を改めて」

言うなり、桂一が身を翻《ひるがえ》した。

部屋の中に戻っていく華奢《きやしや》な後ろ姿を、俺はだらんと腕《うで》を下げ、力なく見送った。


五日後に執《と》り行われる『忠誠の誓い』の式典に備えてか、王宮全体に慌《あわ》ただしい空気が漂《ただよ》っていた。廊下を歩いていても、すれ違《ちが》う宮廷《きゆうてい》職員の足取りが、一様にどことなくせかせかしている。

部外者の俺以外、みんなやるべき業務《タスク》を抱《かか》えて忙《いそが》しそうだ。

桂一に振られたあと、むしゃくしゃした気分を晴らそうと宮廷内をうろつき回ってみたが、どこに行っても誰も彼もが忙しそうで、また見るからに多忙《たぼう》そうな彼らの手を煩《わずら》わせるのも忍《しの》びなく——結局身の置き場を見出《みいだ》せなかった俺は、すごすご自分の部屋に引き上げた。

仕方なく、MP3プレーヤーに仕込んできた音楽を聴《き》きながら、やはり持参の推理小説を読んで午後いっぱいを過ごす。

何かに没頭《ぼっとう》していないと、気分がずぶずぶと滅入《めい》りそうだった。

桂一はあれきり顔を見せず、アシュラフからも、昼に別れて以来音沙汰《おとさた》がなかった。

アシュラフだって式典参加に備えての打ち合わせ等があるだろうし、その上仕事もある。自分にばかり構っていられないのは当然だ。

頭ではわかっていたのに、夜になって夕食を摂《と》るために食堂に赴《おもむ》いた際、アシュラフの姿がそこにないのを知って、少しばかり肩すかしをくった気分になった。この二日間、なんだかんだとずっと構われ続けていたせいかもしれない。

『アシュラフ殿下《でんか》は?』

『昼過ぎに出かけた。仕事関係者と会食らしい』

ラシードの返答に、俺は気のない口調で『ふーん』と相槌《あいづち》を打った。

（あんなやつ、いなくたって別にいいじゃん）

苦手だし、下手に顔を合わせて、またどこかへ行こうなどと誘《さそ》われても面倒《めんどう》だ。

ただアシュラフがいないと、ラシードと桂一と三人になってしまうのがキツい。

そして案の定、夕食の間じゅう恋人《こいびと》たちの無自覚のいちゃつきに当てられ、すっかり食欲《しょくよく》も減退し、いつもの半分くらいしか食べられないままに部屋に戻る羽目に――。

ぐったりしつつ風呂《ふろ》に入り、寝衣用のトウブに着替《きが》え、髪《かみ》を乾《かわ》かしたら、もうやることがなかった。一昨日《おととい》は宮殿《きゅうでん》で宴会《えんかい》、昨日もオアシスで宴会だったから気がつかなかったが、ひとりだとここでは本当にやることがない。

持参の本は昼に読破してしまった。ＭＰ３もヘビロテしすぎて、やや飽《あ》き気味。

時間を持て余して主室のテレビを点《つ》けてみたが、どのチャンネルも当たり前だが知らない番組ばかりやっている。アラビア語は大体わかるが、出演者がどこの誰なのかさっぱりわからず、そのせいか観《み》ていてもおもしろくなかった。

一応パソコンは持って来たのだが――ラシードやアシュラフの部屋にはインターネット回線が引かれているのかもしれないが――少なくともこの部屋では使えないようだ。

(テレビが駄目《だめ》で、ネットも繋《つな》げないとなると……マジでお手上げだな)

かといってまだ十時前。いくらなんでも寝《ね》るには早い。

「こういう時、酒が呑《の》めないってのは致命傷《ちめいしょう》だな」

しかも、呑めないとなればなおさら呑みたくなるのが人の性《さが》ってやつだ。酒断《だ》ちしてそろそろ三日。寝酒の一杯《いっぱい》も口にしない禁欲《きんよく》生活なんて、成人してからほぼ初だ。

「あー……ビール呑みてえ。キンキンに冷えたやつをごきゅっと」

口に出すといよいよ欲求《よっきゅう》が募り、無性に喉《のど》が渇《かわ》く。この渇きは、チャイとかジュースとか、その手の甘ったるいもんじゃ癒《い》やせない。

もはや居ても立ってもいられず、俺は自分の部屋を抜《ぬ》け出した。

（ビールは無理でもどっかにワインくらいねぇかな？）

ラシードはもともと無類の酒好きだし、アシュラフも国外では当然ながら呑んでいるはずだ。だったら、この宮殿のどこかにアルコールがストックされていたっておかしくない。

どこにあるとも知れない幻《まぼろし》の酒を求め、人気のない廊下を彷徨《さまよ》い歩く。

しかし、当て所《ど》なくうろうろしたところで、目当てのものが見つかるわけがなかった。

足を止めて考える。

一番の心当たりとしては厨房《ちゅうぼう》だが、きっと人の出入りが多いから、もし酒類があったとしても誰にも見つからずに持ち出すのは不可能。

クソ真面目《まじめ》な桂一がご禁制の品を隠《かく》し持っているとは思えないし……となると、あとはラシードかアシュラフに頼《たの》み込んで、秘蔵の酒を分けてもらうしかない。

狙《ねら》いを定《さだ》めた俺は、まずはラシードの私室に向かって歩き出した。そこで用が済めば、それに越《こ》したことはない。アシュラフの部屋に行くのは最終手段だ。

ラシードが冷えたワインをストックしていますように。できればシャルドネのシャブリ希望。念じつつ足を速めていた俺は、廊下の角を曲がったとたんに向こうからやってきた誰かとぶつかりそうになり、あわてて一歩飛び退《すさ》った。

『……おっと！』

『失礼』

同じく身を引いた民族衣装の男の顔を見て、あっと声をあげる。

『アシュラフ』

会いたくないと思っている相手に限って鉢合《はちあ》わせしてしまうのはなぜなのか。

『……帰ってたのか』

苦々しい思いを呑《の》み込んでつぶやくと、アシュラフがふっと唇《くちびる》の端《はし》を持ち上げる。カフィーヤを被《かぶ》っておらず、長めの黒髪《くろかみ》があらわになっているせいか、いつにも増してその男性的な美《び》貌《ぼう》は迫力《はくりょく》があった。

『三十分ほど前に戻ったんだが……まったくおまえには驚かされてばかりだ』

『………………』

『だが、おかげで会いに行く手間が省けたな』

『会いに？』

アシュラフがうなずく。

『マラークの夜は長い。ひとりで時間を持て余しているだろうと思ってな』

こちらの行動を見透《みす》かしたような台詞《せりふ》に、軽くむっとする。この「手のひらで転がされている感じ」が神経を逆撫《さかな》でするのだ。

『おまえこそ、そんなに急いでどこへ行くつもりだ？』

酒を求めてとは白状できず、『……別に』とお茶を濁《にご》したが。

『夜這《よば》いでもかけに来たか？』

続く言葉にカッと頭に血が上る。

『んなわけねーだろ！』

怒鳴《どな》りつけると、目の前の美丈夫《びじょうふ》がますます笑《え》みを深めた。

何その余裕《よゆう》。何そのおまえのことはなんでもわかってるみたいな訳知り顔。

（むかつく！）

反応すればするだけ相手を喜ばせると薄々《うすうす》わかっていながらも我慢《がまん》できなかった。

自分をお子様扱《あつか》いする男をギッと睨《にら》みつけてから、ぷいっと顔を背《そむ》ける。アシュラフの長身を押しのけるようにして、俺は彼の横を擦《す》り抜けた。

『カズキ、待て！』

めずらしくあわてたような制止の言葉は無視する。

『行くな！　そっちは……』

アシュラフの声を振《ふ》り切るように大股《おおまた》でずんずんと廊下《ろうか》を進み、ふたたび角を曲がった瞬間《しゅんかん》、俺はびくっと肩《かた》を揺《ゆ》らした。

まっすぐ続く廊下の先は回廊《かいろう》になっているが、等間隔に並び立つ柱と柱の間でふたりの人間が抱《だ》き合っているのが見えた。ふたりともに民族衣装だが頭布は被っていない。そのせいか、髪の色の違《ちが》いが明らかだった。背が高いほうは月明かりに輝《かがや》く金髪で、華奢《きゃしゃ》なほうは艶《つや》やかな黒髪。腕《うで》を互《たが》いの背に回し、隙間《すきま》なく抱き合ったふたりは、唇を深く重ね合わせていた。

桂一……とラシード。

想《おも》い人とその恋人のキスシーンを目撃《もくげき》してしまった衝撃《しょうげき》に立ち竦み、声もなくフリーズしていると、すぐ後ろでため息混じりの低音が落ちる。

『だから止めたのに。なぜ言うことをきかないんだ』

ばっと振り返り、悔《くや》し紛《まぎ》れにアシュラフを怒鳴りつけようとして、『しっ』と耳許《みみもと》で囁《ささや》かれた。直後に左の手首を摑《つか》まれ、来い！　というふうに強引《ごういん》に引っ立てられる。

そのまま引きずられるようにして廊下を戻《もど》り、ラシードと桂一に声が聞こえない位置まで引き返したところで、俺は足踏《あしぶ》みをしてアシュラフに抗《あらが》った。

『放せよっ』

手を振り解《ほど》こうとしたが、拘束《こうそく》はびくともせず、逆にもう片方の手首まで摑まれてしまう。両の手首を握《にぎ》り込まれ、ぐっと強く引き寄せられて、前のめりにバランスを崩《くず》した次の瞬間、俺は男の胸の中にいた。

はっと顔を振り上げ、至近距離《しきんきより》で捉《とら》えた漆黒《しっこく》の双眸《そうぼう》に息を呑む。

『…………っ』

瞳《ひとみ》の奥に仄暗《ほのぐら》い熱が揺らめく——この目を知っている。

砂丘《さきゅう》の上で抱き締《し》められた時の……。

あの時の不可解な胸の高鳴りを思い出したように、トクンと鼓動《こどう》が跳《は》ねた。

こくっと喉を鳴らし、黒い瞳を睨みつけて、『……放せよ』ともう一度繰《く》り返す。だが、アシュラフは俺を見据《みす》えて動かない。

(くそっ)

なんとか視線のプレッシャーを撥《は》ね返そうとしたが、眼差《まなざ》しの強さに圧《お》し負けそうになる。

精一杯《せいいっぱい》の力で抗っても、拘束がまるで揺るがないことにも苛立《いらだ》ちが募《つの》った。圧倒的《あっとうてき》な力の差を見せつけられ、男としてのプライドがズタズタになる。

『放せ、馬鹿《ばか》っ！』

ついにキレた俺は、自由のきく足を振り上げた。蹴《け》りつけようとしてさらにぐいっと引き寄せられる。もはや焦点《しょうてん》が合わないくらいのアップに怯《ひる》む間もなく——。

『とんだ暴れ馬だな』

肉感的な唇から掠《かす》れた囁きが落ちるかいなかのタイミングで、いきなりキスをされた。

『……んっ』

熱を帯びた唇に唇を塞《ふさ》がれ、これ以上ないほどに両目を見開く。

（なっ……なっ……）

不意を突《つ》かれた頭は真っ白。あまりの衝撃にしばらくは抵抗《ていこう》も忘れ、音を立てて唇を吸われるのを許してしまう。

だが、厚めの舌で唇を割られる段で、遅《おそ》まきながら我に返った。濡《ぬ》れた舌が口の中に押し入ってくる感触《かんしょく》にびくんと全身が震《ふる》える。

『んんっ……くっ、ん……！』

突然《とつぜん》暴れ出した俺の抵抗を封《ふう》じ込めるように、アシュラフが掴んだ両手を上に持ち上げる。そうされると体を捻《ひね》ることもできなくなった。

必死に逃《に》げを打つ舌を容赦《ようしゃ》なく追い詰《つ》められ、搦《から》め捕《と》られる。少し荒々《あらあら》しい、嬲《なぶ》るような舌の動き。口蓋《こうがい》をねっとりと愛撫《あいぶ》され、頑丈《がんじょう》な歯で舌を甘噛《あまが》みされて、ぞくっと背筋に震えが走った。

『ん、……っふ……ンッ』

舌と舌が絡《から》まり合う、くちゅっ、ぬちゅっと濡れた音が頭に響《ひび》く。

（こいつ……上手《うま》い）

相手は男だ。野郎《やろう》のキスだとわかっているのに、巧《たく》みな舌遣《したづか》いに翻弄《ほんろう》されているうちに、だ

んだん頭の芯《しん》が痺《しび》れてぼーっとしてくる。体から抵抗する力が抜《ぬ》けていく。眦《まなじり》が熱を持ち、瞳が濡れ、口の端《はし》から呑み込みきれない唾液《だえき》が滴《したた》った。

『……っ……ッ』

散々好き勝手に口の中を陵辱《りょうじょく》された挙げ句、銀の糸を引いてゆっくりとくちづけを解かれる。きつく摑まれていた手首も、漸《ようや》く自由になった。

『……はぁ……はぁ』

胸を喘《あえ》がせて荒《あら》い呼吸を整え、濡れた唇をぐいっと手の甲《こう》で拭《ぬぐ》う。心臓が乱れ打ち、脚《あし》が微妙《びみょう》に震えているのがみっともない。

俺はじわじわと顔を上げて、アシュラフを睨みつけた。たった今、無体を働いたばかりの男は、高貴さよりも野性味が勝《まさ》った雄《おす》の貌《かお》で、俺を見つめている。

『……何か……言うことないのかよ？』

詰問に、アシュラフが眉根《まゆね》をじわりと寄せた。その表情は、自分で自分の衝動《しょうどう》に困惑《こんわく》しているように見える。

『……なんでキスなんかっ』

なおも責めると、今度は自嘲《じちょう》気味に唇を歪《ゆが》ませた。

『暴れ馬を調教したまでだ』

『……っ』

とっさに右手を振り上げた俺は、目の前の顔をぱんっと平手で打った。

顔を打たれた方角へ傾《かたむ》けたアシュラフの脇《わき》を擦り抜け、廊下を駆《か》け出す。

『カズキ！』

背後から名前を呼ばれたが足を止めず、全速力で走った。

（なんなんだよ、あいつ⁉）

調教？　ふざけんな！　誰《だれ》が暴れ馬だ！

だが一番腹立たしいのは、戯《たわむ》れのキスに腰砕《こしくだ》けになって、ろくな抵抗もできなかった自分だ。

少なくともこの十年余り、俺にとってキスは自分からするものであって、されるものじゃなかった。恋愛《れんあい》の駆け引きの主導権はあくまで俺にあったし、譲《ゆず》るつもりもさらさらなかった。

それがどうだ？　易々《やすやす》と抵抗を封じ込められ、舌まで入れられてねっとり嬲られ、あまつさえ気持ちよくなっちまうなんて、情けないにもほどがある。

ちょっとばかし巧《うま》かったからって、野郎のベロチューに魂《たましい》持っていかれてる場合かよ？

「畜生《ちくしょう》……！」

怒《いか》りに任せてむやみやたらと走ったせいで、気がつくと自分がどこにいるのかわからなくなっていた。迷路《めいろ》みたいな王宮の中で迷子になった俺は、足を止めて周囲を見回す。

「どこだよ、ここ……」

案内を乞《こ》おうにも、生憎《あいにく》と誰とも行き交《か》わない。もしかしたらここは、敷地《しきち》の外れなのかもしれなかった。

それもこれもアシュラフのせいだ。苛立ち紛れに髪《かみ》をぐしゃぐしゃと掻《か》き混ぜる。

「参ったな……」

とにかく、ここで足踏みしていても埒《らち》が明かないと、気を取り直して歩き出した。

シンと静まり返った人気のない廊下《ろうか》を歩いているうちに、出口らしき扉《とびら》に行き当たったので、建物の外に出てみる。敷地内に点在する庭園のうちのどれかだろうか。鬱蒼《うっそう》と緑が生《お》い茂《しげ》った見通しの悪い庭園を、月明かりを頼《たよ》りにしばらくうろついていた俺は、ほどなく平屋の建物を見つけた。

倉庫？

平屋に近づくにつれて、中からぼそぼそと複数の声が漏《も》れ聞こえてくる。

(助かった！　誰かいる)

これで道を教えてもらえる。喜び勇んで平屋の周りをぐるりと半周し、ドアを見つけた。しかしドアには鍵《かぎ》がかかっている。仕方なくもう少し回り込んで、今度は窓を見つけた。壁《かべ》をくり抜いた馬蹄形《ばていけい》の窓から中を覗《のぞ》き込む。

オレンジ色の明かりに照らされた室内には、民族衣装姿の男たちが全部で四人いた。車座になり、顔をつき合わせて何やら熱心に話し込んでいる。鳩首《きゅうしゅ》する男たちの顔を順に眺《なが》めていた俺は、そのうちのふたりに見覚えのあることに気がついた。

場を仕切っているふうの、白いカフィーヤを被《かぶ》り、黒いローブを羽織った男は、確か初日の宴《うたげ》で紹介《しょうかい》された王族のひとりだ。

なぜ覚えているかというと、異様にでっぷりと太っていたから。樽《たる》のような腹をした男はラシードの父方の従兄弟《いとこ》だったか……名前までは覚えていない。

もうひとりは王室護衛隊の制服を着ている、五十がらみの男。この男は樽男と一緒《いっしょ》に挨拶《あいさつ》に来て、立派な顎髭《あごひげ》を胸まで生やしていたので記憶《きおく》に残っている。王室護衛隊ということは、サクルの部下になるのか？

他《ほか》のふたりに見覚えはないが、こうして王宮の中にいるからには、それなりの地位を持つ人間であるはずだ。

そんなメンツが、こんな王宮の果ての小屋に集まって、何をひそひそと話しているのか。

気になって、漏れ聞こえてくるアラビア語に耳を澄《す》ませる。話し声はぼそぼそと低く、途切《とぎ》れ途切れにしか聞こえなかった。

『そうだ……式典……狙《ねら》い目だ……機に乗じて……邪魔者《じゃまもの》を消す……』

かろうじて聞き取った物騒《ぶっそう》な単語に耳を疑う。

今、なんて言っていた？

式典？　狙い目？　邪魔者を消す……って暗殺⁉

偶然《ぐうぜん》にも、自分がとんでもない現場に居合わせてしまったことを自覚すると同時に、心臓がトクトクと早鐘《はやがね》を打ち出す。

（と、とにかく）

どうにか自力で戻《もど》って桂一に知らせないと。

そろそろと窓から離《はな》れ、数歩後退《ずさ》った俺の足許《あしもと》で、パキッと小枝が折れる音が鳴った。

しまった！

『誰だっ⁉』

鋭《するど》い声が窓から飛んできた。

（やば……っ）

あわてて身を翻《ひるがえ》し、その場を駆け出したが、数メートルも行かないうちに前方の茂みから王室護衛隊の制服を着た男が二名飛び出してくる。ふたりの男に両手を広げて立ちはだかられ、立ち往生している間に両方の腕《うで》を拘束《こうそく》されてしまう。

『放せよっ！』

体を大きく振《ふ》って暴れたが、両側から片腕ずつがっしり摑《つか》まれているので、どうにもならなかった。

やがて小屋からバラバラと出てきた男たちに、ぐるりと取り囲まれる。

リーダー格の樽男が、俺の前に立って顎《あご》を摑み、無理矢理ぐいっと持ち上げた。目を細めて顔を確かめる。

『……日本から来た客だな』

傍《かたわ》らに立つ顎髭がうなずいた。

『ラシード殿下《でんか》の客だ』

『面倒《めんどう》だな。どこまで聞かれた？』

『わからないが、聞かれたとしても、日本人ならば言葉はわからないだろう』

樽男の台詞《せりふ》に心の中に希望の光が灯《とも》る。

そうだ。俺は異国人で、何もわからないし、知らない。

（だから見逃《みのが》してくれ！）

だが心の祈《いの》りも虚《むな》しく、俺の一縷《いちる》の希望を、俺を捕《つか》まえている王室護衛隊員のひとりがあっさりと打ち砕《くだ》いた。

『先程《さきほど》アラビア語で「放せ」と言っていました』

ざわっと男たちがざわめき、たちまち殺気立つ。

不穏《ふおん》な空気に背筋がすーっと冷え、体中の毛穴から冷たい汗《あせ》がじわっと噴《ふ》き出した。

樽男が意味ありげな目つきで顎髭に合図をする。体を退《ど》けた樽男と入れ替《か》わりに、顎髭が俺の前に立った。

（何？　なんだよ？）

嫌《いや》な予感を覚えて身構えた直後、腹部に激しい衝撃《しょうげき》を感じる。

「うっ……」

顔を歪めて体を折る俺の腹に、続けてもう一発拳《こぶし》が入った。

「ぐぇっ」

息が……できない。

目の前に紗《しゃ》がかかり、ふっと意識が遠のく。

屈強《くっきょう》な王室護衛隊員に両腕《りょううで》を取られたまま、俺はずるずると足許から頽《くずお》れた。

5

「う…………」

下腹部の鈍《にぶ》い痛みにじわじわと意識を取り戻した俺は、重い目蓋《まぶた》をのろのろと持ち上げた。

しばらくの間ぼんやりと薄目《うすめ》を開けたまま横になっていたが、やがてマットレスに手をつき、だるい体を起こす。

しゃっきりしない頭を振り、脳内の靄《もや》を振り払《はら》ってから、両目をはっきりと見開いた。

視界に映り込んだのは、殺風景な石造りの四角い部屋だった。床面積《ゆかめんせき》は四メートル四方ほど。正面の壁に鉄のドア、左手の壁には鉄格子《てつごうし》の嵌《はま》った窓がある。右手の壁には水道の蛇口《じゃぐち》と剝《む》き出しのシンク、少し離れたところに便器も備えつけられていた。

今、俺が寝《ね》かされているのは、背後の壁に寄せるように置かれたパイプベッドの上。

格子の嵌った窓から差し込む光に、眩《まぶ》しく目を細めて「……朝？」とひとりごちる。

「てゆーか、どこだ……ここ？」

一見して刑務所《けいむしょ》の独房《どくぼう》みたいだが、今まで見たこともない場所だ。

「なんで俺……こんなとこに？」

自分の置かれている状況《じょうきょう》が把握《はあく》できず、じわりと眉《まゆ》をひそめる。

ここがどこなのか、手がかりを引き出すために、俺は懸命《けんめい》に最後の記憶を探《さぐ》った。

そうだ……宮殿《きゅうでん》で迷っているうちに緑が鬱蒼《うっそう》とした庭園に出て……倉庫みたいな小屋に行き着いた。そこで男たちが密談をしているのを見てしまい……逃《に》げようとして掴まってしまったんだ。

——……日本から来た客だな。

——ラシード殿下の客だ。

——面倒だな。どこまで聞かれた？

殺気立った男たちに取り囲まれ、顎髭の男に腹を殴《なぐ》られてブラックアウト。……そこから先は覚えていない。

あのあと、意識のないままにここに連れてこられたのか。

うっすらとだったが、途中《とちゅう》で水と一緒に何か錠剤《じょうざい》を呑《の》まされたような記憶がある。もしかしたら睡眠薬《すいみんやく》だったのかもしれない。その効果で朝まで眠《ねむ》り続けてしまったのか。

「って、こんなとこで捕まってる場合じゃねぇのに！」

あの男たちの企《たくら》みを一刻も早くラシードと桂一に伝えなきゃならないのに！

焦燥《しょうそう》に駆《か》られてベッドから降りかけ、じゃらっという音に下を見る。

服装は昨夜のトウブのままだが、左脚《ひだりあし》の足首に鉄の枷《かせ》が嵌《は》められていた。

「なんだよ、これ!?」

思わず大きな声が出る。

枷から伸《の》びる長い鎖《くさり》は、部屋の隅《すみ》に打ち込まれた鉄の杭《くい》に繋《つな》がっていた。

つまり、俺は囚人《しゅうじん》よろしく鎖《くさり》で繋がれているのだ。

「……畜生《ちくしょう》っ」

呪詛《じゅそ》を吐《は》き捨て、足首の枷を弄《いじ》ってみる。かなり頑丈《がんじょう》な鉄の枷で、素手《すで》で外したり壊《こわ》したりできるようなやわなものじゃなかった。足枷を外すことを諦《あきら》めた俺は、ベッドから立ち上がって杭に近づき、力いっぱい鎖を引っ張ってみた。しかしガチャガチャと音がうるさいばかりで、楔《くさび》自体はびくともしない。

仕方なく、じゃらじゃらと鎖を引きずりながら唯一《ゆいいつ》のドアに近づいた。

ドアはのっぺらぼうの鉄の一枚板で、ノブやレバーもない。どうやら部屋の外側からしか開けられない仕組みになっているようだ。

念のためにドアを押したり、横にスライドできないかと試みたが、一ミリも動かない。苛立《いらだ》って拳でドンドンと鉄板を殴ってみたものの、手が痛くなっただけだった。

窓は鉄格子だし、これじゃあ本当に独房だ。

改めて自分が囚《とら》われの身であることを思い知り、胃の下部あたりからじりじりと灼《や》けつくみたいな焦燥が込み上げてくる。徒労感も手伝い、よろよろとベッドまで戻《もど》った俺は、マットレスにどさっと腰《こし》を下ろした。

こんな足枷付きで石の牢《ろう》に監禁《かんきん》して、一体どうするつもりなのか。

「まさか……」

脳裏《のうり》に浮《う》かんだ物騒《ぶっそう》な可能性にすーっと血の気が引いた。

(殺すつもりじゃ……?)

ぎゅっと胃が縮こまる感覚の直後、心臓がドクドクと脈打ち出す。殴られた際の後遺症《こういしょう》も相まってか、胃がむかむかしてきた。鳩尾《みぞおち》を宥《なだ》めるように手のひらで撫《な》でさする。

殺されて、砂漠《さばく》に捨てられでもしたら、まず死体は見つからないだろう。

そうしたら、行方《ゆくえ》不明で片付けられて……終わり?

ぞっとした。今まで自分とはまったく無縁《むえん》のものと思い込んでいた「死」を、にわかに身近に感じる。砂漠で白骨化した自分をリアルに思い浮かべそうになり、あわてて首を左右に振《ふ》った。

何度か深く息を吸って吐いて、深呼吸を繰《く》り返す。

(落ち着け)

邦人《ほうじん》観光客がある日突然《とつぜん》行方不明になったりしたら国際問題だ。しかも自分は一応ハリーファ王家の客人だ。桂一はもとより、ラシードとアシュラフも、王家の威信《いしん》を賭《か》けて必死に捜索《そうさく》するだろう。そろそろ俺が部屋にいないことに気がついて、すでに捜《さが》し始めているかもしれない。

きっと捜し出してくれる。

漠然《ばくぜん》とした恐怖心《きょうふしん》に呑み込まれそうな自分に言い聞かせる。

だが――殺す――まではやらなくても、謀略《ぼうりゃく》を知ってしまった邪魔者《じゃまもの》を式典が終わるまでここに閉じ込めておく可能性は高い。

――そうだ……式典……狙《ねら》い目だ……機に乗じて……邪魔者を消す……。

あの時、男たちが『消す』と言っていたのは、おそらくはリドワーン王太子のことだ。

たぶん、崩御《ほうぎょ》したファサド国王の指名に不満を持っている反乱分子だろう。リドワーンが王になることで不利益を被《こうむ》る一党。

その反乱分子に、王室護衛隊の一部が加わっているとなると、ことは厄介《やっかい》だ。

王室護衛隊が王族に刃《やいば》を向けるなど誰《だれ》も想像しないだろうから、その隙《すき》を突《つ》かれたら……。

このままではリドワーンが危ない。

王太子の誠実そうな澄《す》んだ瞳《ひとみ》を思い出し、居ても立ってもいられない気分になった。

（一刻も早くここから逃げ出して危険を知らせなきゃ……！）

焦燥に駆られ、ふたたびベッドから立ち上がる。じっとしていられずに四角い部屋を行ったり来たりしていると、鉄のドアの向こうでガチャッと閂《かんぬき》を外す音がした。

「……っ」

ぱっと勢いよく振り返る。

ギィーと錆《さ》びついた音を立てながらドアが開き、赤と白のチェック柄《がら》のターバンを巻いた、三十代後半くらいの男が室内に入ってきた。身の丈《たけ》百八十オーバー、がっちりと肉付きのいい大男だ。いかつい顔に山羊《やぎ》のような髭《ひげ》を蓄《たくわ》え、目つきが鋭《するど》い。トウブの腰に革《かわ》ベルトを巻き、半月刀《ジャンビーヤ》を下げている。

部屋の中程《なかほど》に立ち尽《つ》くす俺を、眇《すが》めた目でじろじろと眺《なが》めたあとで、男が嗄《しゃが》れた濁声《だみごえ》を発した。

『起きたらしいな？』

アラビア語でつぶやき、こちらに近づいてくる。俺は間近に迫《せま》った男を睨《にら》んだ。

『あんた誰？　ここどこだよ？　なんで俺を……』

質問を繰り出している途中でいきなり首筋に半月刀を押しつけられ、ひっと喉《のど》が鳴る。いつ鞘《さや》から抜《ぬ》いたのかもわからないほどの早業《はやわざ》だった。

『ガタガタ騒《さわ》ぐな』

低い声で凄《すご》まれ、奥歯を嚙《か》み締《し》める。男の鈍く底光りする目には、得も言われぬ迫力《はくりょく》があった。ちょっとでも動いたら、躊躇《ちゅうちょ》なく白刃《しらは》を横に引かれそうだ。じわっと首筋が濡《ぬ》れるのを感じる。

（アラブのヤクザかよ？）

非合法な生業《なりわい》で禄《ろく》を得ている者特有の荒《すさ》んだオーラは、世界共通だと身を以《もっ》て知った。

『俺が誰であろうと、ここがどこであろうと、奴隷《どれい》のおまえには関係がない』

刃を当てたまま、男が低く落とす。

『……奴隷？』

訝《いぶか》しげな声を出して、『そうだ、奴隷だ』とあっさり肯定《こうてい》された。

『東洋人の奴隷はめずらしいし、色が白くて肌理《きめ》が細かいから人気がある。おまけにおまえは男にしてはずいぶんと綺麗《きれい》な貌《かお》をしているからな。高値で売れるだろう』

下卑《げび》た笑いを浮かべる男には、前歯が一本なかった。

『高値で……売れる？』

どういう意味だと問い質《ただ》す前に、大男が答えを寄越《よこ》す。

『近々競《せ》りがある。おまえは一番の値をつけた客のものになるんだよ』


それからの三日間、鎖で繋がれた俺は、ひとり独房《どくぼう》の中で過ごした。

三度の食事の配給以外は誰も顔を出さない。運んでくるのはいつも同じ、例の前歯の一本ない大男だ。

初日は食欲《しょくよく》が湧かず、ほとんど手をつけずに残したが、次の日からは考えを改め、きちんと食べることにした。できるだけ睡眠《すいみん》も摂《と》るようにして、体が鈍《にぶ》らないよう日中は動ける範囲《はんい》で運動もする。

逃亡《とうぼう》のチャンスに備えての準備だった。いざという時に体力が衰《おとろ》えていては意味がない。

実のところ、本当に逃《に》げ出す機会が来るのかどうかはわからなかったが、「絶対に来る」と信じてポジティブ思考でいないと、頭がどうにかなりそうだった。

体を動かすことで昼はなんとかやり過ごせたが、夜——暗闇《くらやみ》の中、ひとりで毛布にくるまっていると、じわじわと焦燥《しょうそう》が押し寄せてくる。

もう三日も、まともに誰とも話していない。

男は『近々競りがある』と言っていた。だが、その後はいくら尋《たず》ねても、それがいつなのかは教えてくれない。『今にわかる』とにやにやするだけだ。もしかしたら、男も知らないのかもしれない。

その競りで、俺は「奴隷」として競売にかけられるらしい。

はじめは「奴隷」とか「競り」とか言われてもぴんと来なかった。

独自の文化を持つ中東とはいえ、二十一世紀の現在、人身売買のオークションが開催《かいさい》されているなんて、急には信じられなかったからだ。

だが、どうやら本当らしい。そもそも歯抜《はぬ》け男が冗談《じょうだん》を言う理由がないし、俺を騙《だま》してもメリットがない。

（まさか自分が……こんな羽目に陥《おちい》るなんてな）

マラークを含《ふく》む中東諸国には、いまだ一歩間違《まちが》えば死と隣《とな》り合わせの危険が潜《ひそ》んでいるのだと実感する。

オイルマネーに浴した繁栄《はんえい》の陰《かげ》に、紛《まぎ》れもなく存在する闇《やみ》の部分。

自分は運悪く、その闇に片足を踏《ふ》み込んでしまった。

一瞬《いっしゅん》、臓器目的のオークションかと肝《きも》を冷やしたが、男が顔が綺麗だの肌《はだ》が綺麗だのと口にしていたところをみると、性奴隷として売られるのかもしれない。

この地で女がそんないかがわしい場所に出入りするわけがないから、競り手は男だろう。脂《あぶら》ぎった好き者のオッサンか、変態ヒヒジジイか。どのみち俺の意志も感情も無視だ。

臓器を売っぱらわれるよりは幾分《いくぶん》マシにせよ、売られた先には、今よりもっと悲惨《ひさん》な状況《じょうきょう》が待っている可能性が高い。

自分が性奴隷として競売にかけられる――いつとも知れないその瞬間をじりじりと待つ時間は、苦痛以外の何ものでもなかった。死刑《しけい》宣告を待つ罪人の気分だ。

その上、リドワーン襲撃《しゅうげき》の件もある。

拉致《らち》られて三日。式典まで二日。あと二日の間にここから逃げ出し、なんらかの手段で王宮に知らせなければ間に合わない。

このままではリドワーンは凶弾《きょうだん》に倒《たお》れる……。

刻一刻と焦燥は募《つの》るが、実際には身動きが取れない自分が不甲斐《ふがい》なく——ただただ狂《くる》おしくもどかしかった。

大声でわめいて暴れ回りたい衝動《しょうどう》を、ぐっと顎骨《がっこつ》を食い締めて堪《こら》える。そんなことをしても体力を消耗《しょうもう》するだけだし、下手をすれば両手の自由まで奪《うば》われる危険がある。

今はとにかく、いつか必ずチャンスが来ると信じて待つしかない。

できるだけ柔順《じゅうじゅん》に大人しくしておいて、敵を油断させるのが得策だ。

「とかいって今日も一日……何も起こらないままに日が暮れちまった」

ベッドの上に胡座《あぐら》を掻《か》いた俺は、壁《かべ》に後頭部を凭《もた》れかけ、ふーっと嘆息《たんそく》を吐《は》いた。

今頃《いまごろ》、桂一は必死に捜《さが》しているだろうな。王宮内でゲストがいなくなったのだから、ラシードもかなり責任を感じているだろう。

(……アシュラフは?)

脳裏《のうり》にふと浮《う》かんだアシュラフの顔に、無意識に唇《くちびる》に指で触《ふ》れる。強引《ごういん》なキスの感触が蘇るやいなや奥歯をぎりっと噛み、「あんなやつ!」と吐き捨てた。

大体、あいつがあの時キスなんかしなかったら、王宮で迷子になることもなかったたし、結果として倉庫での密談を覗《のぞ》き見ることもなかった。

あいつさえ無茶しなければ、今ここでこんなふうに監禁《かんきん》されることもなかったのだ。

こうなったのも全部、アシュラフのせいだ。

日に何度か、元凶《げんきょう》である男に苛立《いらだ》ち、心が荒《あ》れる。それと同時に、仄暗《ほのぐら》い「熱」が揺《ゆ》らめく黒い瞳《ひとみ》を思い出し――なぜか胸が締めつけられるみたいに苦しくなる。

「……なんで……こんな気分になるんだよ？」

髪《かみ》を掻き上げてひとりごちた時、ガチャッと閂《かんぬき》が外れる音がした。

時間的に夕食だろうと思ったが、現れた大男はいつものトレイを持っていない。

不思議に思っていると、中に入ってきた男が俺に向かってまっすぐ近づいてきた。ベッドの前で足を止めるなり、『後ろを向け！』と命令する。

「…………」

眉《まゆ》をひそめて動かない俺に、男がちっと舌を打ち、荒《あら》っぽい手つきで肩《かた》を摑《つか》んできた。乱暴に引き倒され、ベッドに俯《うつぶ》せに倒れ込む。すぐに背中に男が乗り上げてきて、身動きが取れない俺の両腕《りょううで》を背中側に捻《ひね》った。無理な角度にねじ曲げられ、腕の付け根が軋《きし》む。

『痛ぇっ』

抗議《こうぎ》の悲鳴は無視された。なんとか男から逃《のが》れようとしたが、百キロ近い体重が乗っているので果たせない。

『退《ど》け！　放せよっ』

必死に抗《あらが》っている間に、手首に何か冷たくて硬《かた》いものが触れた。カチッと金具が連結するような音。続けてもう片方の手首にも硬い何かが触れた。

次の瞬間、不意に男が退いて、胴体《どうたい》部分の圧迫《あっぱく》が消える。首を後ろに捻った俺は、後ろ手にされた自分の両手首に、金属の輪っかが嵌《はま》っているのを見た。

(手錠《てじょう》⁉)

反射的に両腕を左右に引っ張ったが、輪と輪を繋《つな》ぐ鎖《くさり》がガチャガチャとうるさく鳴るばかりで手錠自体はびくともしない。

『よせよせ。手が傷つくだけだ』

俺の悪あがきをせせら笑った男が、ベッドから降り、腰《こし》の革《かわ》ベルトから鍵《かぎ》らしきものを取り出した。その鍵で俺の足枷《あしかせ》を外す。

三日ぶりに枷を外され、自由になった脚《あし》をやや呆然《ぼうぜん》と眺《なが》めていると、男が今度は革ベルトから短銃《たんじゅう》を抜《ぬ》き出し、開け放たれたドアを顎《あご》で指した。

『――出ろ』

三日ぶりに独房《どくぼう》から出られた解放感など微塵《みじん》もなかった。

何せ、背中に本物の銃を突《つ》きつけられているのだ。短刀を喉許《のどもと》に突きつけられた時も肝が冷えたが、銃口はそれ以上に背筋が凍《こご》える。

競《せ》り用の商品である自分を簡単には殺さないはずだ。

そう思わないと、脚が震《ふる》えて前に進めなくなる。

（どこへ……連れてく気だ？）

後ろ手に手錠を嵌《は》められたまま、銃で背中を小突《こづ》かれるようにして、俺は薄暗《うすぐら》い地下を進んだ。やがて行き当たった部屋の前で『止まれ』と命じられる。男が銃を持っていないほうの手を伸《の》ばして部屋のドアを開けた。

四方を白いタイルで囲まれた殺風景なその部屋は、どうやらシャワー室のようだ。奥の壁にシャワーヘッドとカランが取り付けられている。

『入れ！』

どんっと背中を押され、俺は前につんのめった。数歩たたらを踏み、かろうじて転ばずに踏みとどまって振《ふ》り返る。目と目が合ったとたん、男が『脱《ぬ》げ』と命じた。

『あ？』

『シャワー浴びたいだろ？　もう何日も体を洗ってないもんな？』

確かに囚《とら》われの身になってから、体どころか顔さえも洗っていない。

シャワーを使えるのは有り難《がた》かったが、できればひとりで浴びたかった。男にシャワーシーンを見せる趣味《しゅみ》はない。

『ここでストリップするのか？』

『別に男同士だ。恥《は》ずかしいことはなかろう?』

にやにや笑いを浮かべる男をしばらく睨《にら》みつけたあとで、くるりと後ろを向いた。

『手錠を外してくれ。じゃないと服を脱げない』

男が鍵で手錠を外しながら、『妙《みょう》な真似《まね》するなよ。ちょっとでもおかしな真似しやがったら容赦《ようしゃ》なく撃《う》つからな』と脅《おど》してくる。

『……わかってるよ』

覚悟《かくご》を決めてトウブを頭からばっと脱ぎ取り、次に勢いよく下着を下ろした。こうなったら、ことさらに隠《かく》し立てするほうが恥ずかしいと開き直り、男に向き直る。

全裸《ぜんら》の俺を、じろじろと遠慮《えんりょ》のない視線で撫《な》で回した男が、『……白いな』とつぶやいたあとで、何かを投げて寄越《よこ》した。

『ほら、これで洗いな』

飛んできた石鹸《せっけん》を片手でキャッチし、カランを捻ると、上空からザーッと水流が降り注いでくる。

『冷てぇっ』

いくら夜になっても気温は高めとはいえ、いきなり頭から水を浴びて悲鳴が出た。あわててシャワーの水から飛び退《の》き、『お湯は? 出ないのかよ?』と苦情を言う。

『贅沢《ぜいたく》言うな。ここいらじゃ水だって貴重なんだ』

文句を言ってもお湯にはならないと観念し、俺は体を洗い始めた。髪も顔も体も一緒《いっしょ》くたに石鹸で洗う。だんだん水温に体が慣れてきて、さほど冷たく感じなくなってきた。泡《あわ》をシャワーで洗い流し、さっぱりしたところでカランをきゅっと捻る。

『拭《ふ》くものは？』

頭から水を滴《したた》らせて訊《き》くと、男が乾《かわ》いた麻布《あさぬの》を放ってきた。その布でざっと全身の水気を取り、頭を拭く。

ひととおり拭いたのでトウブを着ようとしたが、見当たらない。

『服は？』

俺の問いかけに男は首を横に振った。

『着なくていい』

『はぁ!?』

思わず素《す》っ頓狂《とんきょう》な声が漏《も》れる。

『そのままこっちへ来い』

銃口で促《うなが》され、その意図がわからないままに、眉をひそめて男に近づいた。肩を摑まれ、くるっと体を返されて、壁《かべ》に押しつけられる。両腕を荒々《あらあら》しく後ろに引っ張られ、ふたたびカチッと手錠を掛《か》けられた。

『床《ゆか》に膝《ひざ》をつけ』

命令と同時に銃で小突かれる。仕方なく脚を折り、床に膝をついた。

『頭を下げて尻《しり》を後ろに突き出せ』

背中に冷たい銃口が当たっているので逆らえない。渋々《しぶしぶ》と命令に従い、頭を低く下げて腰を高く上げるポーズを取った。

ほどなく尻を鷲摑《わしづか》まれ、真ん中から割るように左右に広げられる。衝撃《しょうげき》にびくっと背中が震え、『動くな！』と恫喝《どうかつ》された。

『どれ？　ちゃんとここも洗ったか？　ふーん、色も薄《うす》くて綺麗《きれい》なもんだな』

自分でも見たことがないような場所を観察される羞恥《しゅうち》に必死に耐《た》えていると、剝《む》き出しになった後孔《こうこう》に何か硬いものをぐっと押し込まれる。

『…………なッ』

頭を振り起こそうとしてすかさず、銃口を後頭部に押し当てられた。

『動くと撃つ』

『…………くっ』

ぐっと奥歯を食い締《し》める。引き続き、ぐっ、ぐっと体内に異物を押し込まれる違和感《いわかん》に耐えた。

（……何入れやがった？）

顔をしかめている間に、男の指がずるっと抜ける。ケツの穴を締めて異物を押し出そうとし

たが、すでにかなり奥まで入ってしまっているらしく、却《かえ》って深く呑《の》み込んでしまう。

『くそっ、何入れたんだよ？』

背後の男がくくっと笑った。

『気持ちよくなる薬だよ』

『気持ちよくなる薬……？』

眉間《みけん》にしわを寄せて鸚鵡《おうむ》返しにした瞬間《しゅんかん》、『立て！』と尻をぴしゃりと叩《たた》かれる。のろのろと立ち上がった俺を向き直らせ、男がゲスな笑いを浮《う》かべた。

『ショーの始まりだ。高く買ってもらえるようにせいぜい愛嬌《あいきょう》を振りまけ』


一糸纏《まと》わぬ全裸で後ろ手に手錠を嵌められ、体の中には媚薬《びやく》（おそらく）——といったこれ以上ない屈辱《くつじょく》的な状態で、俺は背後の男に銃で小突かれながら、石の階段を上がった。

一段上がってもまだ地下のようだ。天井《てんじょう》が低く、窓のない廊下《ろうか》を歩かされる。

天井にオレンジ色の明かりがぽつ、ぽつと灯《とも》るだけの、薄暗い廊下を進んでいくうちに、下腹のあたりがじわじわと熱くなってきた。下半身の火照りがみるみる全身に広がり、毛穴という毛穴からじわっと汗《あせ》がしみ出てくる。

喉がひりひりと渇《かわ》く。下腹部が……重くて熱い。

これが媚薬の作用なのか？

媚薬を仕込まれるなんてもちろん生まれて初めての経験で、よくわからなかった。

ただ、絶体絶命のピンチに瀕《ひん》しているのはわかる。これから自分は競りに掛けられるのだ。

そうなる前に逃《に》げ出したかったが、両手の自由が利《き》かない体で、とても背後の大男を倒《たお》せるとは思えなかった。

今はまだ無理だ。だがきっとチャンスが来るはずだ。

そう自分に言い聞かせ、早鐘《はやがね》を打つ心臓を宥《なだ》めつつ、いくつか角を曲がった突き当たりに、木のドアがあった。

背後の大男がドアに向かって『おい！　奴隷《どれい》を連れてきたぞ！』と怒鳴《どな》る。

男の呼びかけにドアが内側から開き、これまた人相の悪いアラブ服の男が顔を出した。カフィーヤを被《かぶ》っておらず、つるっと剃《そ》り上げた禿頭《とくとう》が丸出しだ。俺と大男を見て、入れというふうに顎《あご》をしゃくる。

後ろから背中を押されて戸口をくぐった。中は独房と同じくらいの面積の部屋で、家具は椅《い》子《す》が二脚《きゃく》とテーブルが一卓あるだけ。やはり窓はなく、部屋の一角に黒いカーテンが下がっている。

『ちゃんと綺麗に洗ったか？』

禿頭が大男に訊いた。

『洗って薬も仕込んだ』

『こいつは今夜の競《せ》りの一番の呼び物だからな』

つぶやいた禿頭が、俺の顎を指で挟《はさ》み、顔をくいっと仰向《あおむ》けさせる。

『男にしちゃ大したべっぴんだ。肌《はだ》も白いし、染《し》みひとつない。毛を剃る必要もないな。滅多《めった》にない上物だ。これなら高値で売れるだろう』

満足げにうなずいたかと思うと、俺の口の中に、ピンポン球のようなものを押し込んできた。

『ぐっ……っ……うぅ……』

舌で押し出そうとする抗《あらが》いも虚《むな》しく、後ろに立つ大男に、ボールに付いている紐《ひも》を、後頭部で結ばれてしまう。

『舌を噛《か》み切られちゃ元も子もないからな』

酷薄《こくはく》そうな目を細めた禿頭が、俺の二の腕《うで》を摑《つか》んだ。

『よし。お披露目《ひろめ》だ』

ギャグボールの猿《さる》ぐつわを嚙まされた俺は、引っ立てられるようにして、部屋の奥のカーテンまで歩かされた。大男がシャッとカーテンを引き、現れたドアを押し開ける。ドアを開けた先にはまたカーテンが下がっており、視界は遮《さえぎ》られていたが、ざわざわと大勢の人間の気配を耳殻《じかく》が捉《とら》えた。

（人が……大勢いる？）

目の前のカーテンを大男が捲《まく》り上げる。禿頭にどんっと背中を押され、俺はよろめいた。続けてどんっどんっと強くど突《つ》かれ、いやいや数歩前進する。

立ち止まっては後ろからど突かれ――の攻防《こうぼう》を繰《く》り返し、気がつくと俺は、半円形のステージに押し出されていた。ステージの真ん中には一脚の背凭《せもた》れ付きの椅子が置かれている。

一段高くなったステージをぐるっと取り囲むように、十人ほどの男たちが胡座《あぐら》を掻《か》いていた。それぞれがクッションに凭《もた》れ、飲み物を手にくつろいだ様子だ。中には水煙草《みずたばこ》を吸っている者もいるが、共通しているのは、顔布で顔の下半分を覆《おお》っていること。目だけしか出ていない民族衣装の男たちの集団は、かなり不気味だった。

その目が一斉《いっせい》に自分に向けられているのを感じ、カッと体が熱くなる。

品定めする視線を浴びても、こっちは手錠《てじょう》のせいで前を隠《かく》すこともできない。猿ぐつわで声すら出せない。

居たたまれずに後ろを向こうとしたら、大男に二の腕を摑まれ、無理矢理ステージ中央の椅子に座らされた。肩《かた》を押さえつけられ、上半身を紐で椅子の背凭れにグルグル巻きにくくりつけられる。これでもう、まったく身動きができなくなった。

それが合図だったかのように、でっぷりと太った民族衣装の男がステージに現れ、客たちに向かって声を張り上げる。

『さぁ本日の目玉商品です！　この奴隷は東洋系で大層美しい顔立ちをしており、肌もきめ細かくて雪のように白く、肌触《はだざわ》りも絶品です』

勝手に俺を売り込んだ司会者が、大男に目配せをする。と、椅子の背後に回り込んだ大男が、後ろから俺の膝裏を摑み、大きく割り広げた。

大開脚《だいかいきゃく》させられ、後孔までもがあらわになる。それだけでも憤死《ふんし》ものの恥辱《ちじょく》だったが、さらにわざと恥《は》ずかしい秘部を観客に見せつけるように腰《こし》を持ち上げられた。

客席の男たちがどよめき、顔布越《ご》しにため息を漏《も》らす。

身を乗り出した男たちの、ねっとりとした視線が股間《こかん》に突《つ》き刺《さ》さる。全身が火を纏《まと》ったかのように熱を持った。

『……うっ……っ……ッ』

体を小刻みに振《ふ》って椅子を揺《ゆ》らし、なんとか脚を閉じようともがいたが、紐が食い込むばかりだった。大男の丸太のような腕も、びくとも揺るがない。

『ご覧のように、アヌスはまだ使い込まれておりません。まっさらの新品です。どのように調教されるのも、オーナーの自由です』

立板に水のごとくセールストークを紡《つむ》いだ司会者が、もう一度合図をした。すると今度は横合いから禿頭がぬっと手を伸《の》ばしてきて、俺の性器を摑む。摑んだ性器に金属のリングのようなものを嵌《は》めると、それを根元までしっかり押し込んでから、リズミカルにシャフトを扱《しご》き始めた。

ただでさえ下腹部に熱が集まりつつあったところに、ダイレクトな刺激《しげき》を受けてしまえばひとたまりもない。欲望《よくぼう》が、さほど時間を要さずに形を変え始める。

こんなふうに人前で嬲《なぶ》り者にされて、死んでも感じるものかと思っていたが、媚薬を仕込まれた体は自分でも情けないほどに堪《こら》え性《しょう》がなかった。

ほどなく勃《た》ち上がった欲望の先端《せんたん》から、つぷっと先走りが盛り上がる。軸《じく》を伝った透明《とうめい》な蜜《みつ》が、大男の手のひらの中で、くちゅっ、ぬちゅっと淫《みだ》らな水音を立てた。

『……んっ……っ……ぅ、んっ』

閉じることを禁じられた唇《くちびる》の端《はし》から涎《よだれ》が溢《あふ》れ、首筋まで滴《したた》る。熱を孕《はら》んだ全身が汗ばみ、黒目もじわっと潤《うる》んできた。

突き上げるような射精感に苛《さいな》まれ、俺は腰をうずうずと揺らす。衆目に晒《さら》された恥ずかしい孔《あな》が、ヒクヒクとひくつく。

(苦し……)

苦しかった。こんなに苦しいのは生まれて初めてだ。もはや爆発《ばくはつ》寸前なのに、リングで根元を締《し》めつけられているので、爆《は》ぜることができない。解放を許されないままに容赦《ようしゃ》なく追い上げられる。まさに地獄《じごく》の苦しみだった。

もう、達《い》かせて欲しい。お願いだから早く終わらせてくれ!

白くハレーションを起こした頭の中にはそれしかない。

早く！　早く！　誰《だれ》か！

しかし責め苦はまだ終わらなかった。

大男が、小さなパールがいくつも繋《つな》がった玩具《がんぐ》を、ひくつくアナルに突っ込んだのだ。

『……っ……う……ぅ――っ』

圧力によって狭《せま》い孔を押し広げられ、つぷん、つぷんと立て続けにパールを呑《の》み込まされる。

『んん――っっ』

挿入《そうにゅう》された硬《かた》いパールで前立腺《ぜんりつせん》を擦《こす》り上げられた俺は、強烈《きょうれつ》な刺激に椅子の上でのたうち回った。眼裏《まなうら》で火花が散り、開かされた脚が痙攣《けいれん》のように震《ふる》え、勃ちっぱなしのペニスの先端からは透明な蜜が涎のようにだらだらと滴り落ちる。紐で擦られ、いつの間にか尖《とが》っていた乳首《ちくび》を指できつく摘《つま》まれて、首を激しく振って身悶《みもだ》えた。

『ん……っ――ッ――っ』

『いかがですか？　美しいだけでなく、このとおり感度も抜群《ばつぐん》です。滅多にない出物です。いい性奴隷になりますよ。――ではまずは五千万から』

『六千万リナール！』

誰かが興奮を帯びた声を張り上げた。それに煽《あお》られたように、もうひとりが声をあげる。

『七千万リナール！』

『八千万リナール！』

　みるみる値が釣《つ》り上がっていく。

『はい、そちらの方、八千万ですね。他《ほか》にいらっしゃいませんか？』

『二億リナール！』

　低く響《ひび》く声によって値が跳《は》ね上がった。場がざわつく。

　朦朧《もうろう》とする意識の中、俺はかすむ目を懸命《けんめい》に見開き、たった今自分の値段を一気に一億二千万釣り上げた男を見つめた。

　黒い衣装に黒いカフィーヤを被《かぶ》った全身黒尽《ず》くめの男だ。顔布のせいで顔の造作はわからないが、引き締まった体つきからまだ若そうな気がする。

『二億一千万リナール！』

　張り合うような声があがった。続けて『二億二千万リナール！』と声が飛ぶ。

『三億！』

　ヒートアップしていた場内が、シンと静まり返った。数秒の沈黙《ちんもく》ののちに、『三億一千万！』と気色ばった声が叫《さけ》ぶ。

　するとすかさず、よく通る低音が『五億！』と勝負に出た。

『五億……』

　一息に片を付けようとするかのような、その破格の金額に、司会者がごくりと息を呑む。

『……他にいらっしゃいませんか？』
さすがにそれ以上の競《せ》り値を口にする者はいなかった。
『はい、それでは五億リナールで決定です』
黒尽くめの男が鷹揚《おうよう》に片手を上げて応《こた》える。
(……終わった……のか？)
アナルから玩具をずるっと引き抜《ぬ》かれ、張り詰《つ》めていた糸が途切《とぎ》れた。
『…………』
自分を落札した男の姿が、徐々《じょじょ》にぼやけていく。
『奴隷《どれい》は五億リナールで落札されました！』
司会者が張り上げる声を最後に、俺はぐったりと首を前に倒《たお》した。

6

『――――カズキ』

誰かが遠くで俺の名前を呼んでいる。

『――――カズキ』

一枚膜《まく》がかかったように遠かった呼びかけが、少し近づいてきた。

『――カズキ』

耳に心地《ここち》いい声。深みのある低音。

誰だっけ？　この声……。

この声の主を、自分は知っている。

やがて、ふわりと漂《ただよ》ってきた甘い香《かお》りに、俺は無意識にもくんと鼻を蠢《うごめ》かした。

（この匂《にお》い……）

覚えのある匂いに触発《しょくはつ》されて、霞《かすみ》がかかった脳裏《のうり》にひとつの貌《かお》がぼんやりと浮《う》かぶ。

鞣《なめ》し革《がわ》のような浅黒い肌《はだ》。精悍《せいかん》と言い切ってしまうには、わずかに甘みが漂うエキゾティックな美貌《びぼう》。闇《やみ》のような黒い瞳《ひとみ》――。

徐々にはっきりとし始めたそのディテールを引き寄せるために、カラカラに干上《ひあ》がった喉《のど》を懸命に開き、掠《かす》れた声を発する。

「……アシュ……ラフ」

『気がついたか?』

耳許《みみもと》の囁《ささや》きに、俺はうっすらと目を開けた。

焦点《しょうてん》のぼやけた視界に映り込むのは……心配そうに俺を覗《のぞ》き込む浅黒い貌。

「……あ?……え?」

ゆっくりと両目を見開く。アシュラフ……に見える。でもそんなわけがない。

パチパチと目蓋《まぶた》を数度瞬《またた》かせて、もう一度開く。

幻《まぼろし》かと思った貌は、消えなかった。

それでもまだ信じられなくて、覚束《おぼつか》ない声で『アシュラフ?』と尋《たず》ねる。

『よかった。気がついたようだな』

目の前の美貌が、ほっとしたように、わずかに表情を和《やわ》らげた。俺はここにいるはずがない男を食い入るように見つめ、喉に絡《から》む声で『……なんで?』とつぶやく。

(なんでアシュラフがここに?)

……夢?

意識を失う前、俺は闇オークションの競売に掛《か》けられていた。

全裸《ぜんら》でステージの上の椅子《いす》に縛《しば》りつけられ、客に見せつけるように、媚薬《びやく》が効いた体を玩具で嬲《なぶ》られ……。

――七千万リナール！

――八千万リナール！

興奮した男たちの声が、まだ耳に残っている。

どんどん釣り上がっていく競り値。

屈辱《くつじょく》に奥歯を噛《か》み締《し》めることも敵《かな》わず、執拗《しつよう》な陵辱《りょうじょく》に昂《たか》ぶっていく体。

それによって煽《あお》られた男たちがまた競り値を釣り上げる。

――二億一千万リナール！

――三億！

――三億一千万！

――五億！

――……他にいらっしゃいませんか？　はい、それでは五億リナールで決定です。

――奴隷は五億リナールで落札されました！

ついに、青天井《あおてんじょう》の競り合いに終止符《しゅうしふ》が打たれ、俺はひとりの男に競り落とされた。

黒い顔布で顔の半分を覆《おお》った黒尽くめの男に……。

そこまで振《ふ》り返って、ふっと瞠目《どうもく》する。

朦朧とした意識で確認《かくにん》した――黒衣の男。その男の黒い瞳が、今自分を見つめている黒曜石の双眸《そうぼう》と重なったからだ。

『……っ』

がばっと起き上がる。改めて、自分の前で胡座《あぐら》を掻《か》くアシュラフを見た。カフィーヤと顔布こそしていないが、ローブとトウブは黒。

『ひょ……ひょっとして俺を競り落としたのって』

『俺だ』

肯定《こうてい》の台詞《せりふ》を耳に、俺は瞠目した。

やっぱり黒衣の男はアシュラフだったのだ。アシュラフが、他の男に競り落とされないように破格の金額を支払《しはら》ってくれた？

助かったのだ。おかげで性奴隷にならずに済んだ……。

ほっとはしたが、まだ助かった安堵《あんど》よりも戸惑《とまど》いのほうが大きくて、疑問が口から零《こぼ》れた。

『でも……どうやって俺のこと……』

その問いかけに答えるように、アシュラフが語り始める。

『俺が最後におまえの顔を見た夜の翌朝——客人がいつまでも起きてこないことを不審《ふしん》がった侍女《じじょ》の知らせによって、おまえの失踪《しっそう》が明るみに出た。宮廷職員総出で王宮内を隈《くま》なく捜索《そうさく》したが、おまえは見つからなかった』

俺が突然《とつぜん》いなくなって、やはり騒《さわ》ぎになっていたのだ。

『俺とラシード、ケイとリドワーンは、おまえが忽然《こつぜん》と王宮から姿を消したことが何を意味するのかを話し合った。おまえが、誰《だれ》にも何も告げずに王宮を勝手に出て行くとは考えられない。少なくともケイに心配をかけるような真似《まね》はしないだろう。となると、理由はわからないが、おまえ自身の意志とは別の不可抗力《ふかこうりょく》によって、何者かに王宮から連れ去られたとしか考えられない』

『…………』

『話し合いの結果、式典の準備で忙《いそが》しいケイとラシード、リドワーンに代わり、俺が捜索の陣《じん》頭指揮《とうしき》を執《と》ることになった。ケイはボディガードとしての使命感と、おまえを自分で捜《さが》したいという心情との板挟《いたばさ》みで最後まで苦悩《くのう》していたが、最終的には俺を信頼《しんらい》して捜索を委《ゆだ》ねてくれた』

責任感が強く、情の深い桂一は、どちらかをひとつ選ぶに当たって、さぞや悩《なや》み、苦しんだだろう。それを思うと胸が痛くなる。

『俺はただちに警察を使って捜査網《そうさもう》を張り、おまえの行方《ゆくえ》を捜した。しかし、事件解決に結びつく有力な情報は得られなかった。そこでイシュクを通して各ベドウィンの部族に情報提供を呼びかけることにした』

『イシュクに？』

シャルマン族の族長《シェイク》である老人の皺《しわ》深い顔を思い浮かべる。

『部族民は遊牧しながら、様々な情報を耳にする。時に犯罪絡《がら》みの情報もな。イシュクはおまえを心配して、各部族のもとへ自ら足を運んでくれた』

『そうだったのか』

俺は、自分のために骨を折ってくれたイシュクへの感謝の念を噛み締めた。

『おかげで、おまえと思《おぼ》しき若い東洋人が、奴隷《どれい》として隣国《りんごく》に売られたという有力情報を得ることができた』

『隣国って……ここ、マラークじゃないのか？』

『ここはマラークの隣国、ファランだ』

『……ファラン』

そう言えば、マラークについて調べていた時に、その名前も記憶《きおく》していた。

国際化が進むマラークで、闇とはいえ人身売買のオークションが開かれるなんておかしいとは思っていたが。

『ファランは中東諸国の中でも特に貧富の差が激しく、政情が不安定な国だ。犯罪も日常的に横行している。おまえが捕《つか》まっていたのは、ファランにいくつかあるスラム地域のひとつだった。質《たち》の悪い犯罪者の巣窟《そうくつ》だ』

刃物《はもの》や銃《じゅう》を扱《あつか》い慣れていた、歯抜《はぬ》けの大男や禿頭《とくとう》の荒《すさ》んだ容貌《ようぼう》を思い出す。やつらは見るからに裏社会の住人といったキナくさい臭《にお》いを発していた。

『オークションの開催日《かいさい》も突《つ》き止めたが、場所が場所だけに、軍隊を引き連れて乗り込むわけにはいかなかった。ファランとマラークは友好関係にあるとは言えず、下手に動けば国交にかかわる大事になってしまう怖《おそ》れもある。思案の末、俺は名を偽《いつわ》り、オークション会場に乗り込むことにした。ああいった非合法な場所ではキャッシュが身分証代わりだ。現金さえ持っていれば、身分はうるさく問われない』

『って、ひとりで？』

『ひとりでだ』

アシュラフはさらりと言ったが、もしもあの場で身分がばれたら、アシュラフ自身が誘拐《ゆうかい》されてしまう危険性だってあったはずだ。

おそらく……言えば反対されるから、誰にも告げずにひとりで決行したのに違《ちが》いない。自らの危険を顧《かえり》みず、あんないかがわしい場所まで単身出向き、自分を救い出してくれた。

（それって……口で言うほど簡単なことじゃない）

アシュラフが自分のために冒《おか》したリスクを思えば、今更鼓動《いまさらこどう》が速くなる。それと同時に体温が上がるのを感じた。

息苦しさを覚え、自分をじっと見つめる黒い瞳《ひとみ》から、視線を逸《そ》らす。

『……五億リナールも本当に払《はら》ったのかよ？』

アシュラフが低く、『金などどうでもいい』と吐《は》き捨てた。

そう言われても、俺には一生かけても返せないかもしれない大金《たいきん》だ。果たして、自分にその金額に見合う価値があるのかもわからない。アシュラフに大きな借りができてしまったことは確かだった。

『支払いを終えたあと、意識のないおまえをジープでここまで運んできた』

そういえば……と、俺は周囲を見回した。

『ここは？』

『ファランとマラークの国境に近い砂漠《さばく》のオアシスだ』

俺とアシュラフが今いるのは天幕の中だった。その天幕の床に敷《し》かれた絨毯《じゅうたん》の上に、俺は意識が戻《もど》るまで寝《ね》かされていた――というわけだ。もちろん手錠《てじょう》などの拘束《こうそく》具を外された上で、清潔で新しいトウブを着させられて。

ひととおりの経緯《けいい》を語り終わったアシュラフが、ふっと息を吐く。つられて俺も深く息を吐いた。

今の説明で大体のところはわかったけれど、展開が急激過ぎて、まだ実感が湧《わ》かない。ずっと張り詰《つ》めていた緊張《きんちょう》が解けたせいか、頭の芯《しん》がぼぅっと痺《しび》れている……。

ただ心臓だけが……速い。なんでこんなに？　っていうくらいにドキドキいっている。

主張の激しい鼓動《こどう》をなんとか落ち着かせようと深呼吸をしていて、不意に腕《うで》を掴《つか》まれた。そのまま腕をぐいっと引っ張られ、アシュラフの広い胸に引き寄せられる。

『……っ』

息を呑《の》む俺を強い腕の力でぎゅっと抱《だ》きすくめ、激情を抑《おさ》え込んでいるかのような掠《かす》れ声が耳許《みみもと》で囁《ささや》いた。

『心配したぞ。おまえがいなくなってからこの数日……気が気じゃなかった』

『アシュ……』

『……間に合ってよかった』

トクンッ。

心からそう思っていることが伝わる声に、ひときわ大きく心臓が脈打った。

『おまえが、あのケダモノたちにひどい嬲《なぶ》られ方をしているのを目の当《ま》たりにして……平静を保つのはきつかった。渾身《こんしん》の力で自分を抑えつけなければならなかった』

苦しいような、吐息《といき》混じりの声を耳にして、ぴくっと体が震《ふる》える。

（………あ）

そうだった。アシュラフに、あの姿を見られたのだ。

——ご覧のように、アヌスはまだ使い込まれておりません。まっさらの新品です。どのように調教されるのも、オーナーの自由です。

——いかがですか？　美しいだけでなく、このとおり感度も抜群《ばつぐん》です。滅多《めった》にない出物です。いい性奴隷になりますよ。

全裸《ぜんら》で大きく脚《あし》を開かされ、誰とも知らない複数の視線に感じて、物欲しげにヒクヒクとひくつかせた恥《は》ずかしい孔《あな》を。

先端《せんたん》から淫《みだ》らな蜜《みつ》を滴《したた》らせたペニスを。

後孔《こうこう》を玩具《がんぐ》で嬲られ、快感に身悶《みもだ》える——浅ましい姿を。

媚薬《びやく》のせいとはいえ、アシュラフの前で晒《さら》した痴態《ちたい》の数々がフラッシュバックするにつれ、顔がじわっと熱を持つ。顔から端《たん》を発したその「熱」は、たちどころに全身に広がった。

(……熱い)

尋常《じんじょう》じゃない熱さに急激な喉《のど》の渇《かわ》きを覚《おぼ》えた次の瞬間《しゅんかん》、俺は自分の体に起きつつある変化に気がついた。

拡散した熱が、今度は下腹部に集まって……ズキズキと疼《うず》く。

(ヤバい。このままじゃ勃《た》って……)

自分が何に反応しているのかはわからなかった。

脳裏《のうり》に焼き付いた恥辱《ちじょく》の記憶か。体に残っている媚薬の余韻《よいん》か。自分を抱き締《し》めているアシュラフの匂《にお》いか。ぴったりと密着している肉体が発する熱か。

わからないけど、ともかくこのままじゃまずいことだけはわかる。

『は……放し……っ』

半分エレクトしてしまった欲望《よくぼう》に焦《あせ》り、俺はアシュラフの腕の中で必死にもがいた。

『……カズキ？』

突然《とつぜん》暴れ始めた俺を訝《いぶか》しむような声が落ちる。

『まだ急に動くのは……』

『放……放せって！』

『カズキ、落ち着け』

『放せよっ』

振《ふ》り回す腕を逆に摑まれ、抗《あらが》う体を押さえつけるように、仰向《あおむ》けに組み敷かれる。両手を頭の上でひとつに纏《まと》められ、抗いを封《ふう》じ込められた。

アシュラフの硬《かた》い腹筋と擦《こす》れ合った刹那《せつな》、下腹部がドクンッと脈打つ。

『あっ……』

薄《うす》く開いた唇《くちびる》から、自分のものとは思えない高い声が零《こぼ》れた。

完全に勃ってしまった。

しかも、つと眉《まゆ》をひそめたアシュラフの表情から、彼に自分の恥ずかしい状況《じょうきょう》を覚《さと》られてしまったことを知る。

『……おまえ』

こめかみを朱色《しゅいろ》に上気させ、顔を歪《ゆが》めた俺は、とっさに横を向いた。

『何か……呑まされたのか？』

問いかけに、きゅっと唇を噛《か》み締める。顎《あご》を掴まれ、横向けた顔を無理矢理戻された。射貫《いぬ》くような視線が突き刺《さ》さる。

『カズキ、答えろ。何か呑まされたのか？』

『…………』

意地を張って答えずにいたら、膝頭《ひざがしら》で股間《こかん》をぐりっと押された。

『あぅっ』

強烈《きょうれつ》な刺激《しげき》に悲鳴が飛び出る。

『——答えろ』

低い声音《こわね》で再度問い詰められ、目の前の男を睨《にら》み上げながら、渋々《しぶしぶ》と白状した。

『……薬』

『薬？』

『たぶん……媚薬だと思う。……ステージに上がる前に入れられた』

アシュラフの眉間《みけん》がくっと縦筋を刻む。漆黒《しっこく》の双眸《そうぼう》が昏《くら》い光を放ち、俺をまっすぐ見下ろしてきた。

熱を帯びた視線に炙《あぶ》られている間も、どんどん体温が上昇《じょうしょう》してきて、呼吸が荒《あら》くなっていく。喉から忙《せわ》しく漏《も》れる吐息も熱くなり、額の生え際《ぎわ》にじっとりと汗《あせ》が浮《う》いた。

腰《こし》の奥が……ずっしりと重い。

ステージで嬲られた際の、出すに出せない苦しみが蘇《よみがえ》ってくる。

あの時——散々に嬲られ、ギリギリまで昂《たか》ぶらされた挙げ句に解放されなかった「熱」が、体の奥に澱《よど》んでいる気がした。

どろどろと膿《う》んだような「熱」を自分で散らしたい。早く楽になりたい。

だけど、両手を摑まれている状態では何もできない。

今は、アシュラフに自分が欲情《よくじょう》している事実を覚られた恥ずかしさよりも、一刻も早く解放されたい欲求《よっきゅう》が勝《まさ》っていた。

『手……放せよっ』

訴《うった》えても、アシュラフは昏く艶《なま》めいた眼差《まなざ》しを注いでくるだけ。

『放せ……放し……』

刻一刻とひどくなっていく体の疼きを持て余し、もどかしく腰を揺《ゆ》らしていると、すっかり形を変えた欲望を不意にぎゅっと摑まれた。

『あぅっ』

両目を大きく見開き、抗議《こうぎ》の声をあげる。

『な、何す……っ』

『このままではきついだろう』

『そ……そうだけど自分でできるし、余計なお世……話っ』

上擦《うわず》った声が途切《とぎ》れた。布地の上から握《にぎ》られた性器を愛撫《あいぶ》するように扱《しご》かれたからだ。びくんっと全身の筋肉が強《こわ》ばる。

『アシュ……』

『体の力を抜け。すぐに楽にしてやる』

黒い瞳《ひとみ》で見据《みす》えられ、ひとを従わせることに慣れた声で囁かれると、魔法《まほう》にでもかかったみたいに抗えなくなった。俺の両腕《りょううで》を拘束《こうそく》したまま、アシュラフがもう片方の手をゆっくりと動かす。長い指でやさしくシャフト全体を扱かれるにつれて、体の強ばりが解《と》けていく。

『んっ……ふっ』

半開きの唇から熱っぽい吐息が漏れた。

アシュラフの愛撫は、指の腹で感じる部分を押す際の強弱のつけ方や、擦ったりするタイミングが絶妙《ぜつみょう》で、秒速で快感が高まっていく。

悔《くや》しいけれど、誰《だれ》より自分のツボを知り尽《つ》くしているはずの俺でも、こんなに上手《うま》くはできない。初めて自慰《じい》を覚えた日から、もう何百回と抜いたかわからないが、中でもダントツの気持ちよさだ。

急所を押さえられているせいか、はたまた男の手淫《しゅいん》があまりに巧《たく》みなためか、頭の片隅《かたすみ》で警《けい》鐘《しょう》が鳴っているのを意識しながらも抗うことができなかった。

『……濡《ぬ》れてきたな』

指摘《してき》されて、いつの間にか布地にシミができていることに気がつく。

『……あ』

恥ずかしいシミに羞恥《しゅうち》を覚える間もなく、アシュラフが俺のトウブの裾《すそ》をまくり上げた。胸までたくし上げられ、下半身があらわになってしまう。もとより下着は穿《は》かされていない。あわてて両脚《りょうあし》を閉じようとしたが、その前にアシュラフの手が剝《む》き出しの性器を握った。

直《じか》に熱い手のひらで包まれ、ペニスがピクピクと震《ふる》える。

『ふっ……』

大きな手でぬくぬくと扱かれ、愛撫を受けた場所からねっとりとした快感が染《し》み出してきた。先端から滴《したた》り落ちた蜜が、クチュンッと水音を立てる。親指の腹で頭の部分を円を描《えが》くように擦られると、ニチュッといやらしい音がした。アシュラフの親指と亀頭《きとう》の間で、粘《ねば》ついた先走りが透明《とうめい》な糸を引くのを見て、顔が熱くなる。

『いつもこんなに溢《あふ》れさせるのか？』

意地の悪い問いかけに、首を左右に振った。

いつもはこんなに濡れない。こんなの……媚薬のせいだ。

そう言い返したいけれど、ぱんぱんに膨《ふく》れた蜜袋《みつぶくろ》を強めに揉《も》みしだかれて、喘《あえ》ぎ声しか出てこない。

『んっ……あっ、あっ……』

双球《そうきゅう》を転がされ、また先端《せんたん》からじわっと蜜《みつ》が滲《にじ》む。

瞳が潤《うる》み、喉《のど》が震える。頭の中が官能で塗《ぬ》りつぶされ、ぼぅっと霞《かす》む。

もうすぐそこまで来ている。……出そう。——もう、出る！

『はや、くっ』

たまらず、俺はアシュラフに訴えた。腰を揺らめかせて催促《さいそく》する。その姿が、アシュラフの目にどんなに浅ましく映るかも、もはや意識にはなかった。

『アシュ……早くいかせ……っ』

だが、あと一歩というところで、アシュラフの手がすっと離《はな》れる。放物線の頂点から突《つ》き落とされたような失速感に、俺は両目を見開いた。

視線の先で、突然《とつぜん》突き放されたペニスが、心細げに揺れている。

『な、なんで……だよ？』

視線を上げ、仰《あお》ぎ見たアシュラフの双眸に、はっきりと欲情の色を認めた俺は、こくっと喉を鳴らした。

『……アシュラフ？』

雄《おす》のフェロモンを纏《まと》った美貌《びぼう》が近づいてきて、熱い吐息《といき》が唇にかかり——やがて肉感的な唇が重なってくる。ちゅくっと小さく音を立てて吸われ、隙間《すきま》を舌先でなぞられた。

『……口を開けろ』

掠《かす》れた低音の命令に、そのくちづけの甘さを知っている体がぞくっと震える。

『カズキ——開けろ』

傲慢《ごうまん》な囁《ささや》きに抗《あらが》いきれず、のろのろと唇《くちびる》を開き、濡れた舌を受け入れた。すぐに口腔《こうこう》内に押し入ってきた厚みのある舌が、俺の舌に絡《から》みつく。

ねぶられ、吸われ、甘嚙《あまが》みされ……呑《の》み込みきれない唾液《だえき》が、唇の端《はし》から筋を描いて零《こぼ》れた。

『ん……ぅ、んっ』

少し乱暴に口の中を掻《か》き混ぜられると、背筋がジン……と痺《しび》れる。

ちょっと荒っぽくまさぐられるのが、気持ちいい。脳天が蕩《とろ》けそうだ。

（やっぱりキス、巧《うま》い）

リードされるのはむかつくけど、アシュラフのキスが気持ちいいのは否定できない。

相手が男だとか王子だとかの禁忌《きんき》もだんだん有耶無耶《うやむや》になり、いつしか俺は夢中で、その愛撫に応《こた》えていた。

吸って、舐《な》めて、絡めて——を酔《よ》っぱらったみたいに何度も繰《く》り返す。お互《たが》いの口の中を愛撫し合う、くちゅくちゅと濡れた音が耳殻《じかく》に響《ひび》き、その音にも煽《あお》られた。

『……ぅ、ふ……』

肉厚の舌で俺を乱しながら、アシュラフが乳首《ちくび》を指で摘《つま》んだ。二本の指で乳頭をきゅっと擦り立てられ、『んっ』と鼻から息が抜《ぬ》ける。

『……っ……っ』

摘まれた先端から微弱《びじゃく》な電流が走るようなぴりっとした感覚は、紛《まぎ》れもなく快感。

乳首で感じるなんて、生まれて初めてだ。

普段《ふだん》はその存在を気にも留めない胸の飾《かざ》りが、媚薬《びやく》のせいでひどく敏感《びんかん》になっているのに気づく。

『やっ……あっ』

乳暈《にゅううん》をぐるりと指先でなぞられたり、先端に爪《つめ》を立てられたり、クニュッと押しつぶされたり……間断なく刺激《しげき》を受けているうちに、そこがみるみる硬《かた》く凝《しこ》っていくのがわかった。

まるで、愛撫を待ちわびるみたいにツンと尖《とが》った乳頭。

女みたいだと疎《うと》んでも、どうしようもない。

『かなり尖ってきたな』

唇を離したアシュラフがつぶやく。

乳首への刺激でさらに角度を増した性器は、今にも腹にくっつきそうだった。さっきから先端から蜜が溢れ続け、軸《じく》を滴ったその先走りによって、叢《くさむら》もしっとり湿《しめ》っている。

『乳首を弄《いじ》ると感じるか？』

感じる。感じるけど……もっとダイレクトな刺激が欲しかった。昂ぶった欲望《よくぼう》を大きな手で弄って、扱《しご》いて、解放に導いて欲しい。

とねだった。

（達《い》きたい）

我慢《がまん》できずに腰《こし》を浮《う》かせた俺は、濡れた昂《たか》ぶりをアシュラフの腹筋に押しつけ、『触《さわ》って』

『……悪い子だ』

眉《まゆ》をひそめたアシュラフが、乳首から手を離し、下へと滑《すべ》らす。期待に欲望がふるっと震えたが、握《にぎ》って欲しいという要求は叶《かな》えられなかった。勃《た》ち上がったそれをつれなく素通《すどお》りし、蜜袋のさらに奥へと分け入った指が、固く閉じた後孔《こうこう》をつぷっと割る。

『あっ』

体の中に異物が入ってくる感覚に、ぶるっと全身がおののいた。

『な……何？……ああっ』

先走りのぬめりを借りて、硬くて長い指が根元までずるずると沈《しず》み込んでくる。間髪《かんはつ》容れずにぬぷぬぷと出し入れされ、仰向《あおむ》いた喉から高い声が迸《ほとばし》った。

『あっ……あっ……あっ』

狭《せま》い筒《つつ》を広げるように捏《こ》ね回され、さらにもう片方の手で濡れた欲望を扱かれ、太股《ふともも》の内側が小刻みに震える。前と後ろを同時に責められる快感は強烈《きょうれつ》で、急速に射精感が高まった。

とどめのように、鉤《かぎ》状に曲げた指で前立腺《ぜんりつせん》をぐりっと引っ掻かれた刹那《せつな》。

『……ッ……ッ――』

声にならない悲鳴をあげて、俺は弾《はじ》けていた。

『……はぁ……はぁ』

放埒《ほうらつ》の余韻《よいん》に喉を震わせていると、アシュラフが手のひらに受け止めた白濁《はくだく》を、ぺろっと舌で舐め取る。

『……濃《こ》いな』

淫靡《いんび》な仕草と色香《いろか》が滴るような表情、そして艶《なま》めいた低音に、ぞくっと首筋が粟立《あわだ》った。

（……あ……また）

達ったばかりなのに、解放感も束《つか》の間、また腰の奥がズクッと疼《うず》くのを感じる。

これじゃあまるで、盛りのついたメス猫《ねこ》だ。

一体、何度達けば収まるのか。いつまでこの状態が続くのか。

自分で自分の際限のない欲望に途方《とほう》に暮れて、奥歯を噛み締《し》める。

どうしていいかわからない混乱のまま、縋《すが》るような眼差《まなざ》しで目の前のアシュラフを見つめると、男らしい美貌がつと眉間《みけん》に筋を刻んだ。

『ねだるのが上手《うま》いな。誰《だれ》に教わった？』

『……教わってなんかいな……っ』

最後まで言う前に肩《かた》を摑《つか》まれ、少し乱暴に体をくるりと返される。腰を浮かすように持ち上げられ、四つん這《ば》いの姿勢を取らされた。

『……っ』

剥《む》き出しの尻《しり》に押しつけられた灼熱《しゃくねつ》に、ひくっと喉が震《ふる》える。

（これ……アシュラフの？）

『や……やめ……っ』

確かにさっきは、アシュラフの愛撫《あいぶ》に身も世もなく乱れ、その指を後ろに受け入れて達した。

正直……ものすごく気持ちよかった。

理性や矜持《きょうじ》が吹《ふ》き飛ぶほどに悦《よ》かった。

けどさすがに、それ以上先に進むのは……。

今ならまだ他人の手を借りたマスターベーションで済む。でもインサートを許したら、それはもう紛れもなくセックスだ。

未知の行為《こうい》への畏《おそ》れにフリーズする俺の耳に、アシュラフが『おまえのここは……欲しがっている』と吹き込む。

欲情《よくじょう》に濡《ぬ》れた声で囁きながら、熱い唇が耳朶《みみたぶ》を食《は》み、尻の間に昂ぶりを擦《こす》りつけてくる。ぬるっ、ぬるっと剛直《ごうちょく》が行き交《か》う生々しさに、俺は胴震《どうぶる》いした。

その大きさ、硬さに反応して、全身が火照《ほて》り、半勃ちのペニスがきつく張り詰《つ》めていく。

『欲しがってなんか……ない』

それでも「男」を欲しがっている自分を認めたくなくて、掠れた声で必死に反論した。

『嘘《うそ》をつけ。物欲しげにヒクヒクとひくついているぞ。……前もこんなに硬くして』

前に伸《の》びてきた手で欲望を握られ、ひくんっと身震いした瞬間《しゅんかん》、ぐっと圧力がかかり、硬い先端《せんたん》を含《ふく》まされる。

『ひ、あっ』

全身の毛穴という毛穴から、どっと冷たい汗《あせ》が噴《ふ》き出した。逃《に》げを打つ俺の腰を、アシュラフが掴み、さらにぐいっと引き寄せる。

『や、め……痛――っ』

めりめりと体を割られる衝撃《しょうげき》に、生理的な涙《なみだ》が湧《わ》き上がった。

苦しくて息ができない。うっすら予想していたよりも何倍もキツい……。

どうにか喉《のど》を開き、はっ、はっと熱い息を逃《のが》す。

俺は藁《わら》をも掴む心境で、両手の下の敷物《しきもの》をぎゅっと握り締めた。

『力を……抜け。そんなに食い締めていては入らない』

アシュラフの声も苦しそうだが、そんなことを言われてもできないものはできない。どうしたら力まずにいられるのか、わからなかった。

『無理っ……』

泣き言が口をついた。男のプライドなんかにこだわっていられずに泣きわめく。

『抜いてくれ！　抜けって!!』

だが、俺の懇願《こんがん》を聞き入れる代わりに、アシュラフの手は、衝撃に萎《な》えた俺の欲望を愛撫し始めた。あやすように扱かれ、少し気が逸《そ》れた隙《すき》を縫《ぬ》うように、塊《かたまり》がじりじりと侵入《しんにゅう》してくる。狭い肉を押し広げられ、喉の奥から『うっ……うっ』と獣《けもの》のような唸《うな》り声が漏《も》れた。

『まだだ……まだ半分だぞ』

まだ半分と聞いて気が遠くなる。

『く……う……くぅ……っ』

後ろの苦痛と前の快感がごちゃ混ぜになり、頭が混沌《こんとん》としてくる。

この責め苦が永遠に続くのかと、目の前がぼんやり暗くなりかけた時、漸《ようや》く、アシュラフが腰を揺《ゆ》するようにして根元までねじ込んできた。ぱんっと肉と骨がぶつかる音がする。

『……入ったぞ』

首筋にかかるアシュラフの息も荒《あら》い。俺は汗でびっしょり濡れた胸をはぁはぁと喘《あえ》がせた。

——熱い。

火傷《やけど》しそうに熱くて……大きくて。

ドクドクと脈打つアシュラフに、体の中全部を支配されている。

(中に……アシュラフが、いる?)

まだ実感が追いつかないうちに、背後のアシュラフが動き始める。腰を両手で固定され、ズッ、ズッと、奥に響《ひび》くような重たい抽挿《ちゅうそう》を送り込まれた。

『んっ……ぅんっ』

はじめは圧迫感《あつぱくかん》だけだったのに、ほどなくアシュラフに擦られた場所から、じわり、じわりと快感の兆《きざ》しが芽生え始める。

快感の芽を育て上げようとするかのように、アシュラフがペニスを擦り、首筋にねっとりと舌を這《は》わして肌《はだ》を吸う。尖《とが》った乳首《ちくび》を指先で弄《もてあそ》ぶ。巧《たく》みな愛撫に唆《そそのか》された官能が体のあちこちで膨《ふく》らんでいく。

『……んっ……あ、……』

ギリギリまで引き抜《ぬ》いた楔《くさび》を、窄《すぼ》まりかけた肉を抉《えぐ》るように突《つ》き入れられ——達したばかりで鋭敏《えいびん》なポイントを硬《かた》い切っ先で抉られて、きゅうっと肉が痙攣《けいれん》した。

『くっ……すごい締まりだ。初めてとは思えない……』

艶めいた囁《ささや》きで、アシュラフもまた感じていることを知り、余計に中がうねる。

体内のアシュラフを締めつけることによって、さらに自らの快感が増幅《ぞうふく》し……急ピッチで高まった射精感に、俺は全身をおこりのように震わせた。

『あっ……あぁっ……い、……い、く……っ』

『我慢するな。——達け』

射精を促《うなが》すようにスパートをかけられ、ふたたび頂上へと押し上げられる。

『あぁっ————っ』

さっきよりも数段快感の大きい二度目の絶頂に脱力《だつりょく》し、突っ伏《ぷ》すように倒《たお》れ込んだ。ずるっと抜け出たアシュラフが、弛緩《しかん》した体をごろりと裏返しにする。

仰向《あおむ》けになった俺は、涙に濡れた両目をじわじわと開いた。

（……あ）

膝立《ひざだ》ちしたアシュラフの股間《こかん》に目を留め、ごくっと喉が鳴る。

まだ達していないアシュラフの屹立《きつりつ》は、雄々《おお》しく天を仰《あお》いでいた。

自分がついさっきまで、あんな凶器《きょうき》みたいなものを呑《の》み込んでいたなんて信じられない。

圧倒《あっとう》されると同時に、目の前の怒張《どちょう》が先程《さきほど》自分に与《あた》えた強烈《きょうれつ》な快感も蘇《よみがえ》り——すると三度《みたび》、弾けたばかりのペニスがぴくりと反応した。

『……嘘、だろ？』

見る間に力を取り戻《もど》す欲望《よくぼう》に、我がことながら唖然《あぜん》とする。

（どうかしてる）

本当におかしい。初めてのアナルセックスで感じて達《い》っただけでもおかしいのに……いくら達っても満足できないなんて。

『……変だ。こんな……』

顔を歪《ゆが》めて呻《うめ》くと、アシュラフに宥《なだ》めるように頬《ほお》を撫《な》でられた。

『媚薬《びやく》のせいだ。全部出してしまえば収まる』

『……アシュラフ』

『いくらでも……最後の一滴《いってき》を出し切るまで達かせてやる』

ぞくぞくするような低音を耳殻《じかく》に吹き込んだ男に、膝を摑《つか》まれ、大きく脚《あし》を割り開かれる。

まだ余韻《よいん》にひくつく窄まりを、張り詰めた亀頭《きとう》でぐっと押された。

『アッ……』

今度は正常位で入ってきた男に、熱くて逞《たくま》しいものでずぶずぶと貫《つらぬ》かれ、喉が大きく反る。

『あぁ――ッ……』

一息に全部を呑み込ませたとたんに、アシュラフが動き始める。今度は最初から容赦《ようしゃ》がなかった。

『あぁっ……あぁっ』

貪《むさぼ》るように抜き差しされ、情熱的に揺さぶられて、嬌声《きょうせい》がひっきりなしに零《こぼ》れる。喘ぎっぱなしの口の端《はし》から涎《よだれ》が滴《したた》る。結合部からじゅぷじゅぷと激しい水音が立つ。

野性的で強靭《きょうじん》な腰遣《こしづか》いに、俺はひたすら翻弄《ほんろう》された。

『んっ……はぁっ……』

『いいか？』

『いいっ……いいっ』

もはや虚勢《きょせい》を張ることもできず、自分が今感じている快感を素直《すなお》に口に出す。

『熱くて……気持ちいいっ』

『おまえの中はすごいぞ。……もっと欲しいとうねって俺に絡《から》みついてくる。想像以上にいやらしい体だ』

自分でもその自覚はあった。

アシュラフをよりいっそう深く味わおうと、内襞《うちひだ》が引き絞《しぼ》るように蠢《うごめ》き、まとわりついている。淫《みだ》らな動きだとわかっていても自分では止められない。

『や……あ……あ……っ』

『もっと貪欲《どんよく》に欲しがれ……俺を深くまで受け入れろ』

餓《う》えた獣のような眼差《まなざ》しで射貫《いぬ》かれたまま、低く命じられた。腰《こし》を抱《かか》え上げられ、より深い結合を強《し》いられる。

『あっ……うっ……あぅっ……』

激しい抽挿に視界がぶれ、背中が擦《す》れたが、その痛みすら快感を煽《あお》るスパイスとなって、頭がどうにかなりそうに感じた。ずっしりと重い肉棒で、肉壁《にくへき》を抉るみたいに掻《か》き混ぜられ、脳が眩《くら》む。

『やっ……そこっ……あぁっ』

（気持ち……いい）

熱くて、苦しくて、気持ちよくて……いろんな感覚に翻弄される。

こんなセックス、初めてだ。

俺は、尻上《しりあ》がりに動きが苛烈《かれつ》になっていくアシュラフの首筋にしがみつき、その逞しい胴《どう》に脚を絡めた。舌を噛《か》みそうな勢いで揺さぶられ、すすり泣く。

『アシュ……アシュラフッ』

名前を呼んだ直後、ひときわ強く腰を打ちつけられ、脳天までびりっと貫く電流が走る。

『あ……あっ……いくっ……また、いくぅ……っ』

切ない声を発した唇《くちびる》を唇で塞《ふさ》がれた。

『んっ……ぅん、……んっ』

舌を絡め合いながら、奥の疼《うず》く場所を硬い切っ先で何度もズクズクと突かれ、もう何度目か自分でもわからない頂上へ押し上げられる。

『……っ……ッ』

『おまえの中を……たっぷり濡《ぬ》らしてやる』

『あああ――っっ』

大きく体をしならせた瞬間《しゅんかん》、体内のアシュラフもまた達したのを感じた。

最奥に熱い飛沫《ひまつ》を感じて、ぶるっと全身が震《ふる》える。

アシュラフが、二度、三度と腰を動かして、宣言どおりにたっぷりと俺の中を濡らす。

欲望の証《あかし》をすべて注ぎ終わると、ゆっくりと俺に覆《おお》い被《かぶ》さってきた。

『……カズキ』
重なり合った胸から伝わる鼓動《こどう》が……気持ちいい。
心地《ここち》よい気怠《けだる》さに身を任せ、俺は次第《しだい》に意識を手放していった。

7

唇から流れ込んで喉《のど》に溜《た》まった水を、俺は無意識にこくっと飲み込んだ。食道を通り抜《ぬ》けた冷たい水が、胃に落ちる感覚でうっすらと目を開く。

「…………」

視界いっぱいの、漆黒《しっこく》の対《つい》の瞳《ひとみ》。底の知れない深い闇《やみ》のような黒曜石に、自分が映り込んでいる。

（……アシュラフ？）

俺の唇を覆っていた唇を離《はな》し、アシュラフが『もっと飲むか？』と尋《たず》ねてきた。うなずくと、手許《てもと》のミネラルウォーターのボトルを呷《あお》り、もう一度唇を重ねてくる。

口移しで飲まされた水を、こくっ、こくっと音を立てて飲んだ。

アシュラフが離れ、ふっと息をついた俺は、唇の端《はし》から零れた水滴《すいてき》を手の甲《こう》で拭《ぬぐ》う。

冷たい水のおかげでずいぶん頭がクリアになった。寝《ね》かされていた絨毯《じゅうたん》からむっくりと起き上がる。

無理な体勢を強いられた腰がぎしっと軋《きし》んだが、当面の欲望をすべて吐《は》き出し、もう出すものもないせいか、下腹部に纏《まと》わりつくような爛《ただ》れた「熱」は消えていた。媚薬の燠火《おきび》は漸《ようや》く鎮《ちん》火《か》したようだ。

『俺……どのくらい落ちてた？』

『一時間くらいだ』

どうやらその間に、アシュラフが体を拭って、後始末をしてくれたらしい。ふたり分の汗《あせ》や唾液《だえき》、精液でどろどろだった肌《はだ》は綺麗《きれい》に清められていた。

有り難《がた》い気持ちと同時に、一国の王子に汚《よご》れ仕事をさせてしまった罪悪感が込み上げてきて、俺は『ごめん』と謝った。

『何がだ？』

『何って……いろいろ』

俯《うつむ》き加減《かげん》にぼそっとつぶやくと、アシュラフの手が伸《の》びてきて、頬《ほお》をやさしく撫《な》でる。顎《あご》を指で摑まれ、持ち上げられた。至近距離《しきんきょり》で目と目が合う。

自分を見るアシュラフの眼差しが、以前とは少し色合いの違《ちが》う——慈《いつく》しむようなあたたかみを帯びているような気がして……。

『おまえが謝る必要などない』

『…………』

『それより体の具合はどうだ？』

問いかけに、ぼんやり目の前の美貌《びぼう》に見惚《みと》れていた俺は、我に返った。

『……あ……？　いや……大丈夫《だいじょうぶ》』

もちろんあれだけ酷使《こくし》したんだから腰はだるいけど、そこが裂《さ》けているとか傷ついているとか、そういった違和感《いわかん》はない。たぶん——最中はわからなかったが——初心者の俺を傷つけないよう、アシュラフが気遣《きづか》ってくれたんだと思う。

『自制が利《き》かずに無理をさせてしまったかもしれない。……すまない』

今度は逆にアシュラフに謝られた。

獣《けもの》みたいに交わり、お互《たが》いを貪《むさぼ》り合ったほんの一時間前の自分たちを思い出し、じわっと顔を赤らめる。

——いくらでも……最後の一滴《いってき》を出し切るまで達《い》かせてやる。

——いいっ……いいっ。

——おまえの中はすごいぞ。……もっと欲しいとうねって俺に絡みついてくる。想像以上にいやらしい体だ。

——もっと貪欲に欲しがれ……俺を深くまで受け入れろ。

——あ……あっ……いくっ……また、いくぅ……っ。

——おまえの中を……たっぷり濡らしてやる。

——あああ——っっ。

（……………う）

頭の中に次から次へとフラッシュバックする嬌声《きょうせい》と痴態《ちたい》に息を詰《つ》める。

欲情《よくじょう》の波が過ぎ去った今、いったんクールダウンしてしまうと、少し前の自分がかなり恥《は》ずかしい。

熱に浮《う》かされたような濃厚《のうこう》な時間。

女みたいに喘《あえ》いで……欲しがって、ねだって。

媚薬《びやく》の効果で我を失っていたとはいえ、際限なく欲望《よくぼう》を昂《たか》ぶらせ、初めてのアナルセックスで何度も達った自分を、アシュラフはどう思っただろう。

（淫乱《いんらん》って思われてもしょうがねぇよな）

もしかしたら、心の中では呆《あき》れていたかも知れないけれど、それでも、尽《つ》きぬ情動につきあってくれた。その肉体を使って、俺を間断なく突《つ》き上げるリビドーから解放してくれた。

最後まで突き放すことなく——。

そう言えば、危険を顧《かえり》みずに助けに来てくれたことにも、まだちゃんと礼を言ってない。

ちらっと上目遣《うわめづか》いに窺《うかが》ったアシュラフは、物言いたげな眼差《まなざ》しで、じっと俺を見つめている。

きちんと礼を言わないと。

改めて感謝の言葉を告げようと口を開きかけた時だった。ふっと脳裏《のうり》に「あること」が閃《ひらめ》いた俺は、そのままフリーズした。

忘れてた！

自分が奴隷《どれい》として競《せ》りにかけられるという衝撃《しょうげき》的な展開や、媚薬の後遺症《こういしょう》で失念していた「重要なこと」を思い出し、背筋が冷たくなる。

口をぱくぱくと開閉したのちに、凍《こお》りついた喉から、かろうじて掠《かす》れた声を絞《しぼ》り出した。

『ア……シュラフ』

『なんだ？』

『リドワーンの……「忠誠の誓い」の儀式《ぎしき》っていつ？』

俺の切羽詰《せっぱつ》まった表情に異変を感じたのか、アシュラフが眉《まゆ》をひそめる。

『明日の正午ちょうどから執《と》り行われる予定だ』

（明日の正午……）

よかった！　終わってなかった。まだ間に合う！

ほっと安堵《あんど》しかけ、気を緩《ゆる》めている場合じゃないと自分を叱《しか》りつける。

そもそも、まだ間に合うと決まったわけじゃない。

『今何時？』

『午後の六時過ぎだ。もうすぐ陽《ひ》が暮れる』

『……六時』

ということは、式典まであと十八時間。

ここから王宮までどれくらいの距離《きょり》があるのか皆目《かいもく》見当もつかないが、ぐずぐずしている時間がないことだけはわかる。

『カズキ、どうした？』

アシュラフの訝《いぶか》しげな問いに答える余裕《よゆう》もなく、あわてて立ち上がろうとして、ズキッと腰《こし》に痛みが走った。顔をしかめて絨毯に尻餅《しりもち》をつく。

『馬鹿《ばか》。急に動くのはまだ無理だ』

落ち着け、と肩《かた》を叩《たた》かれ、俺は苛立《いらだ》ちの声をあげた。

『リドワーンが危ないんだよ！』

利那《せつな》、アシュラフの顔が険を孕《はら》む。

『どういうことだ？』

『俺を王宮で拉致《らち》してオークションに売っぱらったのって、たぶんリドワーンの王太子即位《そくい》をよく思わないやつらだ』

黒い瞳が輝《ひか》った。

『詳《くわ》しく話せ』

低い声で促《うなが》され、俺は自分が拉致された際の状況《じょうきょう》を語り始める。

王宮の最奥の庭園で偶然《ぐうぜん》に覗《のぞ》き見てしまった、男たちのあやしげな密会。

——そうだ……式典……狙《ねら》い目だ……機に乗じて……邪魔者《じゃまもの》を消す……。

よからぬ企《たくら》みを漏《も》れ聞いてしまったあとで、殺気立った男たちに取り囲まれ、腹に拳《こぶし》を受けて意識を失った。そして、次に目覚めた時には、見知らぬ牢《ろう》の中だった。

『――つまり、式典の混乱に乗じてリドワーンの命を狙う一味がいる。そのメンバーには王室護衛隊も含《ふく》まれているということか？』

厳しい声音《こわね》の確認《かくにん》に、強《こわ》ばった表情で『ああ』とうなずく。

『首謀格《しゅぼう》は、でっぷり太った王族と、立派な顎髭《あごひげ》を胸まで生やした五十がらみの王室護衛隊員』

『でっぷり太った王族……ハーリムか？』

アシュラフが思案げな面持《おもも》ちでつぶやいた。

『ハーリム？』

『父方の従兄弟《いとこ》のひとりだ』

『名前はわからないけど、初日の歓迎《かんげい》の宴《うたげ》に顔を出していた』

『やはりハーリムだな。顎髭の男はおそらくムハンマドか。今はサクルの部下になっているが、少し前までナウファルの護衛だった男だ』

『ナウファルって、ラシードの暗殺に失敗して失脚《しっきゃく》した元石油相《せきゆしょう》？』

父王の見舞《みま》いに訪《おとず》れた東京で、ラシードがナウファルの放った刺客《しかく》に襲撃《しゅうげき》されたことは、公《おおやけ》にはなっていなかったが、俺は桂一から聞いて知っていた。その際、桂一が身を挺《てい》してラシードの命を救ったことで、ふたりの結びつきがより強くなったことも。

『ムハンマドはナウファルが失脚するまで王室護衛隊の隊長だった。自分より年の若いサクルにポジションを奪《うば》われる降格人事に不満を抱《いだ》いていたのかもしれないが、よもやそのような謀《はかりごと》を企むとは……』

アシュラフが苦り切った顔つきでつぶやく。

『…………』

日本を発《た》つ前に、桂一が語った台詞《せりふ》が脳裏を過《よ》ぎった。

――マラークは国王の交代に際して、しばらく不安定な情勢が続く可能性がある。

桂一の杞憂《きゆう》は、残念ながら当たったことになる。

『式典の警護は王室護衛隊が担《にな》っているんだよな？』

『そうだ。王宮内のモスクで「忠誠の誓い」の儀式を執り行ったあと、王宮前広場を起点としたパレードが行われる。新しい王太子の誕生を祝うために、沿道にはたくさんの国民が押しかけるはずだ。パレードの混乱に際しては万全《ばんぜん》の警護態勢を敷《し》いているはずだが……サクルもさすがに身内に裏切り者がいるとは思っていないだろう』

低音を紡《つむ》ぐアシュラフの顔にめずらしく焦《あせ》りの色を認め、居ても立ってもいられない気分に拍車《はくしゃ》が掛《か》かった。

『とにかく一刻も早く知らせなきゃヤバいよ！　あんた携帯《けいたい》持ってないの？』

『持っているが、ここでは使えない』

思わず、ちっと舌を打つ。

『とりあえず携帯が通じるところまで移動しようぜ』

言うなり、俺はもう一度腰を浮かせた。今度はなんとか立ち上がることができたが、アシュラフに『待て』と腕《うで》を摑《つか》まれる。

『陽が落ちてから砂漠《さばく》を横断するのは危険だ』

『けど！』

気持ちが逸《はや》って苛立つ俺を諌《いさ》めるように、アシュラフが真剣《しんけん》な面持ちで『落ち着け』と繰《く》り返した。

『焦っても仕方がない。明日、日の出と同時に動きだそう。ここから王宮までは約半日。途中《とちゅう》アクシデントがなければ正午に間に合うはずだ』


アシュラフに説き伏《ふ》せられ、結局、明朝日の出と同時に出立ということになった。

月明かりだけを頼《たよ》りに夜の砂漠を横断するなんて無茶だとわかっていたし、アシュラフの判断が正しいことも頭では理解していたが、だからといって鷹揚《おうよう》に構えられるわけでもない。

腰が据《す》わらず、狭《せま》い天蓋《てんがい》の中をそわそわと意味もなくうろつく俺とは裏腹に、アシュラフは淡々《たんたん》と夕食の準備をした。薄《うす》く削《そ》いだ羊のケバブをパンに挟《はさ》んだものと、ミネラルウォーターのボトルを俺に渡《わた》し、『食べろ』と命じてくる。

『ちゃんと夕食を摂《と》ってゆっくり寝《ね》て、体力を回復しろ。今できることはそれしかない』

そう告げるアシュラフはもうすっかり、平時の落ち着きを取り戻《もど》しているようだ。少なくとも、その鞣《なめ》し革《がわ》のような浅黒い貌《かお》から動揺《どうよう》は窺《うかが》えない。

(大した精神力だよな)

自分なら……もし桂一がターゲットだったら、とてもこんなふうに泰然《たいぜん》としていられない。

アシュラフだって、血の繋《つな》がった弟の身が心配でないはずがない。リドワーンは末っ子だし、年も離《はな》れているからなおのことかわいいに違《ちが》いない。

本来アシュラフが継《つ》ぐのが筋である王太子の座に代わりに就《つ》くことで、リドワーンの命が狙われていると思えば、その心中はことさらに複雑だろう。

でも、良心の呵責《かしゃく》に押しつぶされたり、無闇やたらと気を揉んだところで事態は好転しないとわかっているから、敢《あ》えて焦りや動揺を抑《おさ》え込み、冷静な判断を自分に課している。トラブルや危機を前にして、プライオリティの一番はなんであるかを平常心で見極《みきわ》め、最善の策を模《も》索《さく》し、粛々《しゆくしゆく》と対処する。

おそらくはそうやって、自分のことも助け出してくれたのだ。

(これが、王族ってもんなのか)

帝王《ていおう》教育の賜《たまもの》なのかもしれないが、改めて自分のような一般庶民《いっぱんしょみん》とは違う……と、目の前の落ち着き払《はら》った表情に感嘆《かんたん》しつつ、俺はケバブサンドを口の中に押し込んだ。食欲《しょくよく》はなく、喉《のど》が閊《つか》えて進みは悪かったけれど、アシュラフが見張っているので残すことはできず、なんとか水で全部を流し込む。

食後はすぐに横になったが、凡人《ぼんじん》の俺は、やはり気持ちがざわざわしてなかなか眠《ねむ》りにつくことができなかった。なるべく早く寝て、少しでも体力を回復しなければと思うほどに寝つけない。

何度か寝返りを打ち、隣《とな》りで寝ているアシュラフのほうを向いた時、なんとなく目が合った気がした。実際は、すぐ近くの顔のパーツすら判断できないくらいの暗闇《くらやみ》だったが。

「………」

向こうが自分を見つめている気配を感じ、思わず息を止める。と、アシュラフが動いた。こっちに身を寄せてきたかと思うと、俺の腰に腕をかけてぐいっと抱《だ》き寄せる。

「……っ」

硬《かた》くて広い胸に包み込まれ、甘さの中にもぴりっとかすかな刺激《しげき》があるような体臭《たいしゅう》を嗅《か》いだとたんだった。

できるだけ頭の片隅《かたすみ》に追いやっていた記憶《きおく》——間違《まちが》いなくふたりの間にあった、熱に浮《う》かされたような濃厚《のうこう》なセックスの記憶——が蘇《よみがえ》ってきて、全身がぴくっと震《ふる》える。

反射的に身じろいだ体を、ぎゅっと抱き締《し》められた。

『……大丈夫《だいじょうぶ》だ。何もしない』

首筋に熱い息がかかる。

『……少しの間、こうしているだけだ』

抗《あらが》いを封《ふう》じ込めるみたいなその低音の囁《ささや》きに、一方でどこか縋《すが》るようなニュアンスを嗅ぎ取り、俺はアシュラフの胸の中でゆるゆると両目を見開いた。

アシュラフだって人間だ。

王族で世界屈指《くっし》の投資家である前にひとりの人間だ。

そんな当たり前のことに、今更《いまさら》思い当たる。

たとえ、誰《だれ》もが羨《うらや》む器量の持ち主で、完全無欠に見えたとしても。

強くて賢《かしこ》くて大人で、俺なんか逆立ちしたって敵《かな》わない存在だったとしても。

いや……むしろ、無闇に弱みを見せられない立場で、周囲に対して常に気を張っているからこそ。

誰かに寄りかかりたい、縋りたい時が……あるんじゃないのか。

胸の中でそんなことをぼんやり考えながら、気がつくと俺は、自分の腕をアシュラフの背中に回していた。

『……カズキ？』

アシュラフが、意表を突《つ》かれた声で俺の名を呼んだ。その声に応《こた》えるように、大きな体をぎ

ゅっと抱き締める。それによって、よりぴったりとお互《たが》いの体が密着した。

こうしたって、弟を失うかもしれない恐怖《きょうふ》と闘《たたか》っている男の慰《なぐさ》めになるかはわからない。

こんなことしかできない自分は非力だと痛感する。

でも、何かしないではいられなかった。

トクッ、トクッと、合わさった胸から、アシュラフの胸の鼓動《こどう》が伝わってくる。

その少し速いリズムに自分の鼓動をシンクロさせているうちに、いつしか俺はゆっくりと眠りに引き込まれていった。


早朝、陽《ひ》が昇《のぼ》るだいぶ前に起き出した俺たちは、パンとヨーグルトの朝食を済ませ、天蓋を畳《たた》んだ。

まだ周囲が暗い中、ナツメヤシの木に繋がれていた二頭のラクダに水を飲ませ、草を与《あた》えて、その背に荷物をくくりつける。そうして予定どおり、日の出と同時に出発した。

ラクダの背に揺《ゆ》られ、五分ほど進んだところで、先頭のアシュラフが振《ふ》り返った。

『体の調子はどうだ？』

『今のところ平気』

俺の返答にアシュラフがうなずき、体の向きをもとに戻してふたたび進み始める。

昨日たっぷり寝たせいか、疲《つか》れが取れ、腰《こし》の違和感《いわかん》もほとんどなくなっていた。ズキズキ痛む腰で長時間ラクダに乗るのは相当キツいに違いないので、その点は本当によかった。

今日はアシュラフの足手纏《あしでまと》いになるわけにはいかない。絶対に。

結局……あのあと俺たちは抱き合ったまま朝まで眠り……その胸の中で俺が目覚めると、すでにアシュラフは起きていた――。

『おはよう』

『……おはよう』

目をしばしばさせる俺の唇《くちびる》に、アシュラフの唇が軽く触《ふ》れる。

面食《めんく》らっている間にちゅっと音を立てて唇が離れ、不意打ちのキスに俺が抗議《こうぎ》する前に、アシュラフはさっさと起き上がってしまった。

『あと一時間ほどで夜明けだ。起きるぞ』

その声はもう自信に満ちたいつものアシュラフで、俺はひそかにほっとした。「からかいのキス」が出るくらいだ。かなり復活したんだろう。

やっぱり、アシュラフはちょっとむかつくくらいに上から目線のほうが「らしい」し、一緒《いっしょ》にいて落ち着く。

昨日の夜みたいに、他人には滅多《めった》に見せないのであろう「弱み」を見せてくれるのも、嬉《うれ》しいけど。

（って、嬉しいってなんだよ？）

心の無意識のつぶやきに、俺は顔をしかめた。

何ひとりで勝手に優越感《ゆうえつ》抱《いだ》いてんだよ？

別に、自分はアシュラフの特別でもなんでもないのに。

昨日だってたまたま俺が側《そば》にいたから……それだけのことだし、あのセックスだって媚薬《びやく》の効果を散らすためで……気持ちが伴《ともな》った行為《こうい》じゃない。

助けに来てくれたのも、俺が桂一の弟で、ラシードの客人だからで……。

突《つ》き詰めて考えている間に、なぜだかだんだん気持ちが塞《ふさ》いできて、俺は手許《てもと》の手綱《たづな》をぎゅっと握《にぎ》った。

（やめやめ！）

アシュラフにとって自分の存在がどんな意味を持つかなんて考えたって仕方がない。

相手は、王位継承権《けいしょうけん》を放棄《ほうき》しているとはいえ一国の王子だ。

そもそも生活基盤《せいかつきばん》が違うし、ちょっと親しくなったところで、それは今だけの話。俺が帰国すれば自然とフェードアウトする関係で、今後もつきあいが続くわけじゃない。

そんなことより、今はとにかく一分でも一秒でも早く携帯《けいたい》が通じる場所まで行かないと。

アシュラフも、その気持ちは同じなのだろう。それから二時間ばかりは、逸《はや》る気持ちを道連れに、俺たちはいくつもの砂丘《さきゅう》を越《こ》えた。

「……あちー……」

陽が高くなるにつれて、陽射《ひざ》しもどんどん勢いを増していく。服越《ご》しにも肌《はだ》をじりじりと焼かれる感覚があった。軽く四十度は越えているだろう。強い陽射しが砂にキラキラと反射して目に突き刺《さ》さる。切実にサングラスが欲しかった。

眩《まぶ》しさに目を細め、額の汗《あせ》をカフィーヤで拭《ぬぐ》う。ミネラルウォーターで喉を潤《うるお》し、顔を上げた俺は、遥《はる》か遠くの砂丘の向こうに、不思議なものを捉《とら》えた。

くねくねと渦《うず》を巻いて立ち上がる、幾《いく》筋かの砂の柱。

はじめは蜃気楼《しんきろう》かと思ったが。

(違《ちが》う……)

前を行くアシュラフがラクダを止めた。俺と同様、緊張《きんちょう》した様子で前方を食い入るように見つめている。

「……竜巻《たつまき》?」

俺たちの視線の先で、竜巻がみるみる膨張《ぼうちょう》した。左右に揺れながら竜巻同士が重なり合う。合体した竜巻が爆《は》ぜた——と思った一瞬《いっしゅん》後、出し抜《ぬ》けにあたり一面が灰色のカーテンに覆《おお》われた。

「な、何⁉　どうし……」

『砂嵐《すなあらし》だ！』

叫《さけ》んだアシュラフが、ラクダを回転させて俺に怒鳴《どな》った。

『こっちだ！　ついて来い！』

灰色のカーテンに背を向け、鞭《むち》を使ってラクダを急がせる。が、すぐにものすごい勢いで風が吹《ふ》き始め、舞《ま》い上がる砂で前が見えなくなった。横殴《よこなぐ》りの雨ならぬ砂。まさに嵐だ。

顔を覆ったカフィーヤで砂が口の中に入るのを防ぎつつ、俺はアシュラフを見失わないよう、懸命《けんめい》に手綱を握った。

なるべく上体を低くして、砂嵐の中をどれくらい進んだだろう。不意にアシュラフがラクダを止め、その背から降りた。俺を振り返り、こっちだというふうに大きな手振《てぶ》りで招く。風の音でお互いの声は聞こえない。俺もラクダを降り、手綱を引いて歩き始めたアシュラフを追った。その間も、砂混じりの風が容赦《ようしゃ》なく体に吹きつける。

「うあっ」

いつの間にか礫砂漠《れきさばく》に移動していたらしく、足許《あしもと》の石に躓《つまず》きかけた俺は、かろうじてバランスを保った。アシュラフが振り返り、心配そうにこっちを見る。俺は大丈夫だというように、首を大きく縦に振った。

やがて、前方に岩山が見えてくる。ごつごつした岩肌《いわはだ》の正面に、ぽっかりと大きな穴が空いていた。

アシュラフがラクダを引いて、その洞穴《ほらあな》の中に入った。俺もあとに続く。洞穴の中は薄暗《うすぐら》くてひんやりしており、ラクダの体高でも問題のない天井《てんじょう》の高さがあった。

とりあえず砂風から逃《のが》れることができて、ほっと息を吐《は》く。

入り口の近くにラクダを座らせたアシュラフが、荷物の中からフラッシュライトを取り出した。ライトで照らした洞穴《どうけつ》内は意外に広く、奥行き、幅《はば》共に五メートルくらいはある。

『ここ……前から知ってたのか？』

俺の問いに、アシュラフが砂を払《はら》いながら答えた。

『以前にも一度、この近くで砂嵐に遭《あ》ったことがあってな。その時もここに逃れたんだ』

アシュラフが避難《ひなん》場所を知っていたのはラッキーだったが、安堵《あんど》の感情はそう長く続かなかった。

『この砂嵐、いつまで続くんだ？』

『……わからない』

険しい表情でアシュラフが首を横に振る。

『普通《ふつう》どれくらい？』

『短ければ一時間。時には一週間続くこともある』

『一週間!?』

思わず大声が出た。

『そんなに続いたら間に合わない!』

天候の悪化はアシュラフのせいじゃない。もちろんわかっていたが、ここで足止めを食っている間にリミットが刻一刻と近づくと思うと気が気でない。

『正午まであと二時間切ってるんだぜ?』

苛立《いらだ》ちをぶつける俺をまっすぐ見据《みす》え、アシュラフが『待つんだ』と言った。

『神は正しい者の味方をしてくださる。そう信じて待つしかない』

苦渋《くじゅう》に満《み》ちた顔を見ればそれ以上は何も言えず、俺はぐっと拳《こぶし》を握り締《し》めた。

アシュラフが敷《し》いてくれた敷物《しきもの》の上にどさっと腰を下ろし、いつ終わるとも知れない待ち時間をもどかしくやり過ごす。

(早く……収まってくれ)

何度心の中で念じたかわからない。向かいに腰を下ろしているアシュラフも、心中で祈《いの》りを捧《ささ》げているのか、じっと目を瞑《つぶ》って動かなかった。

風がビュービューと鳴る音に反応して、時折ラクダが不安そうに鼻を鳴らす。

じりじりと背中が灼《や》けるような焦燥《しょうそう》に圧《お》され、俺は顔を上げて穴の外を見た。まだ激しく砂が舞《ま》っている。あれから三十分が過ぎたが、いっこうに止《や》む気配はない。

「くそっ」

ついに痺《しび》れを切らし、俺は立ち上がった。アシュラフが目蓋《まぶた》を上げて、『カズキ?』と訝《いぶか》しげな声を出す。

それには答えず、大股《おおまた》でラクダに歩み寄り、手綱を手に取った。だがその手を、後ろからアシュラフに摑《つか》まれる。

『何をする気だ？』

なおも問いかけを無視していると、体を乱暴に反転され、背後に立つアシュラフに向き直らさせられた。

『何をする気か答えろ』

怖《こわ》い声の詰問《きつもん》に、上目遣《うわめづか》いに答える。

『祈ってたって埒《らち》が明かない。一か八か強行突破《きょうこうとつぱ》してみる』

『駄目《だめ》だ』

言下に却下《きゃっか》され、予想していたこととはいえ、頭の芯《しん》がカッと熱くなった。

『なんでだよ？』

『成功する確率が低く、リスクが高すぎる』

『んなのやってみなきゃわかんないだろ⁉』

『やらなくてもわかる。砂漠《さばく》で生まれ育ったベドウィンでさえ砂嵐の間は動かない』

『じゃあここでやきもきしながら砂嵐が収まるのを待つのかよ？　あと一時間で正午になっちゃうんだぜ？』

俺なんかよりアシュラフのほうが、何十倍も歯がゆいはずだ。わかっていても言葉が止まらなかった。

ここで足止めを食《く》らったまま、「その時」が来るのを待つなんて、考えただけで頭がどうにかなりそうだ。

俺はアシュラフの厳しい表情をまっすぐ見据え、挑《いど》むように告げた。

『俺は、何もしないでただ正午を待つのは嫌《いや》だ。たとえ数パーセントの可能性でも、動くことによって事態が好転するほうに賭《か》けたい』

アシュラフが、つと眉根《まゆね》を寄せる。

懊悩《おうのう》が透《す》けて見える黒い瞳《ひとみ》を、俺は黙《だま》って見据え続けた。アシュラフも、思案するように眉をひそめつつ、俺から目を逸《そ》らさない。

『…………』

無言の睨《にら》み合いの末、アシュラフがふっと小さく息を吐いた。

『……確かにおまえの言うとおりだ。一パーセントでも可能性があるならば行動すべきだ』

『アシュラフ！』

『ただし、行くのは俺だ』

同意を得られたことに喜色を浮《う》かべた一瞬後。

『……え？』

『リドワーンは俺の弟だし、こと砂漠に関しては素人《しろうと》のおまえより俺のほうが成功する確率が高い。携帯《けいたい》で連絡《れんらく》がつき次第《しだい》に戻《もど》ってくるから、おまえはそれまでここで待機していろ』

予想外の展開に俺はあわてた。

『ちょっ……勝手に決めんなよ！　俺も行く！』

アシュラフが『駄目だ』と首を横に振《ふ》る。

『客人のおまえを危険な目に遭わせるわけにはいかない。それに、この悪天候の中でおまえをフォローする余裕《よゆう》はない』

暗に足手纏《あしでまと》いであると仄《ほの》めかされても腹は立たなかった。

事実そのとおりだし、言っていることは至極《しごく》もっとも。

だけど、頭で理解するのと納得《なっとく》するのはまた別の話だ。

（もし）

ここで離《はな》ればなれになった結果、もし……アシュラフが戻って来なかったら？

その危険性はゼロじゃない。どんなに砂漠に慣れていたって、ものごとに「絶対」はない。

しかも、外は砂嵐だ。

（ここで別れたが最後、二度とアシュラフに会えないかもしれない）

脳裏《のうり》を掠《かす》めた不吉《ふきつ》な予感にぞっとした。

不意に足許の地面が消え失せたかのような失墜感《しっつい》。

目の前の男を失うかもしれないと思った瞬間《しゅんかん》、心から「怖い」と思った。

こんなに……脚《あし》が震《ふる》えるほどの不安を覚えたのは生まれて初めてだ。肝《きも》は太いほうだと思っていたのに……。

とっさにアシュラフの腕《うで》を掴み、俺は懸命《けんめい》に訴《うった》えた。

『一緒《いっしょ》に連れて行ってくれ！　絶対に足手纏いにならないから！』

『心配するな。ちゃんと戻ってくる』

安心させるように微笑《ほほえ》んだ男が、直後、表情を引き締める。

『念のために三日分の食料と水を置いていく。もし俺が戻って来なかったら、砂嵐《すなあらし》が収まるのを待って洞穴を出ろ。ここからマラークの国境までは一時間ほどだ。方位磁石を見て、とにかくまっすぐ西南の方角へ向かえ』

アシュラフの口からも「もし」の可能性を告げられ、胸の中の雨雲のような黒い不安がますます大きくなっていく。

(嫌だ。このまま会えないなんて……嫌だ)

腕を摑む手にぎゅっと力を込めて、俺は乞《こ》うた。

『一緒に行きたい』

アシュラフが聞き分けのない子供を見るような眼差《まなざ》しを向ける。だが今の俺は、ガキ認定《にんてい》されることよりも、アシュラフを失うほうが怖かった。

『あんたと……離れたくないんだ』

縋《すが》るような懇願《こんがん》に、漆黒《しっこく》の双眸《そうぼう》がゆっくりと見開かれた。

『カズキ？』

『あんたと一緒に行きたい』

アシュラフが、見開いた両目を今度はじわりと細める。やがて苦笑《くしょう》混じりにつぶやいた。

『まったく……おまえには敵《かな》わないな』

『アシュラフ？』

吹《ふ》っ切ったような表情が『わかった』と言った。

『ここまで来たら一蓮托生《いちれんたくしょう》だ。――出立の準備をしよう』


途中《とちゅう》ではぐれる懸念《けねん》から、一頭のラクダにアシュラフとふたりで同乗することになった。

俺の体重が加算される分、天蓋《てんがい》などの目方のかさばる荷物は洞穴《ほらあな》に置いていくことにした。もう一頭のラクダと一緒にのちほど回収することにする。

二頭のうち比較的《ひかくてき》体力のあるラクダを選び、前にアシュラフ、後ろに俺が乗り、砂嵐の中をふたたび出立した。

砂で太陽が霞《かす》んでいるので、昼近くなのに薄暗《うすぐら》い。もちろんこんな嵐《あらし》の中をうろつく命知らずもいないから、人はおろか小動物のシルエットも見えなかった。

砂の大地が風で波打つ様は、まさに時化《しけ》の海だ。

布で口を覆《おお》っているが、それでも口の中がザラザラする。すぐに喉《のど》が渇《かわ》いてヒリヒリしてきたが、水を補給できる状態じゃなかった。吹きつける砂で、まともに目も開けていられないのだ。聞こえるのはびゅーびゅーと吹きすさぶ風の音だけ。時折、アシュラフがラクダに鞭《むち》をくれる「ハッ」というかけ声が耳殻《じかく》に響《ひび》く。

心なしか徐々《じょじょ》に風が強くなっている気がする。

勢いを増した強風に吹き飛ばされないよう、俺はアシュラフの胴体《どうたい》にぎゅっとしがみついた。

俺にはここがどこなのか、ちゃんと目的地へ向かっているのか、見当もつかない。そもそも、視界がまったく利《き》かないのだ。

だが、密着しているアシュラフからは、迷いや動揺《どうよう》は伝わってこない。そのため、不思議と俺自身も不安を覚えることはなかった。

アシュラフと一緒ならば大丈夫《だいじょうぶ》だ。

根拠《こんきょ》はないけど、なぜだかそう思えた。

それと同時に、自分ひとりでこの嵐の中を出て行っていたら、確実に迷い、最悪の場合は砂に埋《う》もれてのたれ死んでいただろうとも思い、己《おのれ》の無謀《むぼう》さにひやっとした。やはり、アシュラフの見解はいつも正しい。

喉の渇きに耐《た》え、砂混じりの強風にひたすら立ち向かう強行軍がどれくらい続いただろう。ずっと強風に晒《さら》されているせいか、じりじりと体力を奪《うば》われていくのを感じる。だが俺よりも、防波堤《ぼうはてい》になっているアシュラフはもっとキツいはずだ。

成人男子二名を乗せているラクダも消耗《しょうもう》が激しいに違《ちが》いない。

（あとどれくらい保《も》つ？）

途中でラクダが潰《つぶ》れてしまったら、とても徒歩では目的地まで辿《たど》り着けない。正午に間に合うどころの騒《さわ》ぎじゃなく、このまま砂嵐が数日続いたら命の危険もある。

体力の低下に伴《ともな》い、マイナスの思考が頭をもたげてきて、俺はぎゅっと奥歯を嚙《か》み締《し》めた。

弱気になるな。弱気になってアシュラフの足を引っ張るのだけは、ナシだ。

アシュラフは、そんなリスクは重々承知の上で、嵐のただ中に船を漕《こ》ぎ出してくれた。俺のわがままを聞き入れて、一緒に連れてきてくれた。

その気持ちに応《こた》えるためにも、最後まで前向きに、希望を捨てないこと。

自分にできることは、それくらいしかない。

己を戒《いまし》めながら、ふと、異変を感じた。

（風が……弱まってきた？）

薄目《うすめ》を開けると、相変わらず風は強いが、かろうじて目を開けていられるくらいには収まってきている。

『アシュラフ、嵐が！』

叫《さけ》ぶと、前からもほっとしたような声が返ってきた。

『ああ、助かった。勢力が衰《おとろ》えてきたな。今のうちに急ぐぞ。しっかり掴《つか》まっていろ』

うなずいた俺が腹に回した手に力を込めるやいなや、アシュラフが鞭を使ってラクダを走らせる。

そこからの進行はスムーズだった。三十分ほどで前方にナツメヤシの林が見えてくる。

以前、砂漠《さばく》ツアーに出た際に起点としたオアシスだ。アシュラフが『俺のオアシス』と言っていた場所――。

(着いた！)

ついに目的地に到着《とうちゃく》した俺たちは、アシュラフの天蓋の前でラクダを降りた。

『今何時？』

『十二時十分だ』

『……マジ？』

アシュラフの返答にショックを受ける。

正午に間に合わなかった。式典はすでに始まってしまっている。

呆然《ぼうぜん》と立ち尽《つ》くす俺を叱咤《しった》激励《げきれい》するように、アシュラフが『まだ諦《あきら》めるのは早い』と言った。

『敵の狙《ねら》いはおそらくパレードだ』

取り出した最新機種のスマートフォンを、アシュラフが操作する。このオアシスは、天蓋に
アンテナが設置されているので携帯が通じるらしい。少しして繋《つな》がったようだ。

『アシュラフだ。至急ラシードに繋いでくれ。式典中なのはわかっている。緊急《きんきゅう》の用件だ。そうだ、今すぐにだ』

アシュラフが苛立《いらだ》った声を出す。

それからしばらく、じりじりとした気分でラシードを待った。待っている間じゅう、心臓がドキドキと脈打ち、握《にぎ》った手のひらにじんわり汗《あせ》が滲《にじ》む。視線の先のアシュラフの顔も厳しい。

なかなかラシードに繋がらず、優に五分ほど待たされて、やっと電話口に出てきた。

『ラシードか？　俺だ。今、カズキと一緒だ。ああ……無事だ。怪我《けが》もしていない。救出に関しての説明はあとでする。それよりも式典の進行にトラブルはないか？』

急《せ》いた口調で確認していたその横顔に、ほどなく安堵《あんど》の色が浮《う》かぶ。

『そうか……よかった』

そのつぶやきを聞いた俺も、安堵のあまりに膝《ひざ》が砕《くだ》けそうになった。

(よかった。リドワーンは無事だ)

『詳《くわ》しくは会ってから話すが、この式典の混乱に乗じてリドワーンを亡《な》き者にしようと企《くわだ》てている輩《やから》がいる。パレードは中止にしろ。それと、ハーリムとムハンマドが謀反《むほん》の首謀者《しゅぼうしゃ》の可能

性がある。ふたりの行動に目を配れ』

矢継《やつ》ぎ早に指示を飛ばしたアシュラフが、『俺も今からカズキと王宮へ戻《もど》る。それまでリドワーンの警護にはくれぐれも念を入れてくれ』と釘《くぎ》を刺《さ》して通話を切る。

スマートフォンを仕舞《しま》ったアシュラフに俺は詰《つ》め寄った。

『首謀者をすぐには捕《つか》まえられないのか？』

『はっきりクロと決まったわけではない以上、今の段階での拘束《こうそく》は難しい。相手は仮にも王族だ。だが、おまえが証人になってくれれば、身柄《みがら》を確保することができる』

『証言ならいくらでもするよ。――急いで王宮に戻ろう！』

俺たちはオアシスに停《と》めてあったジープに乗り込み、王宮へ向かった。三十分ほどでファラフの市街地に入り、さらに中心部を抜《ぬ》ける。やがて小高い丘《おか》が見えてきた。丘の上の宮殿《きゅうでん》へ続く道を、ジープは蛇行《だこう》しながら上がった。

市街地でも、ビルのエントランスのポールに式典を祝うマラークの国旗が掲揚《けいよう》されていたが、いつもは閑静《かんせい》な住宅街の沿道にも今日は人が溢《あふ》れている。それぞれが手旗を持っているところを見ると、パレードに参加する人々だろう。ゆっくりとした人の流れは、王宮広場へ向かっている。

『パレードは中止になってないっぽいけど』

俺のつぶやきに、運転席のアシュラフが浮かない顔つきでうなずく。

『通達が間に合わなかったのかもしれない。……とにかく急ごう』

王宮前の道路は規制されており、沿道はものすごい数の人で埋め尽くされていた。

ジープもいったん止められる。アシュラフの顔を見た制服姿の王室護衛隊員があっと声をあげ、大慌《おおあわ》てで敬礼した。

『失礼いたしました！　どうぞお通りください』

外門をくぐり、正門まで辿り着く。そこでまた門衛がアシュラフの顔を改め、最敬礼のあとで鉄柵《てっさく》を開いた。アーチをくぐり、緑の芝生《しばふ》を最短距離《きょり》で突《つ》っ切って、ようやっと宮殿の車寄せに到着する。

車寄せには、何台かの軍事車両と並んで、豪華《ごうか》に装飾《そうしょく》されたオープンカーが停まっていた。パレードに使用する車だろう。そろそろモスクでの「忠誠の誓い」の儀式《ぎしき》は終了《しゅうりょう》している時間のはずだが。

果たして、アシュラフの指示どおりにパレードは中止になるのか。

懸念《けねん》を胸に、ジープの助手席から車寄せに降り立った俺は、背後からの「和輝！」という声に振《ふ》り返った。

建物の中から、白い衣装の裾《すそ》を翻《ひるがえ》して桂一が飛び出してくる。

一直線に距離を詰めてきた桂一が、どんっとぶつかるみたいに体当たりしてきた。背中に回した腕《うで》でぎゅっと抱《だ》き締められ、思わずその痩身《そうしん》を抱き返す。

「無事でよかった！」

クールな兄にはめずらしい、感極《かんきわ》まった声に胸がじわっと熱くなった。

リドワーンの件で頭がいっぱいで、自分のことは二の次になっていたけれど、俺の行方《ゆくえ》がわからなかったこの数日間、桂一は身の細る思いで過ごしていたに違いない。責任感が強いから、きっと自分を責めてもいただろう。

「ごめん……心配かけて」

桂一の体を離《はな》し、その目を見つめて話しかける。

「けど、ほら、見てのとおりに元気だから。どこも怪我とかしてないし」

漸《よう》く少し実感が湧《わ》いたらしく、強《こわ》ばっていた桂一の表情がやわらいだ。

「王宮で拉致《らち》されて隣国《りんごく》に監禁《かんきん》されていたのを、アシュラフが助け出してくれたんだ」

俺から身を引き、振り返った桂一が、アシュラフに向かって深々と頭を下げる。

『殿下《でんか》、弟の救出に尽力《じんりょく》してくださいましてありがとうございます。なんとお礼を申し上げればよろしいのか……』

『ケイ、顔を上げてくれ。もっと早く戻れるはずだったんだが、途中砂嵐《とちゅうすなあらし》に遭《あ》って遅《おそ》くなった。心配をかけてすまなかったな』

アシュラフの返答に、桂一が『滅相もございません！』と首を大きく横に振った。

『心からお礼を申し上げます。本当に……ありがとうございました』

『カズキ、無事でよかった』

その声に振り返ると、いつの間にかラシードが後ろに立っていた。華《はな》やかな美貌《びぼう》に安堵の色を浮かべるラシードを見て、はっと我に返る。

そうだ！　再会の感慨《かんがい》に浸《ひた》ってる場合じゃなかった。

俺が『ラシ……』と言いかける前に、アシュラフがラシードに問いかける。

『儀式は終わったのか？』

『十分ほど前に滞《とどこお》りなく終了した。今、リドワーンは着替《きが》え中だ』

『着替えって、パレードやるのかよ？』

俺の尖《とが》った声に、ラシードが顔を曇《くも》らせた。

『事情は説明したんだが、リドワーンはパレードを中止にしたくないと言っている』

『…………』

長く前王の喪《も》に服していた国民にすれば、ひさしぶりの明るい行事だ。せっかく集まってくれた国民をがっかりさせたくない、というリドワーンの気持ちもわからなくはない。

弟の心情を鑑《かんが》み、アシュラフとラシードも決断を下しかねているようだ。

『ハーリムとムハンマドは？』

『連絡《れんらく》を受けて捜《さが》しましたが、ふたりとも姿が見当たりません。それぞれの自宅にもいないようです。こちらの動きを察知して逃《に》げたのかもしれません。今後、ふたりの捜索《そうさく》には警察が動きますが、ムハンマドの部下は全員警護の任務から外し、身柄を拘束しました』

アシュラフの質問に桂一が厳しい表情で答えた。

『本当に、あのふたりが結託《けったく》してリドワーンの暗殺を企てているのか？』

ラシードの確認《かくにん》に応《こた》える形で、アシュラフがこれまでの経緯《けいい》をかいつまんで話して聞かせる。

桂一への配慮《はいりょ》もあってか、俺が競《せ》りに掛《か》けられた際の様子や、その後、媚薬《びやく》に苦しんだ件などは割愛《かつあい》してくれた。

『そうだったのか……そんなことが』

事情を知り、ラシードと桂一は驚《おどろ》きを隠《かく》せない様子だったが、ややしてラシードがアシュラフに向き直る。

『――で、アッシュ、パレードはどうする？』

弟に見解を求められたアシュラフは、三人の注視の中、石畳《いしだたみ》に視線を落として思案に耽《ふけ》った。やがて顔を上げ、おもむろに口を開く。

『確かに、ここでパレードを中止すれば、国民の間に王家への不安が広がる。父上が亡《な》くなり、確固たる為政者《いせいしゃ》が不在の今、それは極力避《さ》けたい事態だ』

『じゃあ、リドワーンの意向どおり開催《かいさい》するのか？』

重ねてラシードに問われ、アシュラフは慎重《しんちょう》な口ぶりで言葉を継《つ》いだ。

『ハーリムとムハンマドが姿を消したことは、やつらの計画の頓挫《とんざ》を意味する。謀反の確率は減った。だがゼロではない。……万が一に備え、車両をオープンカーではなく、リムジンにしよう。あれならば強化ガラスで防弾《ぼうだん》仕様になっている』

アシュラフが結論を下すのを待って、ラシードが桂一に『車両の変更《へんこう》を通達』と命じた。

『了解《りょうかい》しました』

すぐさま桂一が建物に向かって走り出す。

『俺たちはリドワーンに事情を説明しよう』

アシュラフの促《うなが》しに俺はうなずいた。


予定の時間より三十分の遅延《ちえん》でパレードが始まった。

先導の軍用車両に続いて、旗を掲《かか》げた王室護衛隊、太鼓《たいこ》を打ち鳴らす音楽隊、その後ろにリドワーンの乗ったリムジン、ラシードとアシュラフが乗ったリムジン、さらに護衛の軍用車両が続く。

『アミール・リドワーン！』

『アミール！』

沿道に詰《つ》めかけた国民が、リムジンに向かって手旗を振り、誕生したばかりの王太子の名を口々に呼ぶ。リドワーンもリムジンの窓から手を振り返す。その一台後ろのリムジンに、桂一と共に王子たちと同乗した俺は、緊張《きんちょう》の面持《おもも》ちで熱狂《ねっきょう》する群衆を見つめた。

あの中から誰《だれ》かが急に飛び出してきたら——。

人混《ひとご》みに紛《まぎ》れてどこかから狙撃《そげき》されたら——。

たぶん、同乗している誰もが頭の中で同様の可能性を思い描《えが》き、対策をシミュレーションしているはずだ。車中の空気はぴんと張り詰めている。無駄口《むだぐち》を叩《たた》く者はおらず、全員が無言で窓の外に意識を払《はら》っていた。

緊迫《きんぱく》の三十分間、しかし、恐《おそ》れていたアクシデントは起こらなかった。小さなトラブルもなく、スムーズな進行で、無事にパレードは終了した。

あらかじめ決められていたルートを正確にトレースして、ふたたび王宮内に戻《もど》ったパレード一行は、前庭で解散となる。

「忠誠の誓い」の儀式とパレードという大役をこなしたリドワーンは、やや疲《つか》れた顔をしているものの、一同の働きを労《ねぎら》うほどには元気で、事情を知っている俺たちをほっとさせた。

兄たちに『大丈夫《だいじょうぶ》だよ』というようにうなずいてみせたあと、サクルと数人の護衛に付き添《そ》われて建物の中へ引き上げていく。

「……よかった」

リドワーンの姿が視界から消えた瞬間《しゅんかん》、隣《とな》りに立つ桂一がつぶやいた。

リムジンから降りた俺と桂一は、宮殿《きゅうでん》のニントランスにほど近い石畳に並んで立っていた。十メートルほど離れた芝生《しばふ》に、アシュラフとラシードの姿も見える。ふたりは向かい合い、真剣《しんけん》な顔つきで何事かを話し合っていた。おそらくは反乱分子の今後の対処についてだろう。

「……うん。ほんとよかった」

俺自身、男たちの企《たくら》みを知ってしまってからずっと背負い続けていた肩《かた》の荷《に》を、ようやっと下ろせた気分だった。

だがずっと気を張り続けていたせいか、急には全身の警戒《けいかい》を解くことができない。まだ顔の強ばりも解けず、眉間《みけん》にうっすらしわが寄ったままだった。

結局、パレードの襲撃《しゅうげき》はなかった。

それらしき不穏《ふおん》な動きもなかった。

ハーリムとムハンマドは、計画の露呈《ろてい》を察知して実行を取りやめたのだろうか？

もしそうであれば、アシュラフと一緒《いっしょ》に砂嵐《すなあらし》の中を戻ってきた甲斐《かい》があったということになる。

謀略《ぼうりゃく》を未然に防ぐことが出来た。リドワーンは無事だった。

もう、はらはらしたり、不安に追い立てられることはない。

だとしたら、もっと解き放たれたような解放感があるはずなのに……不思議と気持ちが落ち着かなかった。

しっくりこない。胸騒《むなさわ》ぎがする。

(何か大切なことを忘れているみたいな……なんだ？　この気持ち悪さ)

得体の知れない胸のざわめきを抑《おさ》え込もうと、ぎゅっと奥歯を噛《か》み締めた刹那《せつな》、ふと、もうすでに何度も脳裏《のうり》に還《かえ》したフレーズが蘇《よみがえ》る。

──そうだ……式典……狙《ねら》い目だ……機に乗じて……邪魔者《じゃまもの》を消す……。

図《はか》らずも盗《ぬす》み聞きしてしまった男たちの会話。

──邪魔者を消す……。

「……邪魔者……邪魔者」

口の中でぼそぼそと繰《く》り返しているうちに、漠然《ばくぜん》として形のなかった懸念《けねん》が徐々《じょじょ》に体を成していく。

邪魔者って……てっきりリドワーンだと思い込んでいたけれど……そうとも限らないんじゃないのか？

あの時、あいつらははっきりと名前を出していたわけじゃない。ただ『邪魔者』と言っただけだ。それを俺が勝手に自己流に解釈《かいしゃく》して、リドワーンがターゲットだとみんなに伝えていただけで。

自分の思い込みに気がついたとたん、ざっと首の後ろが粟立《あわだ》った。

まだだ！

リドワーンが無事ならもう安心ってわけじゃない！

俺はあわてて周囲を見回した。パレード解散後の前庭に人影《ひとかげ》は少ない。数人の王室護衛隊員が平常の任務についているだけだ。

四方にじっと目を凝《こ》らす。不審《ふしん》な影《かげ》や動きは見当たらない。

気が立っているせいでナーバスになり過ぎているのか？　やつらのターゲットはやっぱりリドワーンだったのか？

考え過ぎだったかと思いながらも、念のために広大な敷地《しきち》を囲む回廊《かいろう》をぐるりと視線でなぞった。次に視線を上げ、回廊の屋根の上をチェックする。最後に首を捻《ひね》り、左手の屋根の上に聳《そび》え立つ塔《とう》を見上げた。顔を仰向《あおむ》かせ、下から仰ぐように尖塔《せんとう》を見上げた俺は、物見台のアーチ型の窓からにょきっと飛び出す細長くて黒い筒《つつ》に、じわりと目を細める。

すぐにはそれがなんであるのか、ぴんとこなかった。

（なんだ？）

細長い筒の先端《せんたん》が指し示す軌道《きどう》を視線で辿《たど》り、地上の白い民族衣装に行き着く。今後の対策を話し合う、ラシードとアシュラフだ。

その瞬間、黒い筒の正体が脳裏に閃《ひらめ》く。

ライフルの銃身《じゅうしん》だ‼

危険を知らせたいのに、なぜか喉《のど》が詰まって声が出なかった。全身の毛穴からじわっと冷たい汗《あせ》が滲《にじ》む。

俺がフリーズしている間に、弟との話し合いが終わったらしいアシュラフが踵《きびす》を返してこちらに向かってくる。だが銃身は動かない。移動するアシュラフを追うことなく、先程《さきほど》の位置に固定されたままだ。

ライフルが狙っているのはラシードだ！

結論が導き出されると同時に金縛《かなしば》りが解け、やっと声が出た。

『ラシード！』

自分では大声を発したつもりだったが、現実には聞き取りづらい掠《かす》れ声しか出なかった。

それでもその声に桂一《いち》が逸速く反応し、俺の視線を追って背後を振《ふ》り仰ぐ。塔のアーチ窓にライフルを確認《かくにん》するなり弾《はじ》かれたように身を翻《ひるがえ》し、走り出した。

「桂一！」

脇目《わきめ》もふらず、一直線にラシードに向かって突《つ》っ込んでいく兄の名を呼ぶ。途中《とちゅう》ですれ違《ちが》ったアシュラフも驚《おどろ》いた顔つきで『ケイ？』と呼んだが、桂一は止まらない。そうして一瞬《いっしゅん》の躊《ちゅう》躇《ちょ》もなく、ラシードに飛びかかった。

『ケイ⁉』

タックルを受けたラシードが、虚《きょ》を衝《つ》かれた表情のまま仰向けに倒《たお》れる。重なり合うようにしてどさっと倒れ込んだふたりの顔のすぐ横で、パシュッと芝生が抉《えぐ》れた。

桂一が腕《うで》を鷲摑《わしづか》んでラシードと一緒にごろごろと横転し、続けて二度、三度と放たれた銃弾《じゅうだん》から逃《のが》れる。

横転しつつ灌木《かんぼく》の陰《かげ》まで逃れてから、伏《ふ》せたラシードの傍《かたわ》らで身を起こし、銃を構えた。尖塔に向けて引き金を引く。

そこまでの一連の流れは、俺の目にはまるでスローモーションのように映ったが、たぶん実際は数秒に満たない時間だったのだろう。

バンッというその銃《じゅう》声で、俺もはっと我に返った。

『あの尖塔の上だ！』

指を差した俺の叫《さけ》びに、凍《こお》り付いていた現場の空気が流れ出す。

『ラシードを護《まも》れ！　狙撃者は尖塔の上だ！　逃《に》がすな！』

アシュラフがよく通る声で命じ、王室護衛隊が一斉《いっせい》に動き出した。隊員の半分が塔へ向かって建物へ雪崩《なだ》れ込み、残りの半分がラシードを護るために灌木をぐるりと取り囲む。

盾《たて》となった隊員の背後にラシードと桂一の姿が見え、どうやら怪我《けが》がないようだとわかった瞬間、俺はへなへなとその場にしゃがみ込んだ。

『大丈夫か？』

いつの間にか近くに来ていたアシュラフに腕を取られ、のろのろと立ち上がる。

『大《だい》……丈夫《じょうぶ》』

震《ふる》え声で答える俺の肩に手を置き、アシュラフが宥《なだ》めるように撫《な》でてきた。

8

十五分後――王室護衛隊が、尖塔から逃《に》げ、王宮外へ逃亡《とうぼう》をはかったムハンマドを捕獲《ほかく》。観念したムハンマドにより、ハーリム他二名の王族の名前が共謀者《きょうぼうしゃ》として明かされた。

時をほぼ同じくして、警察がその行方《ゆくえ》を追っていたハーリムも身柄《みがら》を確保された。今まさに空港からプライベートジェットで飛び立とうとしていたところを寸前で取り押さえたのだ。

警察の要請《ようせい》を受け、俺はファラフの中心地にある警察本部を訪《おとず》れた。連行されたムハンマドとハーリムの顔を確認するためだ。

モニター越《ご》しに見たのは、忘れもしない……しっかりと記憶《きおく》に焼きついた顔だった。

ひとりはまさしく、俺の腹を殴《なぐ》って気絶させた、立派な顎髭《あごひげ》を胸まで生やした五十がらみの男。そしてもうひとりは、倉庫での密会を仕切っていた、樽《たる》のような腹のでっぷり太った男だった。

『このふたりに間違《まちが》いない』

俺の証言により、ムハンマドとハーリムは王家への謀反《むほん》を企《くわだ》てた容疑で逮捕《たいほ》された。他二名の共謀者もただちに居所を突き止められ、身柄を拘束《こうそく》された。すでに警察本部に勾留《こうりゅう》されていたムハンマドの部下を含《ふく》め、逮捕者は総勢十名に及《およ》んだ。

その後の供述によると、ハーリムとムハンマドを筆頭とする一味の狙《ねら》いは、はじめからラシードだったようだ。

ハーリムは、石油相《せきゆしよう》であったナウファルと秘密裏《ひみつり》に結託《けったく》し、利権を貪《むさぼ》っていた。だがナウファルが東京でラシード暗殺を目論《もくろ》み、失敗。ナウファルの失脚《しっきゃく》によって、ハーリムも石油利権を失った。その件でラシードを逆恨《さかうら》みしていたらしい。もとより容姿に優《すぐ》れ、自由奔放《ほんぽう》に生きる従兄弟《いとこ》への根深い嫉妬《しっと》もあったようだ。

またムハンマドも、ナウファルの失脚により、王室護衛隊隊長の座を追われた。ムハンマドに代わって隊長の任に就《つ》いたのは、ラシードの元護衛のサクルだった。サクルを推《お》したのはラシードとの噂《うわさ》を信じ、恨《うら》みを募《つの》らせていたらしい。

このあたりの動機づけは、大方アシュラフの推測どおりだ。

他《ほか》の二名の王族にとっても、ラシードは邪魔者《じゃまもの》だった。

リドワーンはまだ若く、性格も素直《すなお》だ。三人の王子の中ではリドワーンが一番御《ぎょ》しやすい。傀儡《かいらい》として操《あやつ》るには、リドワーンがベストだ。だがラシードがマラークに戻《もど》り、宰相《さいしょう》となって陰ながら陣頭指揮《じんとうしき》を執《と》るとなれば話は別だ。

米国で学んだラシードは、マラークの近代化をますます推し進めるであろう。それは、既得《きとく》権益を持つ一部の王族にとって、喜ばしい事態ではなかった。

ならば邪魔者は消してしまおう。

ラシードは、奔放な言動や異国の血を引く容姿から敵が多いため、その暗殺を反ラシード派の仕業《しわざ》に仕向けることも容易だ。

折良く近々「忠誠の誓い」の儀式《ぎしき》とパレードがある。

その混乱に乗じ、ラシードを暗殺する計画を企て、実行を数日後に控《ひか》えたある夜、予期せぬアクシデントが起こった。暗殺計画を詰《つ》めるための会合を、よりによって「ラシードの客人」に見られてしまったのだ。

幸い、その場で捕獲できたので、隣国《りんごく》の奴隷《どれい》オークションに売り払《はら》うことで「ラシードの客人」を葬《ほうむ》り去った。

暗殺計画は予定どおり決行する運びとなり、準備は着々と進んでいたが、当日になって異変が起こる。

なぜかパレードの直前に、ムハンマド直属の部下が捕《と》らえられたのだ。どういった経路からかはわからないが、計画が露呈《ろてい》したとしか思えない。身の危険を察知したハーリムは逃げた。

だがムハンマドは、部下が捕《つか》まった時点で、自分は逃げ切れないと悟《さと》っていた。どうせ捕まるのならば、ラシードに一矢《いっし》を報《むく》いたい。

自ら狙撃《そげき》手となるために尖塔《せんとう》に上り、ターゲットを仕留める機会を待った——。

『——というのが、ムハンマドおよびハーリムの取り調べで明かされた事件のあらましだ』

桂一が長い説明を終えた。

その白皙《はくせき》は、顔色が悪かった事件直後に比べると、ずいぶんと平静さを取り戻している。ラシードの狙撃未遂《そげきみすい》から五時間あまりが経過し、事件にかかわっていたとされる容疑者の身柄をすべて拘束したことで、一時は蜂《はち》の巣を突《つつ》いたような騒《さわ》ぎだった王宮内も平時の落ち着きを取り戻しつつあった。

俺自身は警察本部から戻って自分の部屋でひさしぶりに風呂《ふろ》を使い、休息を取っていたところに呼び出しがかかり、二十分ほど前にラシードの私室に赴《おもむ》いた。

さすがに暗殺未遂《みすい》事件のあとということもあって、ドアの前にはいつもの倍以上の衛兵が立ち、重々しい装備で警護を固めていたが、部屋の中に入れば、そこには桂一とラシードしかいなかった。

桂一とラシードは、王宮を訪れた警察本部長から、取り調べの報告を受けたらしい。俺はハーリムとムハンマドの顔を確認《かくにん》しただけで警察から戻って来たので、その後の取り調べの内容は知らなかった。

『もし、おまえとアシュラフ殿下《でんか》が砂嵐《すなあらし》の中を強行突破《きょうこうとっぱ》してやつらの計画を知らせてくれなかったら……そう思うとぞっとする』

事件のあらましを語り終えた桂一が、改めてその可能性を噛《か》み締《し》めてか、顔をしかめてつぶやく。桂一と並んでソファに座したラシードも、大きくうなずいた。

『マラークと関係のないおまえを事件に巻き込んでしまった件については、ハリーファ王家を代表して謝罪する。それと、あの時おまえが狙撃者に気がついてくれなかったら、俺は撃《う》たれていた。おまえは命の恩人だ。改めて礼を言う。ありがとう』

ラシードに深々と頭を下げられ、俺はあわてて『よせよ』と声を出す。

『顔上げろよ。命の恩人なんて大げさだって。俺、全然役に立ってねぇし』

謙遜《けんそん》じゃない。実のところ襲撃《しゅうげき》現場での俺はフリーズしっぱなしで、ろくに動くこともできなかった。

とっさに体が動かない俺に代わり、その身を挺《てい》して凶弾《きょうだん》からラシードを救ったのは桂一だ。

あの時の桂一には、寸分の迷いもなかった。ラシードのために命を投げ出すことにまるで躊《ちゅう》躇《ちょ》がなかった。

顔立ちや体つきだけを見れば、優男《やさおとこ》風ですらある兄のどこに、あれだけの思い切りのよさが潜《ひそ》んでいるのか。

ボディガードとしてのプロ意識だけじゃないはずだ。

相手がラシードだから。命を賭《か》けて護《まも》ると心に誓った相手だから。だからきっと……。

俺は目の前の兄を黙《だま》って見つめた。

(敵《かな》わないよな)

あんなの見せつけられちゃ……諦《あきら》めるしかない。

固い信頼《しんらい》関係で結びついたふたりの間に第三者が割り込める確率は、一パーセントもない。

──だからこそマラークへ行き、ラシード殿下の側《そば》にいたいんだ。彼が誰《だれ》かを必要とした時、すぐに手を差し伸《の》べられるように。

日本を出発する前日の、桂一の台詞《せりふ》が蘇《よみがえ》る。

あの時は、自分と家族を捨てていく桂一への、憤《いきどお》りや反発心しかなかったけれど。

(でも、今は……)

『あんたを助けたのは俺じゃない。桂一だよ』

俺の指摘《してき》にラシードがゆっくりと紺碧《こんぺき》の双眸《そうぼう》を瞠《みは》った。隣《とな》りの桂一もやや虚《きょ》を衝《つ》かれた顔をしている。

『……カズキ』

『桂一に助けてもらったの、二度目だろ？』

『ああ、そうだ』

『本当の命の恩人だな。あんた、一生かけて恩を返さないとな』

俺の発言を受けて、ラシードが傍《かたわ》らの桂一を見る。桂一もまたラシードの顔を見つめた。しばらく無言で見つめ合ったあとで、ラシードがふたたび俺に視線を戻す。

『もちろんそのつもりだ』

俺をまっすぐ見据《みす》え、揺《ゆ》るぎない口調で言い切った。

『うん……じゃあよかった』

うなずく俺の心の中は、今までになくすっきりと澄《す》み渡《わた》っていた。

こんなにさばさばと清々《すがすが》しい気分になったのは、ひさしぶりだ。たぶん、桂一のマラーク行きを知った日以来……。

『桂一もさ、これから先もしっかりラシードをサポートしないと。言いたかないけど、二度あることは三度あるって言うしな』

『もちろんだ。殿下の御身《おんみ》は我が身に代えて、必ずお護りする』

生真面目《きまじめ》な顔で請《う》け合う兄に、ラシードの表情が蕩《とろ》けた。

『……ケイ』

愛《いと》おしそうにその名を呼び、微笑みかけるラシードに、桂一も微笑み返す。

そんな幸せそうなふたりを見ても、もう胸が苦しくない。

終わったんだ――そう思った。

俺の初恋《はつこい》。実らずに終わった片恋。

桂一が俺と一緒《いっしょ》に日本に帰ることはないだろう。桂一はこの先もマラークで、ラシードと共に生きていく。

寂《さび》しくないと言えば嘘《うそ》になる。でも、桂一が幸せならそれでもいいと素直に思えた。

長く胸の中に垂れ込めていた雨雲が消え去り、一転して広がった青空のような軽い心持ちで、気がつくと俺は桂一に向かって告げていた。

『俺、日本に帰るよ』

俺がマラークに来たのは、桂一をラシードから取り戻《もど》すためだった。一緒に日本に帰るよう説得するためだった。

それを断念した今、マラークに滞在《たいざい》する理由は消えた。

今回の狙撃未遂で、マラークの情勢が不安定なことが明らかになり、桂一のラシードの護衛としての責任は増した。いよいよもって俺に構っている余裕《よゆう》はないだろう。

俺が滞在している限り、ラシードにも「客人を歓待《かんたい》しなければ」という要《い》らぬプレッシャーをかける。こっちが気にするなと言っても、俺の存在を気にかけるに違《ちが》いない。

ふたりに余計な負担をかけないよう、できるだけ早く日本に帰ったほうがいい。

(そのほうがみんなのためだ)

「……砂漠《さばく》も見たしな」

もうひとつの希望も叶《かな》えたし、もはや思い残すことはない。わずか一週間の滞在とは思えないほどに、いろいろな経験をした。攫《さら》われて競《せ》りにかけられたり、砂嵐を強行突破したり、普《ふ》通《つう》じゃまずあり得ない体験もした。良くも悪くも砂漠を満喫《まんきつ》しきったと言えよう。

そう思うのに、なんでか気持ちがすっきりとしない。ついさっきまで、すごく晴れやかだったのに。

なんだろう？　この心残りがあるみたいな、後ろ髪《がみ》を引かれる感覚は……。

またしてもモヤモヤし始めた胸中を道連れに廊下《ろうか》を歩き、自分用に宛《あて》がわれた客室まで辿《たど》り着いた俺は、部屋の前の廊下に人影《ひとかげ》を認めて足を止めた。

廊下に置かれた椅子《いす》に腰《こし》掛《か》けていた男が、俺に気がついて立ち上がる。こちらに向き直った長身を見て、『……アシュラフ？』とつぶやいた。

白い民族衣装に映《は》える黒髪《くろかみ》と浅黒い肌《はだ》。間接照明の薄明かりの中でも造作のはっきりとした美貌《びぼう》。

廊下の人影はアシュラフだった。襲撃の騒ぎのあとで俺は警察に行き、アシュラフも事後処理に追われていたから、顔を合わせるのはかれこれ六時間ぶりだ。

その前もずっと、式典に間に合うか間に合わないかのデッドヒート状態が続いていたので、こんなふうにじっくり顔を見るのは、なんだかひさしぶりな気がした。

(待っていた？　俺を？)

第一王子自らがわざわざここまで出向き、いつ戻るかもわからない自分を待っていたという事実に、胸が騒ぐ。

トクトクとうるさい心臓の音を意識しながら、アシュラフを見つめていた俺は、やがてふと思い当たった。

そうだ。日本に帰るってことは、アシュラフとの別れも意味しているのだ。

俺がマラークを去ったら、たぶん二度と会うことはない。

その予感に、つきっと胸が痛んだ。

（……なんだ？）

今更《いまさら》そんなことで動揺《どうよう》するなんておかしいだろ？

そんなのとっくにわかりきってたことだ。

自分に苛立《いらだ》っている間に、アシュラフが歩み寄ってきた。俺のすぐ前で足を止める。

『ラシードのところに行っていたのか？』

『ああ、襲撃未遂《しゅうげきみすい》事件の説明を聞いてきた。……あんたは？』

『おまえを待っていた』

アシュラフの口から直截《ちょくせつ》に『待っていた』と告げられ、さらに心臓が落ち着かなくなった。

じっと自分を見つめる視線から、つと目を逸《そ》らした時、低音が落ちる。

『話がある』

『話？』

『昨夜《さくや》の天蓋《てんがい》の中の出来事についてだ』

『……………っ』

いきなり核心《かくしん》に斬《き》り込まれ、ドキッと心臓が跳《は》ねた。

その鼓動《こどう》に誘発《ゆうはつ》されたように、天幕での情事の記憶《きおく》が蘇りそうになる。それを思い出したら自分が混乱する予感がして、敢《あ》えて封印《ふういん》していた記憶の扉《とびら》が……。

(駄目《だめ》だ！　思い出すな)

俺は渾身《こんしん》の力で、わずかに開きかけていた記憶の扉を無理矢理閉じた。

あの夜の一部始終をリアルに思い出してしまったら、とてもじゃないが恥《は》ずかしくて、アシュラフの顔をまともに見られそうになかったからだ。

『襲撃《しゅうげき》を未然に防ぐまではそちらを最優先すべきだと思い、今まで触《ふ》れてこなかった』

どうやらアシュラフも、砂漠からの帰路では、敢えて話題として封印していたようだ。

だったら、もうそのままでいいじゃないか。

どうせアクシデントみたいなもんなんだから。

そんなふうに思った俺は、自分の考えを口に出した。

『わざわざ蒸《む》し返す必要あるのか？……別に……あれに意味なんかないだろ？』

とたんにアシュラフの表情が険しくなる。

『本当にそう思っているのか？　意味などなかったと？』

低い声音《こわね》で問い詰《つ》められ、俺はふて腐《くさ》れた声を出した。

『だって実際事故みたいなもんじゃん』

そう、あれはアクシデントだ。

俺にとっても、アシュラフにとっても、お互《たが》いに気持ちが伴《ともな》った行為《こうい》じゃない。媚薬《びやく》に苦しむ俺をアシュラフが体で慰《なぐさ》めてくれた。それには感謝している。でもそれだけのこと。

あの行為に意味なんてないはずだ。

もし。

仮にもし意味があったとしても。

自分たちは生きる世界が違いすぎる。

今はたまたま同じ場所にいるけど、一介《いっかい》の大学生でしかない自分と、世界的富豪《ふごう》でアラブの王子であるアシュラフとじゃ本来ステージが異なる。

アシュラフにとって王宮や砂漠での暮らしが日常でも、俺にとっては非日常。宮殿《きゅうでん》も砂漠も鷹《たか》も民族衣装も、ひとときの夢みたいなもんだ。

（あの夜のことだって……）

上手《うま》くいくわけがない。好きになったとしても……。

ぽろっと零《こぼ》れ落ちた心のつぶやきに、俺は眉《まゆ》をひそめる。

好き？

まさか。あり得ない。だってアシュラフは男だ。桂一は例外中の例外。男とか同性とかの前に、生まれてからずっと誰《だれ》より身近な理解者で……だから執着《しゅうちゃく》した。赤の他人に奪《うば》われたくなかった。男だから好きだったわけじゃない。

俺はゲイじゃない。だから男のアシュラフを好きになんかなるはずが……。

心が千々に乱れ、頭の中が激しく混乱する。こんがらがった思考を収拾《しゅうしゅう》できずにいると、苛立った顔つきのアシュラフが二の腕《うで》を摑《つか》んできた。そのまま ぐいっと引っ張られ、息がかかるほどの至近距離《しきんきょり》から黒い瞳《ひとみ》に射貫《いぬ》かれる。

『カズキ、本気でそう思っているのか？』

熱を帯びた視線と腕を摑む強い力に、ぞくっと全身が震《ふる》えた。

そのぞくぞくとした疼《うず》きが背筋を伝ってじわじわと下半身に集まっていく——身に覚えのある感覚に俺は焦《あせ》った。

（……ヤバい）

こんなのおかしい。

とっくに薬は切れているはずなのに……腕を摑まれたくらいで反応しそうになるなんて変だ。

自分の肉体を己《おのれ》の意志で御《ぎょ》せないことへの焦りでパニックになった俺は、アシュラフの拘束《こうそく》に抗《あらが》った。パシッと音を立てて手を払《はら》い、目の前の顔を睨《にら》みつける。

『俺は、あんたとは違う』

『……カズキ』

『俺は男なんか好きじゃない！』

自分に言い聞かせるように断じた刹那《せつな》、アシュラフがくっと眉根《まゆね》を寄せた。男らしく整った顔が見る間に歪《ゆが》む。

（あ……………）

傷ついた表情を見て、暴言を悔《く》いても遅《おそ》かった。

傷つけた。

体を張って窮地《きゅうち》から救い出してくれた恩人を、そのアイデンティティを否定するような言葉で傷つけてしまった。

加害者の俺のほうがショックを受け、頭が真っ白になる。

アシュラフの、どこかが痛むような苦しい表情を見ているのが辛《つら》くて――かといってどうフォローしていいのかもわからず、動転した俺はアシュラフの脇《わき》を擦《す》り抜けた。

『カズキ！』

後ろから声が追ってきたが足を止めず、自分の部屋のドアを開けて中に入る。

バタン！

閉じたドアに背中を預け、仰向《あおむ》いて息を吐《は》いた。

酷《ひど》い言葉で傷つけた上に逃《に》げた――卑怯《ひきょう》な自分に反吐《へど》が出る。

「最低だ……俺」

自分が悪いのはわかっていたけれど、戻《もど》ってアシュラフに謝る勇気はなかった。

『昨日の今日でもう発《た》つなんて……何もそんなに急がなくてもいいじゃないか。式典が終わって、これからやっとおまえにつきあえるところだったのに』

翌日の午後三時過ぎ。

宮殿の車寄せまで俺を見送ってくれた桂一が、腑《ふ》に落ちない顔つきでぶつぶつと零《こぼ》す。隣《とな》りに立つラシードも、『まったくだ。いろいろと連れて行きたい場所もあったのに』と桂一に賛同した。

文句を言われるのは朝から数度目だ。

兄とその恋人《こいびと》の恨《うら》み節を躱《かわ》すために、俺は肩《かた》を竦《すく》めた。

『砂漠《さばく》は充分《じゅうぶん》に堪能《たんのう》したし、それにバイトもあるしさ。もともと一週間の予定だったたし』

本当は、桂一を連れ帰るまでは粘《ねば》るつもりで、アルバイトのシフトも調整してあるけど、それを言ったらもっと逗留《とうりゅう》しろと言われるのは目に見えているので嘘《うそ》をつく。

『……そうか。アルバイトがあるんじゃ仕方ないな』

俺のアルバイト先である、伯父貴《おじき》のカフェが人手不足になるのは悪いと思ったのだろう。桂一が残念そうにつぶやく。

『せっかく遥々《はるばる》マラークまで来てくれたのにあまりつきあえなくて悪かったが、俺はおまえの顔が見られて嬉《うれ》しかった』

『俺も嬉しかったよ』

これは心からの言葉だった。元気な、そして幸せそうな桂一をこの目で見られてよかった。遠く離《はな》れた異国の長男を心配している両親にも「元気だったよ」と伝えることができる。それだけでもマラークに来た甲斐《かい》があった。

『空港まで見送ることはできないが、気をつけて帰れよ。あとでメールするつもりだが、父さんと母さんによろしく伝えてくれ』

『ああ、兄さんも元気で』

自然と「兄さん」という言葉が口をつき、ちょっと自分でも驚《おどろ》いた。

桂一と血が繋《つな》がっていないことを知り、自分の想《おも》いを自覚してからは兄弟の枷《かせ》が邪魔《じゃま》で、わざと下の名前で呼んでいたのだが……。

桂一に関しては、本当に吹《ふ》っ切れた自分を感じる。

(そういえば)

はっきりと自覚したのは昨日だが、それ以前から少しずつ、桂一のことを考えて切なく胸を焦《こ》がす回数が減っていた気がする。

他《ほか》のことで頭がいっぱいで、それどころじゃなかったせいもあるかもしれないが。

この一週間、桂一の代わりに思考の大部分を占《し》めていたのは――。

ふっと脳裏《のうり》にアシュラフの顔が浮《う》かんだ時、まるでそれを見透《みす》かしたかのようにラシードが尋《たず》ねてきた。

『アッシュには挨拶《あいさつ》したか？』

『あ、ああ……さっき』

これも嘘だった。アシュラフとは昨夜以来、顔を合わせていない。

気まずい別れのあと、俺の部屋がノックされることはなかった。

あんな酷い物言いをした俺に、呆《あき》れているか怒《おこ》っているか、どちらかだろう。

自分のほうからアシュラフの部屋に出向いていって謝るべきかと悶々《もんもん》としたが、どうしても勇気が出なかった。アシュラフの部屋で彼とふたりきりになるのが恐《こわ》かった。

アシュラフと話していると、どうしようもなく心が掻《か》き乱される。その言動にいちいち反応して突《つ》っかかり、結果易々とあしらわれて苛立《いらだ》って……余計なことを言ってしまう。

時には巧《たく》みなキスや愛撫《あいぶ》に女みたいに乱されて……自分が自分でなくなってしまう。

こんなにままならない自分は二十一年間で初めてで、これ以上アシュラフの近くにいたら、もっとおかしくなる予感がして嫌《いや》だった。

結局のところ俺は、部屋でひとり落ち着かない一夜を過ごし、朝を迎《むか》えた。

一晩まんじりともせずに考えて出した結論が、「気持ちの整理もついたことだし、どうせ帰るなら早いうちがいい」ということ。早く日本に帰って、本来の自分を取り戻したい。バイトして、ダチとつるんで、適当に気の合う女の子と遊ぶ――そんな普通《ふつう》の日常に。

早速《さっそく》荷造りをし、朝いちで桂一に「今日帰る」と告げた。驚き、慰留《いりゅう》されたが、俺の意志が固いと知ると諦《あきら》めたようだ。フライトの手配はラシードが侍従に申し付けてくれた。

幸か不幸か、アシュラフは朝から仕事が忙《いそが》しくて自室に籠《こ》もりっきりらしく、食堂にも顔を出さなかった。

正直ほっとした。逃げっぱなしは卑怯だとわかっていたけど、顔を見てしまったら、また余計なことを言ってしまいそうな気がするから。

(だから……これでいいんだ)

胸の中でひとりごちた俺は、ラシードの碧《あお》い瞳をまっすぐ見据《みす》えて口を開いた。

『ラシード。兄をよろしく頼《たの》む。兄はあんたのために警察を辞《や》め、家族と離れてここにいる。その献身《けんしん》を受け止めてやってくれ』

改まった物言いに、俺の真意が伝わったのか、ラシードが表情を引き締《し》める。

『わかっている。日本の父上や母上が心配なさることのないよう、この命に代えてケイを大切にする。必ず幸せにする』

真摯《しんし》な声音《こわね》の誓《ちか》いに、レンズの奥の切れ長の目を瞠《みは》った桂一が、『……殿下《でんか》』と声を詰《つ》まらせた。

ふたりを見つめる俺の口許《くちもと》に、覚えず笑《え》みが浮かぶ。

ラシードなら大丈夫《だいじょうぶ》だ。桂一を任せられる。きっと幸せにしてくれる。

『カズキ』

ラシードが椅子《いす》から立ち上がり、片手を差し出してきた。

『初めて会った時から思っていたんだが、おまえとはいい友人になれる気がする。今回はなかなか時間が作れなかったが、またぜひ遊びにきてくれ。マラークはおまえをいつでも歓迎《かんげい》する』

『……ありがとう』

存外に大きくてあたたかいラシードの手を、俺はしっかりと握《にぎ》り返した。


空港までは、ラシードの侍従《じじゅう》であるザファルが送ってくれることになった。ザファルと話をするのは、一週間前に空港に迎えに来てくれた時以来だ。

ゆったりとした後部座席に腰《こし》を落ち着けると、隣りに座ったザファルが声をかけてくる。

『マラークでのご滞在《たいざい》はいかがでしたか？』

『ああ……とても楽しかった』

ザファルはラシード襲撃未遂《しゅうげきみすい》事件や俺が拉致《らち》された経緯《けいい》を知っているはずだが、それに言及《げんきゅう》するつもりはないようなので、俺も敢《あ》えて話題には出さなかった。

『砂漠ツアーには行かれました？』

『アシュラフ殿下に連れていってもらった。ラクダに乗って、シャルマン族のシェイクの天蓋《てんがい》に泊《と》まった』

『それは大変にめずらしい体験をなさいましたね。マラーク人でも、都会に暮らす者は、ベドウィンと交流を持つ機会はほとんどありません。最近ではラクダに乗ったことのない子供も増えました』

『へぇ、そうなのか』

日本の都会の子供たちが、ミミズや蛙《かえる》を触《さわ》ったことがないのと同じようなもんか。

この先マラークの近代化が進む中で、いずれイシュクのような生粋《きっすい》の砂漠の民《たみ》は減り、ベドウィンたちも遊牧の生活を捨てて、石の家に住むようになるのだろうか。

そうなったら……アシュラフは唯一《ゆいいつ》の心の拠《よ》り所を失ってしまうんじゃないか。

ぼんやりとそんなことを考え、顔を曇《くも》らせてから、自分には関係のない話だと気がつく。

俺なんかが心配しなくても、側近とか秘書とか、アシュラフをサポートする優秀《ゆうしゅう》なスタッフは山ほどいるはずだ。それこそＭＢＡ出身とかの……。

俺みたいな一般《いっぱん》人が案じるまでもない。

（余計なお世話だよな）

そんなどうでもいいことに囚《とら》われていて、俺が積極的な受け答えをしないせいか、ほどなくザファルも話しかけてこなくなった。

幸いにして渋滞《じゅうたい》には引っかからず、リムジンは三十分ほどでファラフの中心地を抜《ぬ》け、ハイウェイに乗る。窓の外の景色も、近代的な街並みからナツメヤシの林や石の家が集まった小さな集落へと移り変わった。

やがてひび割れた大地が現れ、その礫《れき》砂《さ》漠《ばく》を覆《おお》う小さな石が、次第に砂粒へと変わっていく。

「……砂の海だ」

車窓に映り込む雄大《ゆうだい》な砂の大地に、俺は思わずつぶやいた。

何度見ても、そのたびに息を呑《の》んでしまう美しさ。

もちろん美しいばかりではなく、砂漠には人や動物の命を奪《うば》う荒々《あらあら》しい側面があることも、身を以《もっ》て知った。

それでもやっぱり、どうしようもなく魅入《みい》られる。

別れ際《ぎわ》にラシードは、『マラークはおまえをいつでも歓迎する』と言ってくれたけれど……

おそらくは二度と自分がこの地を踏《ふ》むことはないだろう。

最後かもしれない砂漠を目に焼きつけようと、ドアに体を寄せ、サイドウィンドウに顔を押しつけていた俺は、遥《はる》か遠くの砂丘《さきゅう》からゆっくりと近づいてくる黒い点に気がつき、目を凝《こ》らした。

近づくに従い、黒い点が大きくなり、徐々《じょじょ》にそのフォルムがはっきりしてくる。黒い翼《つばさ》を広げたようなあれは——。

とっさにウィンドウを下げ、窓から顔を出す。

『どうしましたか？』

驚《おどろ》いたようにザファルが尋《たず》ねてきた。

『鷹《たか》だ』

『鷹？』

訝《いぶか》しげな声を耳に、首を捻《ねじ》って上空を見上げる。いつしか鷹はハイウェイ上空に達していた。

旋回《せんかい》する鷹を捉《とら》えた刹那《せつな》、自分の鷹《アスファア》を腕《うで》に留まらせたアシュラフの姿が眼裏《まなうら》に蘇《よみがえ》った。

誰《だれ》よりも王者の風格を持ちながら、自ら王位継承権《けいしょうけん》を捨てた砂漠の獅子《アサド・サウド》。

鷹を意のままに扱《あつか》う男に薔薇《ばら》色《いろ》の砂丘の上で抱《だ》きすくめられた際の、胸の高鳴り。

漆黒《しっこく》の双眸《そうぼう》の奥に揺《ゆ》らめく情念の炎《ほのお》。

誰よりも勇猛《ゆうもう》で、神々《こうごう》しいまでに優美だった剣《つるぎ》の舞《まい》。

王宮の廊下《ろうか》での突然《とつぜん》のくちづけ。

その後拉致された自分を、危険を顧《かえり》みずに単身競《せ》り会場に乗り込み、救い出してくれた。

さらに、媚薬《びやく》の後遺症《こういしょう》で苦しむ自分を、その体で解放へ導いてくれた。

まだ体の奥に官能の残滓《ざんし》が残っている――天幕の中での情熱的で濃厚《のうこう》な交わり……。

アシュラフと過ごした日々が走馬灯のように蘇るにつれて、心臓を鷲《わし》づかみにされたみたいに、胸がぎゅっと締めつけられる。

(やっぱり……顔を見てくればよかった)

顔を見たら決心が鈍《にぶ》る――そう思って顔を合わせないまま王宮を出てきてしまったけれど。

意地を張らずに部屋を訪《おとず》れ、昨夜の非礼をきちんと詫《わ》びて、その上でちゃんと別れの言葉を口にしてくればよかった。そうすれば、こんなふうに、後ろ髪《がみ》を引かれるような思いには囚われなかったかもしれない。

……馬鹿《ばか》だ。

だが今更後悔《いまさらこうかい》しても遅《おそ》すぎる。

奥歯をきつく嚙《か》み締めた時だった。遠くから聞こえる虫の羽音のような音につられ、音のする方角へ視線を向けた俺は、先程《さきほど》の鷹よりずいぶんと大きな「何か」がこちらに近づいてくるのを認め、双眸を細めた。

バラバラバラと音を立てて接近してきたそれは、見る間に視界を遮《さえぎ》るほどの大きさになり、低空でリムジンと併走《へいそう》する。

『……ヘリ?』

『な、なんですか⁉』

鷹に続いて現れたヘリコプターに、ザファルが面食《めんく》らった声を出した。俺だってわけがわからない。だが、どうやらこのリムジンに用があるらしいことはうっすらわかる。

『車を停《と》めろ！』

俺と同じ見解を持ったらしいザファルが叫《さけ》び、運転手があわててリムジンを側道へ寄せてブレーキを踏んだ。するとヘリがリムジンを追い越《こ》し、十メートルほど先のハイウェイにふわりと着地する。ヒュンヒュンと回転するブレードの風圧で砂漠の砂が舞《ま》い上がった。

何が起ころうとしているのか予想もつかず、ザファルとふたりで呆然《ぼうぜん》と前方のヘリを見つめていると、ドアが開き、中からひとりの男が降りてくる。

黒髪《くろかみ》をなびかせ、白い民族衣装の裾《すそ》を翻《ひるがえ》しながらこちらに向かって歩いてくる長身の男を見て、俺は『あっ』と声をあげた。

二度と相見《あいまみ》えることはないと思っていたその姿に、『アシュラフ⁉』と叫ぶ。

『アシュラフ殿下《でんか》⁉』

ザファルも両目をまん丸に見開いて硬直《こうちょく》している。

フリーズする俺たちを尻目《しりめ》に大股《おおまた》でハイウェイを直進してきたアシュラフが、リムジンの脇《わき》に立って後部座席のドアをガチャッと開けた。身を屈《かが》めて車内を覗《のぞ》き込んできたかと思うと、俺と目が合うなりやにわに、腕をむんずと摑《つか》んでくる。

『来い！』

『ちょっ……いきなりなんだよっ』

抗議《こうぎ》の声は無視され、有無《うむ》を言わさぬ強さで車外へ引きずり出された。そのままぐいぐいと数メートル引きずられる。俺を乱暴に引っ立て、来た道を引き返すアシュラフの横顔はいつになく厳しい。眉間《みけん》の深い縦筋。きつく引き結ばれた唇《くちびる》。

(すげー怒《おこ》ってる？)

その全身から立ち上る剣呑《けんのん》なオーラに怯《ひる》みつつ、『なぁ、アシュラフ、一体……』と問いかけた直後、アシュラフがぴたりと足を止めた。

『どうし……』

続きを口にしかけた声が途切《とぎ》れる。

くるりと身を返したアシュラフの胸に、不意打ちで抱き寄せられたからだ。

『…………っ』

掻《か》き抱《いだ》くみたいにぎゅっときつく抱き締《し》められ、息を呑む。大きくて硬《かた》い胸の中で、俺は硬直した。何が起こったのか、一瞬《いっしゅん》わからなかった。

わかるのは、密着したアシュラフから伝わってくる「熱」と、速い鼓動《こどう》。

逞《たくま》しい腕に締めつけられた場所がビリビリと痺《しび》れ、頭の芯《しん》が白く霞《かす》む。

(気が遠くなりそうだ……)

『アシュ……苦しい』

喘《あえ》ぐように訴《うった》えた瞬間、背後からパッ、パーッとクラクションが浴びせかけられた。

はっと我に返って振《ふ》り返れば、堰《せ》き止められた車が縦列を作っている。リムジンは側道に停まっているので問題ないが、その先のヘリが二車線の流れを塞《ふさ》いでしまっているのだ。対向車線は流れているものの――。

俺はあわててアシュラフの胸を押し返し、体を引き剝《は》がした。

『おい！　ここ、公道の真ん中だぞ！』

『それがどうした』

不敵な低音で切り返され、耳を疑う。

『ど、どうしたって……まずいだろ？　公衆の面前だし、通行の邪魔《じゃま》になってるし。ヘリ、どけないと』

『おまえが大人しく乗ればすぐに飛び立つ』

『……は？』

『俺に挨拶《あいさつ》もなしに帰国するなど許さん』

『はぁ⁉』

面食らった声を出して、怖《こわ》い表情で睨《にら》みつけられた。

『おまえが勝手に帰ったりするから、強硬《きょうこう》手段を取るしかなかった』

ぐっと詰《つ》まる。

確かに、挨拶しないで帰ったのは礼儀《れいぎ》を欠いたかもしれないけど、だからってここまでする必要あるか？

『勝手にって……んなの俺の自由だろ？』

上目遣《うわめづか》いに反論すると、アシュラフが片眉《かたまゆ》を跳《は》ね上げた。憮然《ぶぜん》とした顔つきで言い放つ。

『ならば俺もおまえを攫《さら》うのは自由だ』

『攫うって……あんた』

犯罪行為《こうい》を堂々と宣言され、呆気《あっけ》にとられる。

大人で、クレバーで、優美で、余裕綽々《よゆうしやくしやく》と隙《すき》を見せず、いつだって悠然《ゆうぜん》と構えていたはずの男の、周りの迷惑《めいわく》を顧みない暴挙。

(この人、こんなキャラだったか？)

文句があるなら言ってみろ、と言わんばかりの傲慢《ごうまん》顔をまじまじと見つめているうちに、腹の底からくすぐったいような気分が込み上げてくる。

なんだかおかしい。俺の知ってるアシュラフと違《ちが》う。まるで駄々《だだ》っ子みたいだ。

『あんた……意外と大人げないな』

口許《くちもと》を緩《ゆる》めた俺に、アシュラフが漆黒の双眸をじわりと細めた。

『正直なことを言えば、俺もここまで自分が向こう見ずになれるとは思わなかった。だが、おまえが俺に何も言わずに発《た》ったと知った瞬間、すべての抑制《よくせい》が吹《ふ》き飛んだ』

『……アシュラフ』

『曾祖父《そうそふ》の代まで、ハリーファ家はベドウィンの一部族に過ぎなかった。有形的な資産への執《しゅう》着《ちゃく》は薄《うす》いが、欲しいと思ったものは己《おのれ》の欲望《よくぼう》の赴《おもむ》くままに奪《うば》ってでも手に入れる。それが砂漠《さばく》の民《たみ》の本質だ。自分の中にも、熱きベドウィンの血が脈々と流れていることを、おまえが思い出させてくれた』

そう告げるアシュラフの目は真剣《しんけん》で、これは冗談《じょうだん》ではないと気がつかされる。

『おまえを帰したくない』

切なる声に、トクンッと鼓動が脈打った。

必死なのだ。

俺のために王族のプライドも外聞もかなぐり捨てて……追いかけてきてくれた。スマートとはほど遠い方法で、俺の帰国を阻《はば》もうとした。

目の前のアシュラフの顔には、少しの余裕もない。

今、俺の腕《うで》を摑んでいるのは、剝《む》き出しの感情をぶつけてくる、ひとりの人間。

王族である前に、世界有数のセレブである前に、傷つきもすればエゴもある、ひとりの男。

『――帰したくない』

切々と繰《く》り返す、すべての鎧《よろい》を取り払《はら》った生身のアシュラフの懇願《こんがん》に、胸が灼《や》けるみたいに熱くなる。

愛《いと》おしかった。

自分をここまで欲しがってくれる男が、心から愛おしかった。

込み上げる感情に圧《お》され、俺は乾《かわ》いた唇を開いた。

『こんな泥臭《どろくさ》くて強引《ごういん》なやり方、全然あんたらしくねぇよ』

視界の中のアシュラフの顔が歪《ゆが》む。傷心を隠《かく》しもしない。

『カズ……』

何か言いかけたアシュラフを、『でも』と遮《さえぎ》った。

『……そんなあんた、悪くない』

『カズキ？』

不意を突《つ》かれたような無防備な表情に向かって言葉を継《つ》ぐ。

『むしろ好みだ』

驚《おどろ》きの表情がみるみる歓喜《かんき》のそれに取って代わられていくのを、俺は幸せな気分で眺《なが》めた。

『……もう一度言ってくれ』

掠《かす》れた声でねだられ、持ち上げた腕をアシュラフの首に巻きつける。引き寄せた男の耳にそっと『あんたが好きだよ』と囁《ささや》いた。

9

俺とアシュラフを乗せたヘリはハイウェイを飛び立ち、出発地点から西南へ三十分ほどの距《きょ》離《り》にあるアシュラフの別邸《べってい》へ向かった。

飛び立つ前、取り急ぎヘリを移動させて交通渋滞《こうつうじゅうたい》を解消したアシュラフは、狐《きつね》につまれたような表情のザファルに、『俺からものちほど連絡《れんらく》を入れるが、「カズキは帰国を取りやめて俺の別邸にしばらく逗留《とうりゅう》する」とラシードに伝えてくれ』と言付けた。

『かしこまりました。あの、カズキ様のスーツケースはいかがいたしましょう？』

『今日中に別邸に届けてくれ』

『では、そのように手配いたします』

脳裏《のうり》に浮《う》かんでいたであろう数々の疑問は口に出さず、柔順《じゅうじゅん》に王子の指示に従うザファルに、俺は、『迷惑かけてごめん』と謝った。頭を下げてから、『迷惑ついでにフライトのキャンセルもよろしく』と付け加える。

尻《しり》ぬぐいをさせてザファルには本気で申し訳ないと思ったし、事情を知ったラシードと桂一の驚く顔が目に浮かびもしたけれど、こうなった以上は、このまま日本に帰るわけにはいかなかった。

アシュラフと落ち着いた場所できちんと、これからのことを話さなければならない。そう思って取るものもとりあえずヘリに乗り込んだのだが――別邸に着くまでの間、傍《かたわ》らのアシュラフは俺の手を握《にぎ》って放さなかった。

空の上だし逃《に》げようがないのに、そうしていないと不安でたまらないようだ。どうやら俺が黙《だま》って帰国しようとしたのが、相当にショックだったらしい。

（……悪かったな）

あの時は気持ち的にいっぱいいっぱいだったし、まさかアシュラフが自分の帰国にそこまで衝撃《しょうげき》を受けると思わなかったのだが、やっぱり何も言わずに逃げたのは卑怯《ひきょう》だったと反省する。

ふたりだけになったらまずはちゃんと謝って、そこに至った自分の気持ちの流れを説明しよう。――そう心に決める。

アシュラフの別邸は、ファラフ郊外《こうがい》の砂漠のオアシスに建つ、白い石造りの建物だった。上空から眺めると、砂漠に敷《し》き詰められた緑の絨毯《じゅうたん》に白亜《はくあ》の館《やかた》が映《は》え、さながら一幅《ぷく》の絵のようだ。

青々とした芝《しば》、ナツメヤシの林、果実や花で埋《う》まったガーデン、プール、噴水《ふんすい》、天蓋《てんがい》付きの東屋《あずまや》、敷地《しきち》内に整然と張り巡《めぐ》らされた水路も見える。ファラフの王宮よりはずいぶんと小振《こぶ》りだが、単なる別荘《べっそう》と呼ぶには抵抗《ていこう》がある広さだ。

『成人の折に父上に譲《ゆず》っていただいた別邸だ。個人的には気に入っているんだが、立ち寄れるのは年に一度ないし二度なので、留守を任せている使用人も数人しかいない。だが数日過ごすには充分《じゅうぶん》だろう』

アシュラフの説明に、ひそかにため息が零《こぼ》れる。

成人祝いのプレゼントっていうのも別次元だが、所有する家屋敷《いえやしき》はここだけじゃないはずだ。ホームグラウンドの米国をはじめ、たぶん世界中に不動産を持っているんだろう。往きの飛行機から見た、ドバイの人工諸島「ザ・ワールド」の島のひとつやふたつ、持っていたっておかしくない。

(やっぱ違うよな)

庶民《しょみん》である自分との差を思い知った気分でいると、まるでそれを察したかのように、アシュラフが握っていた手にぎゅっと力を込めてきた。

『……………』

なんとなく励《はげ》まされた気になって、俺も操縦者に気がつかれないようこっそりと握り返す。あったかくて大きな手に包まれていると、胸の中の靄《もや》が晴れていく気がした。

そうだ。もう、そこに囚《とら》われてグルグルするのはやめよう。

さっき俺は、なりふり構わず自分を追ってきたアシュラフの「求め」に応じたいと思った。身分差とか、男同士とか、関係なく。

俺も欲しいと思ったから……だから「攫《さら》われた」んだ。

差し出されたアシュラフの手を取り、今、一緒《いっしょ》にいる。それだけが事実だ。

どんなに生きる世界が違《ちが》っても関係ない。

ともすればマイナス思考に傾《かたむ》きかける自分に言い聞かせているうちに、ヘリが急降下する。

一番高い建物の屋上に設置されたヘリポートには、機内からのアシュラフの連絡を受けた三人のスタッフが待っていた。中でも一番年嵩《としかさ》の中年女性が、ヘリを降りた俺たちの前へにこやかに進み出てくる。

『お待ちいたしておりました。アミール・アシュラフ』

恭《うやうや》しく傅《かしず》く女性に、アシュラフが『突然《とつぜん》ですまない』と声をかけた。

『滅相もございません。お客様をお連れいただき、光栄でございます。ご指示いただきましたお部屋を整えてございます』

アバヤ姿の女性に案内されて建物の中に入る。屋上から階段を使って一階へ。建物の様式自体はアラブ調だったが、よく見れば家具や装飾品《そうしょく》はモダンなデザインが多く、全体的にシックなテイストだ。

『なんか……デザートリゾートって感じでいい雰囲気《ふんいき》だな』

廊下《ろうか》を歩きながらの俺のつぶやきに、アシュラフがうなずいた。

『父上から譲《ゆず》り受けてから、NYのインテリアコーディネーターに頼《たの》んで改装したんだ。できるだけリラックスできる空間を作って欲しいと依頼《いらい》した』

『……だからか』

ファラフの王宮はとても美しいが、金や鮮《あざ》やかな色調の装飾が多いせいで少し目が疲《つか》れるのと、美術品のような調度品を傷つけたらどうしようと常時緊張《きんちょう》を強《し》いられていたので、ここに来てほっと気持ちが安らぐ気がした。

そうこうしている間に一階の最奥に辿《たど》り着き、部屋の前に立った女性が二枚扉《とびら》を開ける。

ドーム型の天井《てんじょう》を擁《よう》した部屋の中は、ベージュからブラウンという、落ち着いた色合いのグラデーションで纏《まと》められていた。壁《かべ》は風合いを活《い》かした漆喰《しっくい》で、床《ゆか》は石材にアラベスク織りの絨毯が敷かれている。テーブル、椅子《いす》、ソファ、チェストなどの調度品はすべて木製。カーテンやクッションなどのファブリック類は白で統一されていた。

広々とした部屋の一面が全面ガラス張りになっており、開け放たれたガラスの扉の向こうはテラスになっている。部屋の中程《なかほど》からもテラスに設《しつら》えられたプライベートプールの水面が見え、さらにその向こうに広がる砂漠《さばく》も見渡《みわた》せた。

ここから望む、砂漠に落ちる夕陽《ゆうひ》は、きっと息を呑《の》むほど美しいに違いない。

『アミール、何か召《め》し上がりますか』

『いや』

『かしこまりました。こちらにお飲み物の用意がございますが』

女性が、テーブルの上に置かれたウェルカムフルーツの鉢《はち》と、チャイのセットを指し示す。

『お注《つ》ぎいたしましょうか』

アシュラフが無言で片手を払《はら》った。主人の苛立《いらだ》ちを敏《さと》く感じ取ったのだろう。それ以上は言葉を重ねず、女性は退出した。

二枚扉が閉まり、ふたりきりになったとたん、アシュラフが俺の二の腕《うで》を摑《つか》み、ぐいっと引き寄せる。抗《あらが》う間もなくその胸に抱《だ》き込まれ、ぎゅっと抱き締《し》められた。

『アシュ……』

苦しいと訴《うった》える前に顎《あご》を摑まれ、持ち上げられる。すぐに唇《くちびる》を塞《ふさ》がれ、隙間《すきま》をこじ開けられた。

『んっ……』

反射的に身じろぎかけた腰《こし》を片手でホールドされ、さらにもう片方の手で首の後ろを固定される。

歯列を割って押し入ってきた熱い舌が、その性急さに戸惑《とまど》う俺の舌をすかさず搦《から》め捕《と》り、嬲《なぶ》る。少し乱暴なくらいに激しく口腔《こうこう》内を掻《か》き混ぜられ、体温が急激に上がった。

『ふっ……んっ……っ』

ピチャピチャと濡《ぬ》れた音が耳殻《じかく》に響《ひび》き、眦《まなじり》がじわっと熱を持つのを感じる。

砂漠の熱砂のようなくちづけ。

甘くて熱くて……蕩《とろ》かされそうだ。

口腔内を貪《むさぼ》られる気持ちよさに頭がぼぅっとしかけた頃《ころ》、ゆっくりと唇が離《はな》れる。名残惜《なごりお》しげに上唇を食《は》んだあとで、やっとくちづけを解かれた。

はぁはぁと胸を喘《あえ》がせ、潤《うる》んだ両目をうっすら開く。視界に黒い瞳《ひとみ》が映り込んだ。漆黒《しっこく》の双《そう》眸《ぼう》の奥には、情念の炎《ほのお》がゆらゆらと揺《ゆ》れている。

『本当は、昨夜の時点で決着をつけてしまいたかった。だがおまえが混乱している様子だったので一晩待つことにした。火急の用件を片付けたあとで、今日こそじっくりおまえを口説き落とすつもりだったのに……ラシードの口から帰国を知らされた俺がどんな気分だったか……わかるか？』

責めるような声音《こわね》に、俺は目を伏《ふ》せた。これについては謝るしかない。

『それは……ごめん。黙って帰ろうとしたのは本当に悪かった。――それと』

視線を上げ、まっすぐアシュラフを見返して謝罪の言葉を紡《つむ》ぐ。

『昨夜のあれは俺の失言だ。あんたを傷つけるつもりはなかった。自分でもあの時はいろいろ混乱してて……男のあんたに惹《ひ》かれ始めている自分に戸惑って……認めたくなくて……気がついたらあんなふうに口走っていた。すまない』

アシュラフが双眸を細めた。

『気にしなくていい。あれがおまえの本心でないことはわかっていた。それより胸が痛んだのは、おまえにあの夜の交わりを「意味などなかった」と拒絶《きょぜつ》されたことだ』

『俺……意味ないどころか、本当は意識しすぎなくらい意識してて……でもそんな自分に抵抗があった。あんたにとってもあれは、やむを得ない成り行きだったはずだし……』

『確かにはじめは、媚薬《びやく》に苦しむおまえを解放したい気持ちに圧《お》されての行動だった。だがいつの間にか、より己《おのれ》の欲望《よくぼう》に強く突《つ》き動かされていた。あそこまで我を忘れ、夢中になったのは初めてだった』

射すくめるような熱い眼差《まなざ》しに、ぞくっと背筋が震《ふる》える。

『最後まで抱いたのは、おまえが欲しかったからだ』

低く囁《ささや》いたアシュラフが、愛撫《あいぶ》するようにそっと首の後ろを撫《な》で上げた。

『思えば……最初の出会いから惹かれていた。隙《すき》あらば取り入ろうとする人間ばかりの中で、おまえは至って自然体だった。俺の素性《すじょう》を知ったのちも、おまえの態度は変わらなかった。俺に対して言葉を改めないのはおまえだけだ』

苦笑《くしょう》混じりに指摘《してき》され、顔が若干《じゃっかん》赤くなる。不敬だとわかっていたけれど、これがありのままの自分だという想《おも》いもあった。たぶん、今後も改められない。

『ごめん』

『謝る必要はない。おまえは誰《だれ》にも媚《こ》びず、臆《おく》せず、生き生きと伸《の》びやかで、ベドウィンと同じ自由な魂《たましい》を持っている。おまけに気が強くて跳《は》ねっ返りで……それだけでも充分に魅力《みりょく》的だったが、あの砂嵐《すなあらし》の中でわずかな可能性に賭《か》け、困難に打ち克《か》とうとする鋼の心に、ますます気持ちを持っていかれた』

手放しの賞賛に顔がさらに熱くなる。

そんなふうに誉《ほ》めてもらえるような立派な人間じゃないと自分が一番わかっているけど、それでもアシュラフにそう言ってもらえるのは嬉《うれ》しかった。

『あの時おまえに背中を押され、無謀《むぼう》とも思える賭《かけ》に出て、結果的に俺は大切な身内を失わずに済んだ。改めて礼を言う。ありがとう』

決して口先だけでないとわかる真摯《しんし》な謝辞に胸が震える。

『ハリーファ王家にとっておまえは恩人だが、俺にとってはそれ以上の価値を持つ。最初の出会いの際、名前を聞かずに別れたことを酷《ひど》く後悔《こうかい》したが、俺たちを引き合わせた神は劇的な再会を用意していてくれた。その後、王宮でふたたび相見《あいまみ》えた時に、これはもう運命だと確信した』

常人が口にすれば陳腐《ちんぷ》に聞こえるだろう「運命」なんて言葉も、アシュラフから発せられれば不思議と説得力を持つ。

（最初の出会いから……）

俺だって同じだ。

たぶん出会った時から、強い光を放つその黒い瞳に魅《み》せられていた。

飛行機の中でエキゾティックな美貌《びぼう》に視線を奪《うば》われ——目を離せなかった時にはもう、惹かれ始めていたのかもしれない。

まさに運命的だった王宮での再会のあと、その押しの強さやからかうような物言いに反発しながらも、いつしか……砂漠の男を体現する器《うつわ》の大きさ、大人の包容力に惹かれていく自分を止められなかった。

絶体絶命の窮地《きゅうち》を救い出されたことで、その気持ちはいよいよ増し——。

少なくともあの砂嵐の中で、「アシュラフと離れたくない。この男を失いたくない」と思った時にはすでに恋《こい》に落ちていたのだと思う。

降り積もる砂のように刻一刻と想いが募《つの》り、気がつくと、闇色《やみ》の瞳を持つ誘惑者《ゆうわく》に囚《とら》われていた。

今はひたひたに満ちた想いを胸に、アシュラフを熱く見つめていると、ふと懸念《けねん》を思い出したかのように男らしい眉《まゆ》が寄る。

『……まだ、ケイに気持ちが残っているのか』

『……ケイ？』

鸚鵡《おうむ》返《がえ》しにしてほどなく、男が何に対して懸念を抱いているのかに気がついた。

『桂一のことなら吹《ふ》っ切れたよ。そうでなけりゃ日本に帰ろうとしたりしない』

憂《うれ》いを含《ふく》んだアシュラフの表情が一転、歓喜《かんき》に輝《かがや》く。

はじめはむかつくくらいに余裕綽々《よゆうしゃくしゃく》で、摑み所がない男だと思っていたけれど、こうしてその懐《ふところ》に飛び込んでみれば、思っていたより全然わかりやすい。

神秘的な黒い瞳も、砂漠《さばく》の夜の星のごとく饒舌《じょうぜつ》であることに気がつく。

（かわいい……なんて言ったらマラークの国民に怒《おこ》られるかもしれないけどな）

世界有数のビリオンダラーでアラブの王子なのに、自分なんかの言葉で一喜一憂《いっきいちゆう》する男が愛《いと》おしくてたまらなくなった。

『てゆーか、吹っ切れさせてくれたのは、あんただ』

『カズキ？』

『あんたが言ったんじゃないか。「おまえにはおまえの運命の相手がいる」って。あれって、あんたのことだろ？』

美丈夫《びじょうぶ》が幸せそうに微笑《ほほえ》む。

『カズキ……おまえを愛している。――俺の運命《マスイール》』

近づいてきた唇に囁かれ、俺も微笑み返す。そうしてその睦言《むつごと》ごと、甘いくちづけを受け入れた。

舌と唇で、たっぷりとお互《たが》いの口腔内を味わい尽《つ》くしたあと、アシュラフが俺をひょいっと横抱《よこが》えにする。いわゆる「お姫様抱《ひめさまだ》っこ」された俺は、抗議《こうぎ》の声を出した。

『よせって。下ろせよ』

『自分じゃベッドまでは歩けないだろう？』

その指摘は悔《くや》しいが「当たり」だった。欲情《よくじょう》を煽《あお》るキスのせいで体の芯《しん》に火が点《つ》き、すっかりグズグズになってしまっている。

キスだけで腰砕《こしくだ》けなかっこ悪い自分を見抜《みぬ》かれた悔しさも手伝い、俺はぶっきらぼうに『んじゃ早くベッドに連れていけよ』と命じた。

するとアシュラフが肉感的な唇《くちびる》の端《はし》を持ち上げる。

『仰《おお》せのままに。我が花嫁《はなよめ》』

誰が花嫁だと腹が立ったが、歩けないのは本当なので、黙《だま》って首にしがみつくしかない。男を抱きかかえても微塵《みじん》も揺るぎのない足取りのアシュラフが、壁《かべ》を馬蹄形《ばていけい》にくり抜《ぬ》いたアーチをくぐった。

そのままままっすぐ天蓋《てんがい》付きのベッドまで歩み寄り、サテンのドレープを片手で手繰《たぐ》って、真っ白なリネンの上に俺を下ろす。驚《おどろ》いたことにこのベッドだけで、俺の東京の自室くらいの広さがあった。何回寝返《ねがえ》りを打っても、床《ゆか》に落ちる心配はなさそうだ。

身を起こす前にアシュラフがベッドに乗り上げてきて、俺を仰向《あおむ》けに組み敷《し》く。

両手をシルクのリネンに縫《ぬ》い付けられた俺は、頭上の漆黒の双眸を見上げた。

俺をまっすぐ射貫《いぬ》く、熱を孕《はら》んだ眼差し。

初めて体を繋《つな》げた夜——あの時の俺は、媚薬に体を蝕《むしば》まれていた。意識も半ば朦朧《もうろう》としていた。でも今はまったくの素面《しらふ》だ。アルコールも薬も入っていない。

それでも、こうしてアシュラフの熱っぽい視線に晒《さら》されるだけで、体がじわじわと火照《ほて》り、すでに兆《きざ》し始めていた欲望もいっそうの熱を持つ。

摑《つか》まれている手首が……熱い。

全身の細胞《さいぼう》が、アシュラフを欲しがっているのを感じる。

（……欲しい）

あんたが欲しい。

さすがに口に出すのは気恥《きは》ずかしくて目で訴《うった》えた。

欲情した俺の視線を受け止めていたアシュラフが、じわりと双眸《そうぼう》を細める。身を屈《かが》め、ちゅっと俺の唇からキスをかすめ取ったかと思うと、ふたたび上半身を起こし、膝立《ひざだ》ちの体勢で衣類を取り始めた。

まずローブを脱《ぬ》いで床に投げる。続いて腰《こし》のサッシュを取り外した。首許《くびもと》をくつろげ、トウブを頭から勢いよく脱ぎ去る。

現れた褐色《かっしょく》の見事な肉体に、俺は息を呑《の》んだ。初めての時はアシュラフは衣類を脱がなかったし、俺もそれどころじゃなかったので、まともにその裸体《らたい》を見るのは初めてだ。

薄々《うすうす》そうじゃないかと想像はしていたけれど、目の前にあるのは想像を超《こ》える肉体だった。逞《たくま》しい首から肩《かた》、腕《うで》にかけての官能的な隆起《りゅうき》。鎖骨《さこつ》から形よく盛り上がった胸筋。綺麗《きれい》に割れた腹筋。引き締《し》まった腰。ソリッドで無駄《むだ》なものはひとつもない。シャープさと成熟が融合《ゆうごう》した肉体からは、男の濃厚な色香《いろか》が匂い立っている。

（……すげー）

同じ男としてコンプレックスを感じる以前に、感嘆《かんたん》の吐息《といき》が漏《も》れた。俺の羨望《せんぼう》の眼差《まなざ》しに気がついているのかいないのか、足首までの長さのシルクの下衣一枚になったアシュラフは、次に俺を脱がしにかかった。

『あ……いいよ。自分でやるから』

そう言ってシャツのボタンに手をかけたのだが、『俺から楽しみを奪うな』と制された。

『おまえはじっとしていろ』

命じられ、仕方なく手を下ろす。アシュラフが満足そうにうなずき、シャツのボタンをすべて外して前を広げた。

あらわになった無防備な胸から腹にかけてを、視線でじっくりと辿《たど》られ、むずっと背中が疼《うず》く。

女じゃないから恥《は》ずかしくはないけど、そんなに熱心に見られることに慣れてないから、なんとなくいたたまれないっていうか。

『何そんなじろじろ見てんだよ？　あんたと違《ちが》って俺なんか大した体じゃないし……』

『象牙《ぞうげ》の肌《はだ》だな』

『は？』

『白いだけじゃない。ぴんと張りがあって引き締まっている』

『そっかな……』

完璧《かんぺき》な肉体の持ち主に誉《ほ》められても、いまいち実感が湧《わ》かない。

首を捻《ひね》っている間にアシュラフがさらに俺のジーンズのボタンを外し、ファスナーを下ろした。さすがに下は気後《きおく》れがあったが、今更抵抗《いまさらていこう》するのも意味がないと開き直り、されるがままに脱がされる。

一糸纏《まと》わぬ全裸《ぜんら》になった俺は、照れ隠《かく》しにアシュラフを睨《ね》めつけた。熱を帯びた黒い瞳《ひとみ》を見返して、挑発《ちょうはつ》的に問う。

『俺の体、好き？』

アシュラフがふっと口許を緩《ゆる》めた。

『ああ……若鹿《しか》のようなすらりと長い手足も、抱き締めるのにちょうどいい腰も、瑞々《みずみず》しい果実のような乳首《ちくび》も、手のひらに収まるきゅっと引き締まった小さな尻《しり》も……すべてが俺好みだ』

赤裸々《せきらら》な言葉を連ねられて赤面したが、好みと言われて悪い気はしない。

別に見た目がすべてとは思わないし、過去に俺よりもっとルックスのいい恋人《こいびと》がいただろうこともわかっていたけど、それでも今、アシュラフが自分の体を気に入ってくれているならそれでいい。

『肌触《はだざわ》りもいい……』

どこかうっとりとした声音《こわね》でつぶやいたアシュラフが、俺の片脚《かたあし》を持ち上げ、内側の皮膚《ひふ》を唇で辿る。時折、やわらかい部分をざらりと舐《な》める舌の感触《かんしょく》に、びくんっと腰が跳《は》ねた。

『んっ……くっ』

ゆっくりと脚《あし》の付け根まで降りてきた唇が、ちゅっと音を立てて離《はな》れたかと思うと、やおら勃《た》ち上がりかけていた欲望《よくぼう》を口に含《ふく》む。

『あっ』

熱い粘膜《ねんまく》に包まれた衝撃《しょうげき》に声が飛び出た。反射的に逃《に》げようとしたが、脚に乗り上げられ、がっしりと腰を押さえつけられているので果たせない。

『ちょ……アシュ……待っ』

王子にフェラチオさせるなんてアリかよ？

狼狽《ろうばい》する俺をよそに、アシュラフがペニスを口全体で愛撫《あいぶ》し始める。

『う……あぁっ』

舌先で裏筋を辿られ、感じる場所をきゅうっと吸われ、軸《じく》に舌を這《は》わせられて、ぞくぞくっと背筋に快感が走った。

シャフトを唇で扱《しご》く一方で、双球《そうきゅう》を大きな手で転がすように揉《も》みしだかれ、先端《せんたん》からつぷっと蜜《みつ》が溢《あふ》れたのが自分でもわかる。鈴口《すずぐち》から溢れ出た先走りを、わざと音が出るように啜《すす》られて、びくびくと腰が震《ふる》えた。

『んっ……く、んっ』

フェラチオはお初じゃないが、ここまでツボを心得た愛撫は初めてだった。さすがに男のイイところを熟知している。舌の使い方も絶妙《ぜつみょう》だ。舌先でちろちろと尿道口《にょうどう》を刺激《しげき》されて、口の中で欲望がビクビクと跳ねる。

(気持ち……いい)

ヤバいくらいに……いい。あまりに気持ちよくて頭がぼぅっとしてきた。

舌と唇、そして歯を駆使《くし》した巧《たく》みな口戯《こうぎ》にたちまち追い上げられ、腰が淫蕩《いんとう》に揺《ゆ》れる。呼吸が忙《せわ》しくなり、唇が開き、瞳が潤《うる》む。

俺は無意識のうちに、アシュラフの頭に手を伸《の》ばしていた。黒髪《くろかみ》に指を絡《から》め、縋《すが》るみたいに摑む。

『アシュラフ……』

吐息混じりの切ない声で、恋人の名前を呼んだ。

このままだと、口の中に出してしまう。それはまずい。気持ちいいけど、それは駄目《だめ》だ。

(ヤバいって)

やめて欲しいのか、続けて欲しいのか、自分でもわからなくなり、頭が混乱している間にも、体はどんどん熱を上げる。急激な射精感に顔を歪《ゆが》め、俺は懸命《けんめい》にアシュラフの頭を押し戻《もど》した。

『アシュラフッ……出る！』

だが、アシュラフはびくとも動かない。むしろ早く出せと言わんばかりに、愛撫を強めてきた。

『で、出るっ……から、放せっ』

切羽詰《せっぱつ》まった声が喉《のど》をつく。腰が大きくうねる。絶頂の予兆にペニスがぶるっとおののく。なのに唇《くちびる》で引き絞《しぼ》るみたいにきつく扱かれて、もはや堪《こら》えることはできず、俺は最後の抑制《よくせい》を手放した。

『出ちゃ……あっ……あっ……あぁ――ッ』

腰を震わせ、とぷっ、とぷっ、とぷっと、三度にわたって精を吐《は》き出す。アシュラフは躊躇《ためら》うことなく、そのすべてを呑み下した。

『はぁ……はぁ』

薄《うす》く開いた視界に、尖《とが》った喉仏《のどぼとけ》を上下させるアシュラフが映り、小さく『……あ』と声を出す。

『呑んだ……のか？』

怖々《こわごわ》確かめると、アシュラフは濡《ぬ》れた唇を拭《ぬぐ》い、艶然《えんぜん》と笑った。

『甘くて美味《うま》かったぞ』

『……嘘《うそ》つけ』

そんなもの美味いわけがない。苦くて青臭《あおくさ》くて、呑《の》めた味じゃないはずだ。ザーメンの味を想像して顔をしかめていると、アシュラフが手を伸ばしてきて頬《ほお》に触《ふ》れる。

『嘘じゃない。……おまえは気持ちよかったか？』

慈愛《じあい》に満ちた声の問いかけに、こくりとうなずいた。

咥《くわ》えられているところから、とろとろに溶《と》けそうだった。

『すげーよかった。あんた、フェラ上手《うま》いな』

『お褒《ほ》めにあずかり光栄だ』

素直《すなお》に喜ぶ、目の前の幸せそうな顔を見ていたら、なんだか胸が締めつけられるみたいに甘苦しくなってくる。

よく考えてみたら、はじめの時から、アシュラフにはしてもらってばっかりだ。

アシュラフは場慣れしてるしテクニックもすごいから、何もしなくても体を委《ゆだ》ねているだけで天国に連れて行ってくれるのはわかっている。

でも……俺だって自分の愛撫で気持ちよくなって欲しい。大したことはできないけど、それでもできればアシュラフにも気持ちよくなってもらいたい。

男同士なのに、一方的にされるばっかりっていうのもちょっとアレだし。

持ち前の負けん気も頭をもたげてきて、俺は上半身を起こした。

『なぁ……俺にもやらせてよ』

『カズキ？』

正面の美貌《びぼう》が、意表を突かれたように瞠目《どうもく》する。

『やってみたい。あんたのを……口で』

『本気か？　経験はないんだろう？』

『初心者だから下手かもしれないけど、何事もチャレンジってことでさ』

その真意を見極《みきわ》めるようにしばらく俺の顔を見つめてから、アシュラフが『無理をするなよ』と言った。それを了承《りょうしょう》と捉《とら》えた俺は、正座をして、その股間《こかん》に顔を埋《うず》める。下衣の中からずっしりと重いものを引き出した。

（……デカ）

改めて目の当《ま》たりにすると、凶器《きょうき》と言っても過言じゃない大きさだ。こんなのを自分の中に受け入れたのかと、今更目眩《いまさらめまい》がする。

『カズキ……大丈夫《だいじょうぶ》か？』

俺の逡巡《しゅんじゅん》を感じ取ったのか、頭上から気遣わしげな声が落ちてくる。迷いを振《ふ》り切るように首をふるっと振り、俺は思いきって顔を寄せた。できるだけ大きく口を開き、熱の塊《かたまり》をはむっと含む。一気に全部を咥え込もうとして咽《む》せた。

『げほっ……げほっ……』

咳《せ》き込む俺の顔を、アシュラフが覗《のぞ》き込んでくる。

『苦手なことを無理にする必要はない』

『無理とかじゃない。俺がしたいからするんだ』

少し意地になって言い張り、片手で支え持っていたアシュラフを、もう一度咥えた。

『んっ、う……、ン……ん』

喉の奥までいっぱいの異物感に生理的な涙《なみだ》が浮《う》かぶ。とにかくじっとしていても苦しいばかりなので、アシュラフが自分にしてくれたことを思い出し、その手本をなぞることにした。

まず軸に舌を絡ませてみた。次に複雑な隆起《りゅうき》に舌先を這わせ、ちゅくちゅくと音を立てて舐めしゃぶる。次第に行為にのめり込み、一心不乱に奉仕《ほうし》し続けた成果か、だんだん口の中のアシュラフが張り詰めてきた。

(大きくなってきた?)

自分の拙《つたな》い愛撫で少しずつ大きくなっていくのが嬉《うれ》しくて、さらに熱を入れてしゃぶっていると、アシュラフが俺の頭を撫《な》でてくる。額に落ちた前髪《まえがみ》を梳《す》くアシュラフの指のやさしさに、俺はうっとりと目を細めた。

『……カズキ』

吐息《といき》混じりの声が俺を呼ぶ。感じていることが伝わる、艶《なま》めいた掠れ声を聞いただけで、腰《こし》の奥がジンと痺《しび》れた。

いつしかアシュラフの欲望《よくぼう》は、口腔《こうこう》内に収まりきらないほどに質量を増していた。その逞《たくま》しさを持て余しつつも、一生懸命《いっしょうけんめい》唇《くちびる》で扱き続けると、先端からとろっとしたぬめりが溢れてきて、青臭い味が舌先に触れる。直後、俺の頬を撫でていたアシュラフの手が、びくっとその動きを止めた。

『……………くっ』

息を詰める気配のあと、肩を摑まれ、ぐいっと押し退けられる。

『あ……っ』

口からずるっと引き抜かれて、思わず非難めいた声が出た。

『……危なかった』

ふーっとアシュラフが息が吐く。

『別に出してもよかったのに』

不完全燃焼気味の俺がやや不満げにつぶやくと、『駄目だ』と叱《しか》られる。

『なんで？　さっき美味いって言ったじゃん』

『おまえのは特別だ』

そんな納得のいかない説明で、俺の追及をさらりと躱したアシュラフが、胡座《あぐら》を搔《か》いて両手を広げた。

『カズキ――こっちに来い』

　甘く魅力《みりよく》的な低音美声で招かれれば抗えず、褐色の広い胸に向かって膝でにじり寄る。その体にタッチすると同時に引き寄せられ、ぎゅっときつく抱《だ》き締《し》められた。やさしく頭を撫でられながら、硬《かた》く張り詰めた胸に顔を埋める。

『気持ちよかった？』

『ああ……よすぎて危ないところだった』

　とりあえずは及第《きゆうだい》点ってとこか。

『……だが、できればおまえの中で達《い》きたい』

　耳許《みみもと》の掠れた囁《ささや》きにじわっと体温が上がった。

　そのまま、アシュラフがゆっくりと俺を押し倒《たお》す。リネンに背中が沈《しず》み、仰向《あおむ》いた唇に唇が重なってきた。体もぴったりと重なり合い、脚《あし》に触れた灼熱《しやくねつ》の塊に肩《かた》が揺《ゆ》れる。とっさに手を伸《の》ばした俺は、アシュラフの昂《たか》ぶりに触れた。

　まだ熱を放出していない、逞しい屹立《きつりつ》の先端《せんたん》は濡れていた。指先に感じるぬめりがエロティックで、ぞくっと背中が疼《うず》く。

（これが……今から自分の中に入ってくる）

　そう思っただけで体がいっそう熱くなる。さっき口で育てた屹立を、今度は手のひらで包み、夢中で扱《しご》いた。

『カズキ……それ以上は触《さわ》るな』

苦しそうな声を出したアシュラフが身を起こし、俺の膝に手をかけて大きく左右に割り開く。

『………っ』

羞恥《しゅうち》に身を捩《よじ》る間もなくめいっぱい開脚《かいきゃく》させられた。勃《た》ち上がった欲望の奥——自分では見たことのない場所にアシュラフが触れてくる。

つぷっと淡《あわ》い痛みを感じ、あっと思った時にはすでに長い指を半分ほど含《ふく》まされていた。ぬぷぬぷと音を立てて抜き差しされ、狭《せま》い肉を掻き混ぜられて、体内を往《い》き来する硬い異物に眉《まゆ》をひそめる。奥歯を噛《か》み締め、強烈《きょうれつ》な違和感《いわかん》に耐《た》えた。

『く……ぅっ』

だがやがてアシュラフの指が感じるポイントを探《さぐ》り当て、そこを集中的に責め立て始めると、今度は嬌声《きょうせい》が止まらなくなる。

『あっ……あっ……あぁっ』

あられもないよがり声をあげ、アシュラフの指をきつく咥え込み、疼いてどうしようもない腰をうずうずと揺らした。

（いい）

気持ちいい。すごく……いい。たまらない……。

目を閉じ、快感の波に身をたゆたわせていた俺は、不意に指を引き抜かれて、びくっと震《ふる》えた。

薄目《うすめ》を開け、欲情《よくじょう》に濡れた漆黒《しっこく》の双眸《そうぼう》と視線がかち合う。

『そろそろ……いいか？』

余裕《よゆう》のない表情で伺《うかが》いを立てられ、こくこくとうなずいた。

俺ももう限界。今すぐにでもアシュラフが欲しかった。

膝を折り曲げ、受け入れやすいように太股《ふともも》の裏を自分で摑《つか》む。うっすら口を開けた後孔《こうこう》に充《じゅう》溢《いっ》を押しつけられ、衝撃《しょうげき》に備えて奥歯を食い締めた。

『あ……ッ』

くぷっと淫猥《いんわい》な音を立てて先端を食《は》まされる。まるで焼き鏝《ごて》を押しつけられたような熱さに喉《のど》が鳴った。獰猛《どうもう》な眼差《まなざ》しで俺を射貫《いぬ》いたまま、アシュラフがその大きさを味わわせるみたいにゆっくりと、少しずつ挿《はい》ってくる。

『ん……う、ン……ん……っ』

剛直《ごうちょく》をじりじりと呑《の》み込まされ、じわじわと内部を犯《おか》されていく感覚に瞳《ひとみ》が潤《うる》む。

『あ……は……あ……ぁ』

呻吟《しんぎん》の末、じっくりと時間をかけて長大な自身を根元まで埋め込んだアシュラフが、ふっと息を吐《は》いた。

（大きい）

自分が呑み込んだ充溢のしたたかさに瞳を潤ませていると、身を屈《かが》ませてきたアシュラフががんばった褒美みたいなキスをくれた。

『ん……んっ』

ねっとりと舌を絡《から》ませ、口腔内を愛撫《あいぶ》し合う。その大きさに徐々に馴染むにつれて、脈動を咥《くわ》え込んだ場所が熱を持ってじくじくと疼き始める。

『おねが……もう……』

動いてと請《こ》う前にアシュラフが動き始めた。ゆるやかな抽挿《ちゅうそう》に、喉の奥から吐息が漏《も》れる。

『あ……あ……あぁ』

自分の体を自分以外の誰《だれ》かに限界まで押し開かれ、支配される――苦しみと紙一重《かみひとえ》の快感。アシュラフとこうなる前には知らなかった悦《よろこ》びだ。

『ふ、……あ……うぅ』

いつしか激しくなっていた抜き差しに翻弄《ほんろう》され、脳髄《のうずい》がジンジンと痺れる。抽挿のたびに欲望から蜜《みつ》がとろとろと溢《あふ》れ滴って内股《うちまた》を濡《ぬ》らした。

肉と肉がぶつかり合う鈍《にぶ》い音、結合部から聞こえる水音にも欲情を掻き立てられる。

『……カズキ……いいか？』

『ん……いい。……気持ちいいよ。……あんた……は？』

『俺も……いい。きつくて……うねって……絡みついてきて……最高だ』

眉をひそめ、快感を堪《こら》えるようなアシュラフの顔を見上げているうちに、愛《いと》おしい気持ちが胸いっぱいに膨《ふく》らみ――気がつくと俺はその言葉を発していた。

『好き……好きだ……アシュラフ……好きっ』

刹那《せつな》、マックスだと思っていたアシュラフが中でさらに質量を増したのを感じて息を呑む。

低い唸《うな》り声をあげたアシュラフが、俺の両腕《りょううで》をリネンにきつく押しつけ、手加減を忘れたみたいに激しく奪《うば》ってきた。

『あっ、あっ、あぁっ』

剛直を容赦《ようしゃ》なく突《つ》き入れられ、グチャグチャに中を掻き混ぜられ、とめどなく嬌声が溢れる。骨と骨がぶつかる音がして、汗《あせ》が飛び散る。ふたりの男の重みに、ベッドがギシギシと軋《きし》む。

普段《ふだん》の鷹揚《おうよう》さをかなぐり捨て、その野趣溢《やしゅあふ》れる本性《ほんしょう》を剝《む》き出しにしたアシュラフの激しさに俺は翻弄された。振《ふ》り落とされないよう、腰に脚を絡ませ、強くしがみつく。

『――イッ……ッ』

ぐっと奥まで突き入れられた瞬間、俺はぶるっと大きく腰を震わせた。アシュラフの腹が白《はく》濁《だく》で汚《よご》れる。

『あぁ――っっ……ッ』

二度目の絶頂にぐったりと弛緩《しかん》した体を引き起こされ、膝の上に乗せられた。その体に凭れ、呼吸を整えるインターバルすら与《あた》えられず、彼自身にまだ達していないアシュラフが動き出した。

『あっ……』

尻《しり》の丸みを大きな手で鷲掴みされたかと思うと、下からずんっと突き上げられる。

『あ、んっ』

ずっ、ずっと重くて深い律動を送り込まれ、さほど間を置かずに果てたばかりの欲望がふたたび力を取り戻《もど》した。硬い腹筋に擦られて、快感の涙をはらはら零す。

『あっ……あっ……あぅっ』

力強い抽挿に追い立てられた俺は、アシュラフの背中に腕《うで》を回し、汗でしっとりと湿《しめ》った堅《けん》牢《ろう》な背に爪《つめ》を立てた。

『んっ、んっ』

それを合図と受け取ったかのように、ラストスパートが始まる。情熱的なストロークを刻み込まれ、体ごと揺さぶられて、悲鳴のような嬌声が迸《ほとばし》った。背中が弓なりに反る。

『は……うっ』

危《あや》うくまたひとりで達しそうになり、俺はアシュラフの首にすがってその耳に訴《うった》えた。

『アシュラフッ……い……一緒《いっしょ》に……っ』

一緒に達きたい。今度こそ一緒に……。

『わかった。一緒に達《い》こう』

もう一度腰《こし》を抱《かか》え直したアシュラフにガンガン突きまくられ、体が大きくしなった。赤く凝《こ》った胸の粒《つぶ》を指で捏《こ》ねられ、爪の先まで痺《しび》れるほどの快感に頭が白く眩《くら》む。

『あ……あ……また、い……く——っ』

体内をきゅうっときつく引き絞るのと同時にくっと低い唸り声が聞こえ、最奥でアシュラフが弾《はじ》けた。最も深い場所に熱い放埒《ほうらつ》を浴びせかけられながら、俺もまた、三度目の絶頂へと身を投じる。

放埒はなかなか終わらず、結合部から溢れそうなほどのおびただしい量をたっぷりと注ぎ込まれた。

『あ……あ……あ』

いつまでも尾《お》を引く絶頂に、全身がびくびくと痙攣《けいれん》する。

力尽きてベッドに仰《あおむ》向けに倒《たお》れ込む俺の顔に、キスの雨を降らしたアシュラフが、最後、唇を合わせて吹《ふ》き込んできた。

『おまえは最高だ。……今までで一番よかった。——おまえは？』

甘く返事を促《うなが》され、重だるい腕をのろのろと持ち上げる。

『……俺も』

掠れた声で同意して、俺は恋人《こいびと》の首をぎゅっと抱《だ》き締《し》めた。

喉の渇《かわ》きで目が覚めた。オレンジ色の間接照明の中でゆっくりと身を起こす。十人は余裕で寝《ね》られそうな広さの天蓋《てんがい》付きベッドに、俺はひとりきりだった。

「……アシュラフ？」

尽《つ》きぬ情動のままに愛し合い、意識を失う寸前まで抱き合っていたはずの恋人を探して、俺は視線を左右に振る。しかし寝室《しんしつ》の中にはその姿を見つけることができなかった。

やがて、馬蹄形《ばていけい》のアーチの向こうから、低音の話し声が聞こえてくるのに気がつく。

（アシュラフ？）

アシュラフが誰かと話してる？

重だるい腰を庇《かば》いつつベッドから降り、チェストの上に畳《たた》まれて置かれていた部屋着を摑む。シルクのローブを羽織って腰紐《こしひも》を軽く結んだ。

壁《かべ》をくり抜《ぬ》いたアーチから主室を覗《のぞ》き込む。

果たして、そこにアシュラフの姿はあった。

ガラス張りの窓際《まどぎわ》に立ってこちらに背を向け、スマートフォンで誰かと話している。耳を欹《そばだ》ててみたが、どうやらフランス語で会話しているようで、話の内容はわからなかった。

だが、プライベートの電話ではなく仕事絡《がら》みであることは、声のトーンからなんとなくわかる。

(想《おも》いが通じ合ったばかりの恋人をベッドに置き去りにして仕事かよ？)

恋人同士になって初めての夜くらい、仕事は忘れてもいいんじゃね？

恋人の仕打ちにちょっとむっとした俺は、俺と同じローブを着た後ろ姿を睨《にら》みつけた。主室に足を踏《ふ》み入れると、すぐ近くの壁に寄りかかって腕を組み、電話が終わるのをイライラと待つ。

幸い三分足らずで電話は終了《しゅうりょう》した。アシュラフがスマートフォンを下ろすのを待って、低い声で『ワーカホリック』とつぶやく。

はっと振り返り、俺を認めたアシュラフがわずかに目を瞠《みは》った。

『いつ起きた？』

『さっき、喉《のど》が渇いて。そしたらあんたベッドにいねーし』

俺のクレームに、アシュラフが申し訳なさそうな顔つきで詫《わ》びる。

『悪かった。どうしても外せない商談があったんだ』

その顔が本当に心苦しそうだったので、許してやるかという気分になった。まだ社会に出ていない俺には、本当の意味ではわからない大人の事情ってやつがきっとあるのだ。

(って俺、偉《えら》そうだな)

腕組《うでぐ》みを解いて背中を壁から引き剝《は》がし、アシュラフに歩み寄る。恋人のすぐ前で足を止めると、アシュラフが俺を引き寄せ、ちゅっと唇を吸った。宥《なだ》めるように、額や頰《ほお》にも甘いキスを落としてから、『腰の具合はどうだ？』と訊《き》いてくる。

『ちょっとズキズキするけど大丈夫《だいじょうぶ》。——それよりさ』

ひとまず機嫌《きげん》は直ったが、まだ心に引っかかるものを感じて、俺は恋人の美貌《びぼう》を下から覗き込んだ。

『あんた、なんでそんなに仕事すんの？　王族なんだから働かなくても悠々自適《ゆうゆうじてき》で暮らせるはずだろ？　マラークは税金がないくらいに金持ちなんだし』

その問いは、実はアシュラフと知り合ってからずっと心の片隅《かたすみ》にあった素朴《そぼく》な疑問だった。

王族をトップに戴《いただ》くアラブ資本の企業《きぎょう》はままあるが、大抵《たいてい》は名義貸しのお飾《かざ》りで、アシュラフのように実際に陣頭指揮《じんとうしき》を執《と》り、ビジネスの第一線に立つ王族は稀《まれ》なはずだ。

わざわざストレスを抱え、身を粉にして働かなくても、一生かかっても使い切れない資産をすでに持っているはずなのに。

何がアシュラフを駆《か》り立てるのか。

抱えていた疑問をぶつける俺に、アシュラフがなぜそんなことを訊くのかといった顔をした。

『なんでって……知りたいんだよ。あんたのことならなんでも』

俺の答えにふっと口許《くちもと》で微笑《ほほえ》み、頰を手の甲《こう》でやさしく撫《な》でる。

『確かに、地下油田が採掘《さいくつ》されてからのマラークはかつてと比べものにならないほど裕福《ゆうふく》になった。だが、資源には限りがある。何十年か先に、必ずや石油が尽きる日がやってくる。その時に備え、資源に頼《たよ》らずとも運営していけるような国の基盤《きばん》を整えておくことが肝要《かんよう》だ』

『今のうちに、石油以外の新たな財源を確保しておくってこと？』

『そうだ。神からの恵《めぐ》みである資源が潤沢《じゅんたく》な今は、未来への投資の時期だ。保有資源の開発を中心に、先進国からの資金援助《えんじょ》、経済協力、資本導入などを通じて、将来性の見込める基幹産業を育成する。海外から企業を誘致《ゆうち》し、根づかせることもそのひとつだ』

何度も自分の中で繰《く》り返した構想なのだろう。揺《ゆ》るぎなく確信に満ちた声音《こわね》を紡《つむ》ぐアシュラフを、俺は黙《だま》って見つめた。

『俺は子孫を残せない。跡継《あとつ》ぎのためだけに、形ばかりの妻を娶《めと》る気もない』

黒い瞳《ひとみ》には、これだけは譲《ゆず》れないといった意志の強さが宿ってみえる。

『国民のために俺ができるのは、未来のマラークを支える優良企業を育て、雇用《こよう》を確保し、長期に亘《わた》って経済を安定させることだ。それによって政治も安定し、マラーク特有の自然環境《かんきょう》を維持《いじ》することができる』

『…………』

アシュラフはハリーファ王家の第一王子として生まれ、次期国王になることを望まれて育った。そんな彼が、自らの性癖《せいへき》を自覚して悩《なや》まなかったはずはない。

国民の期待に応《こた》えられない自分を深く責めたこともあっただろう。だからといって、本当の自分を偽《いつわ》って生きることは性格的にできなかった。

苦悩《くのう》の末に、成人と同時に王位継承権《けいしょうけん》を放棄《ほうき》する道を選択《せんたく》したが、いち王族となったその後も、自分がマラーク国民のためにできることは何かと悩み、考え抜いたのに違《ちが》いない。

その結果、政治ではなく、経済での寄与《きよ》という結論に辿《たど》り着いた。米国に留学して最新の経済学を学び、そうして今も、昼に夜にマラークの未来を考え、決断し、行動している。

アシュラフは、マラークを心から深く愛している。

為政者《いせいしゃ》として国民の前に立つことはないけれど、その魂《たましい》は常にマラーク国民と共にある。

きっと死ぬまで、アシュラフはマラークのことを考え続け、その発展と平和に陰《かげ》ながら尽くすだろう。

そんな彼の側《そば》にいるために、自分はこの先どうすればいいのか。できればアシュラフの役に立ちたいけれど、それには今後何を学び、どう進むべきか。

今はまだわからない。

でも、ひとつだけはっきりとわかっていることがある。

……この男が好きだ。

強くて賢《かしこ》くて大きくて、でもマイノリティの痛みも知っている……この男が好きだ。

改めて熱い想いを噛《か》み締めていると、アシュラフが俺の前髪《まえがみ》を指で掻《か》き上げ、尋《たず》ねてきた。

『大学の休みはいつまでだ?』

『九月の半ばまで』

『まだひと月半あるな』

アシュラフが満足そうに目を細める。

『砂は充分堪能《じゅうぶんたんのう》しただろうから、次は海はどうだ？　ニースからほど近いアンティーブという小さな港町にヨットを繋《つな》いである。一週間ほど南仏リゾートを満喫《まんきつ》しよう』

『いいね。最高』

魅力的《みりょく》な誘《さそ》いに賛同して、俺は俺の運命《マスイール》を変えた砂漠《さばく》の誘惑者《ゆうわく》と甘いキスを交《か》わした。

あとがき

こんにちは、もしくははじめまして。岩本薫です。
このたびは「誘惑者の恋」をお手に取ってくださいましてありがとうございました。

今作は、「恋」シリーズを通読してくださっている方には四冊目の本になります。単行本「ロッセリーニ家の息子」を含《ふく》める大きな括《くく》りでは、通算八作目。コツコツ書き続けているうちに、いつの間にか自著の中でも、もっとも巻数の多いシリーズになりました。これも応援《おうえん》してくださる皆様《みなさま》のおかげです。いつも本当にありがとうございます。

さて、今回は前作「支配者の恋」の主役・東堂桂一の弟、和輝のお話です。「守護者」で初登場させてから、いつかは彼主役のお話を……と思いつつ、なかなかその機会を作ることができませんでした。

東堂弟に関しては、シリーズの中でも一、二を争う男気から、もしかしたら攻《せ》めだと思われていた方もいらっしゃったかも？　そう思われていた方には申し訳ありません。でも個人的に漢《おとこ》らしい受けが大好きで、和輝もはじめから受けのつもりでおりました。

そんな漢らしい東堂弟の相手はなまじっかな攻めじゃ駄目《だめ》だ——というハードルの高さが、彼の話を世に出せなかった一番のネックだったのですが、ついに「この人ならば！」と思える相手が現れました。

それが、前回「支配者の恋」で初登場したアシュラフです。

ずいぶん前から頭の中ではぼんやりと、「相手はフェロモンむんむんのアラブの王族がいいな」とは思っていたのですが、そのぼんやりとした想《おも》いが確信に変わったのは、蓮川先生のキャラのラフを見た瞬間《しゅんかん》でした。

すごい！　このオーラはもはや脇《わき》じゃない！　攻め昇格《しょうかく》決定！

蓮川先生、素晴《すば》らしいインスパイアをありがとうございます！　おかげさまで東堂弟の恋を書き上げることができました。

ちなみに攻めオーラを感じたのは私だけではなかったようで、「次はアシュラフの話を！」というリクエストをたくさんいただきました。こうして、アシュラフと和輝を主役に据《す》えたお話を皆様にお届けすることができて、私も本当に嬉《うれ》しいです。

というわけで、前回に引き続きアラブの王子が攻めになりましたが、今作は舞台《ぶたい》をマラークに移し、皆様にアラブならではの異国情緒《じょうちょ》を味わっていただこうとがんばりました。

自分では砂漠《さばく》もののお約束をちりばめたつもりなのですが、私はいつも微妙《びみよう》に王道を外してしまうので……皆様の趣向《しゆこう》とさほどずれていないことを祈《いの》るばかりです。楽しんでいただけたら幸いです。

楽しみと言えば、本シリーズにおける皆様のお楽しみのかなりの比重を蓮川先生のイラストが占《し》めていることと思いますが、今回もまた余すところなく美しいです。うっとりするような美麗《びれい》な衣装《いしよう》ともども、フェロモン滴《したた》る砂漠の獅子《しし》アシュラフと美しくも男前の東堂を、どうかご堪能《たんのう》くださいませ。私も執筆《しつぴつ》中、書き終えたらご褒美《ほうび》（イラスト）がいただける！　をモチベーションにしておりました。

蓮川先生、お忙《いそが》しい中、今回も素晴らしいイラストの数々、本当にありがとうございました。今後ともどうかよろしくお願いいたします！

そしてここからはお知らせとＣＭです。

「恋」シリーズの第二弾《だん》「征服者の恋」をこのたびドラマＣＤにしていただくことになりました。尚史／日野聡さん、塚原／高橋広樹さん、カルロス／羽多野渉さんのご出演で、マリン・エンタテインメント様より、２０１０年12月22日発売予定です。二枚組でたっぷりと演じていただいておりますので、ご興味がございましたらどうかよろしくお願いいたします。

また、マリン・エンタテインメント様からは、「ロッセリーニ家の息子」シリーズより「略奪者」（早瀬瑛／小野大輔、レオナルド／森川智之）「守護者」（ルカ／鈴木千尋、マクシミリアン／遊佐浩二、東堂和輝／鳥海浩輔）「捕獲者」（成宮礼人／野島健児、エドゥアール／中村悠《ゆう》一）の三枚、「恋」シリーズより「独裁者の恋」（水瀬祐／福山潤、サイモン／小西克幸、クリス／野島裕史）（敬称略）が発売中です。いずれも二枚組のボリュームで、それぞれの持つ作品の世界観をよりパワーアップして表現していただいております。耳で味わうロッセリーニシリーズも合わせてよろしくお願いいたします。

末筆になりましたが、編集担当様をはじめとして、本書の制作に携《たずさ》わってくださいましたすべての皆様に心より御礼《おれい》申し上げます。

いつも応援してくださっている皆様。皆様のお声が心の支えです。月並みな言葉でしか感謝の気持ちを表せないことがもどかしいのですが……本当にありがとうございます。最近は寡作《かさく》に拍車《はくしゃ》が掛《か》かっておりますが、ゆっくりとマイペースで長く書いていけたらと思っておりますので、今後もおつきあいいただけますととても嬉しいです。

それではまた、次の本でお会いできますことを祈って。

二〇一〇年　初秋

岩本　薫

誘惑者《ゆうわくしや》の恋《こい》
岩本《いわもと》　薫《かおる》

角川ルビー文庫　R122-6　　16579

平成22年12月1日　初版発行

発行者———井上伸一郎
発行所———株式会社角川書店
東京都千代田区富士見2-13-3
電話/編集(03)3238-8697
〒102-8078
発売元———株式会社角川グループパブリッシング
東京都千代田区富士見2-13-3
電話/営業(03)3238-8521
〒102-8177
http://www.kadokawa.co.jp
印刷所———旭印刷　製本所———BBC
装幀者———鈴木洋介

ISBN978-4-04-454006-7　C0193　定価はカバーに明記してあります。